# 나의 아름다운 날 들

정지아
소설

은행나무

**일러두기**
- 작가의 의도와 지역 특성에 맞춰 일상어와 사투리는 작가의 표기를 그대로 준수했습니다.
- 이 책은 《숲의 대화》(2013)의 개정판입니다.

# 차례

숲의 대화 — 7

봄날 오후, 과부 셋 — 35

천국의 열쇠 — 67

목욕 가는 날 — 91

브라보, 럭키 라이프 — 123

핏줄 — 151

혜화동 로터리 — 179

인생 한 줌 — 209

즐거운 나의 집 — 235

나의 아름다운 날들 — 269

절정 — 303

작품 해설 329
작가의말 — 352

숲의
대화

호르르, 바람이 세월을 밀어낸다. 그의 시간 한 줌이 바람 속에 흩어져 흘러간다. 잣나무 가지가 쉴 새 없이 살랑이고 그 사이로 갓난아이 눈망울 같은 햇살이 어룽거린다. 아내가 묻힌 자리, 1년도 채 지나지 않았건만 눈 밝은 사람이 아니라면 찾을 길 없이 녹음 짙푸러 여기가 거긴지 거기가 여긴지 풍경 사뭇 다르다. 매일 오는데도 한재 정상 잣나무숲은 매일 모습을 바꾼다. 호르르, 바람결에 흔들리며 어룽어룽 숲 바닥에 내려앉는 햇살이 아내의 웃음처럼 수줍다.

이러고 있으니 좋은가?

평생 고생하여 마련한 선산이며 뒷산 놔두고 하필 여기에 묻히길 원한 것은 아내였다. 죽음을 예감한 순간, 아내는 병원 창밖, 이제 막 새 움을 틔운 은행나무를 보며 말했다.

한재 잣나무숲에 가면 열십자 모냥의 바우가 하나 있을 것이요. 그 근방 암 디나 뿌려주씨요.

한재, 라는 말이 아내의 입 밖으로 튀어나온 순간, 거무죽죽 다 죽어가던 심장이 벌떡 살아나 타닥타닥 시퍼런 불꽃을 피우기 시작했다. 백운산에서 1년. 85년 중 찰나와도 같은 그 짧디짧은 기억이 아직도 자네 돌아갈 곳이었단 말인가. 노여움인지 슬픔인지 질투인지 뒤범벅인 감정을 헤아릴 길 없어 그는 묵묵부답, 일가친척의 만류에도 불구하고 아내의 유지를 따랐다.

그 뒤로 그는 매일 한재에 오른다. 비가 오나 눈이 오나 하루도 거른 적이 없다. 아이 넷 낳고 아이가 기억을 지워 아무 일 없이 잘사는 것 같던 아내의 얼굴에는 문득문득 깊은 소(沼)의 바닥처럼 서늘한 기운이 감돌았다. 서리가 내릴 즈음 아내의 수심은 더욱 깊어졌고, 잠결에도 뱃속 저 아래서부터 치솟아 오른 깊은 한숨이 그의 잠을 깨웠다. 그때마다 그는 조바심에 애를 태우며 장판이 노골노골해지도록 군불을 지폈다. 노골노골한 아랫목이 노골노골 깊은 수심을 녹인 듯 아내의 얼굴은 아랫목 노골노골한 깊은 밤에야 겨우 맑아졌고, 행여 구들이 식을까 그는 한겨울에도 두어 차례 깨어 군불을 지피곤 했다. 잠에서 깨면 옆자리를 더듬는 것이 아내를 만난 이래 평생 계속된 그의 습관이었다. 수심을 거두지 않은 채 그래도 아내는 죽는 날까지 그의 곁을 지켰다. 언젠가부터 그는 아내가 떠나지 않을 것임을 알았다. 그러나 조바심은 습관이 되었고, 이미 세상 떠난 아내가 그를 두고 떠나기라도 할 듯 애를 태우며 그는 매일 산에 오르는 것이다.

이러고 있으니 좋은가?

유골함도 없이 나무 밑에 구덩이를 파고 유골을 그냥 쏟아 부었으니 벌써 나무 한 뼘 키우는 거름으로 사라지고 없을 아내는 말이 없다. 숲의 모습은 하루가 다르게 변해도 잣나무숲, 열십자 모양의 바위는 아내가 기억하는 그대로 예나 지금이나 변함이 없다. 햇살에 따뜻하게 데워진 아내의 바위에 그는 가만 엉덩이를 얹는다.

다람쥐 한 마리가 나무를 타고 쪼르르 내려온다. 앞발을 모은 채 서서 다람쥐는 고개를 갸웃거리며 새까만 눈동자로 그를 응시한다. 잣나무인 양 바람결에 몇 남지 않은 머리카락을 휘날리며 그는 미동도 하지 않는다. 차라리 아내의 유골 품은 잣나무가 되었으면……. 환갑 지나 아내의 손만 잡고 아이처럼 쌕쌕 잠에 빠져들 때부터 그는 먹고 싶고 살고 싶은 욕망조차 거의 남지 않아 한 그루 늙은 나무나 다름없었다. 다람쥐가 나무 밑에 차려놓은 소박한 제상에서 밤 하나를 냉큼 집어 든다. 아내는 생밤을 좋아했다. 가을이면 늘 설사를 하면서도 일삼아 생밤을 깎아 먹었다.

얼라도 아니고 이기도 못 함시로 먼 쌩밤을 고로크롬 묵어쌌능가?

보다 못해 물었더니 아내는 배시시 웃으며 고개를 돌렸다.

묵을 것이 하도 읎응게 첫애 생겼을 때 익도 안 헌 쌩밤만 밥 삼아 묵었어라. 워디 불이나 필 수 있었가니요. 쌩밤 덕에 나도 살고 얼라도 살았어라.

다람쥐는 밤 하나를 입안에서 우물거리며 욕심 사납게 또 하나를 앞발 두 개로 움켜쥔다. 지난가을 가장 큰 놈들만 골라 두어 뒷박 뒤뜰에 묻어두었던 밤이다. 툭, 다람쥐의 작은 발 사이로 큼지막한 밤이 떨어진다. 또르르 굴러가는 밤을 쫓아 다람쥐가 핑 내달린다. 다람쥐는 제 몸을 던져 밤을 사수한다. 밤을 끌어안은 채 다람쥐가 두어 바퀴 땅을 구른다. 그 와중에도 녀석은 쉴 새 없이 입을 우물거린다. 볼이 불룩하다. 불룩한 배를 안고 여자는 그를 찾아왔다. 그게 언젠가. 10년을 단위 삼아도 한 손으로는 셀 수 없이 먼 먼 옛날이다.

이리로 가라고 합디다. 이리로 가면 나도 살고 애도 살 거라 합디다. 가서… 살랍디다. 가서 나만… 살라고 합디다.

깊고 깊은 밤, 달빛처럼 은근슬쩍 그의 방으로 숨어든 여자는 입술을 앙다문 채 숨죽여 흐느꼈다. 가을걷이를 끝내고 깊은 잠에 빠져 있었지만 그는 채 뜨지 못한 눈 사이로 들리는 음성만 듣고도 바람 한 점 없는 여름날 짙푸른 논의 메뚜기처럼 파닥이는 진한 눈썹이며 새초롬한 표정까지 여자의 얼굴을 선연히 떠올렸다. 썩을 놈. 목구멍까지 차오른 욕설을 여자 몰래 삼킨 것은 임신부가 놀랄까 봐서는 아니었다. 그 썩을 놈이 여자를 그에게로 보냈다. 그가 여자를 마음에 품은 줄, 여자는 모르고 그 썩을 놈은 알았다. 보내면 어찌 될 줄 번연히 알면서도 놈은 여자를 그에게로 보낸 것이다. 그 썩을 놈이 밉고 고맙고 그는 어찌할 바를 몰랐다.

놈이 예상한 대로 그는 여자를 아내로 받아들였고, 놈이 예상한 대로 아내도 살고 뱃속의 아이도 살았다. 그 케케묵은 기억이 어제 일인 양 또렷하다. 그날 아내의 발에 감긴 무명천의 생김새까지 조목조목 읊을 수 있을 것 같다. 아내의 길고 좁직한 발에 여섯 번 반 듬성듬성 감겨 있던 무명천은 얼마나 오래 두르고 있었던 것인지 발바닥 쪽은 거진 닳아 반 넘게 해어지고 거무튀튀, 본디의 흰빛을 찾을 길이 없었다. 그는 얼음장보다 차디찬 여자의 발을 무슨 금덩이인 양 한 손으로 고이 받쳐 들고 조심스레 천을 벗겼다. 동상에 걸려 뭉그러진 검붉은 살점이 뚝뚝 묻어났다. 여자는 살점 떨어지는 줄도 모르고 제 발을 그에게 맡겨둔 채, 그

발로 헤매고 다녔을 백운산 어디쯤, 그 썩을 놈의 곁을 더듬는 듯 칼바람에 파르르 떨어대는 문풍지만 바라보고 있었다. 그의 마음도 문풍지처럼 사납게 떨어대는 줄 여자는 끝내 알지 못했다.

고맙소.

복수가 차서, 그에게로 처음 온 그날처럼 배가 봉긋했던 아내는 안절부절 마지막까지 자신의 손을 놓지 못하는 그에게 그 무정한 말 한마디를 남긴 채 눈을 감았다.

썩을 놈.

그 썩을 놈은 여자를 그에게로 보내기 오래전부터 썩을 놈이었다. 여자를 그에게로 보내면서 놈은 살아서는 세상으로 돌아오지 못할 것임을 각오했을 것이다. 제 뜻대로 죽었을 것이지만 죽어서도 세상으로 돌아오지 못한 썩을 놈은 죽어 아내의 마음속에 둥지를 틀었고 아내의 마음은 철새인 양 찬바람만 불면 그 둥지를 품었다.

또 한 차례 포르르, 바람이 인다. 바람은 세상 만물을 움직여 제 존재를 확인한다. 한재 아래, 한치 마을로 흘러가는 바람이, 눈에 보인다. 꿈인지 생사인지 잠과 기억 사이를 오가던 그의 의식을 바람이 다시 세상으로 불러온다. 그는 가만히, 잣나무숲 열십자 모양의 바위에 엉덩이를 붙인 채 바람이 흘러가는 모양을, 껌벅껌벅 응시한다. 흘러간다 바람은 어디론가, 저 아래 세상으로. 가서 바람은 오동나무 잎사귀를 조심조심 흔들고 포플러 잎사귀를 요동치게 하고 아낙 잃은 외로운 남정네의 한숨을 실어 늙은 과부 시리디시린 가슴팍을 두드릴 것이다. 바람은 그렇게 유정(有情)한 것들의 설움을 무심하게 실어 나른다. 마당의 은행잎이 어지러이 흩날리는 늦가을, 아내는 저녁을 짓다 말고 불길이 제 치마폭을 삼킬 듯 너울거리는 것도 까맣게 잊은 채 바람의 노니는 모양을 물끄러미 바라보곤 했다.

이상하지라. 바람이 불면 시상이 한숨 같은 것으로나 꽉 찬 것맹키 아득하고 서글프고 그래라.

그러면서 아내는 무안한 듯 황급히 눈물을 훔쳤다. 잣나무숲에 일렁이는 바람은 누구의 한숨일까? 아내가 마음에 품었던 그 썩을 놈이나 그놈 같은 어떤 이들의 서러운 한숨일까? 어쩌면 이 바람 속에는 아내 묻은 날 그가 뿌렸던 눈물이나 그날 이후 오늘까지의 묵묵한 그의 숨도 섞여 있을지 몰랐다.

바람이 불든가 말든가 다람쥐는 앞발 사이에 아이 주먹만 한 밤톨을 끌어안은 채 우물거리고, 이게 꿈일까, 취객처럼 몸을 흔들며 그는 바람에 장단을 맞춘다. 바람이 세차지고 몸은 점점 가벼워진다. 하늘 중앙까지 치솟은 태양이 따끈따끈 정수리를 덥힌다. 무엇인가 툭, 그의 어깨에 기댄다.

아내도 한 번 기대본 적 없는 순결한 어깨다. 소스라쳐 그는 옆을 돌아본다. 옷이라 부르기도 민망하게 입성 추레한 젊은이가 그의 옆에 앉아 졸고 있다 툭, 그의 어깨에 머리를 얹은 모양이다. 엄마 따라 쫄래쫄래 처음으로 세상 구경 나왔다가 사나운 개라도 만난 새끼 노루처럼 깜짝 놀라 한 길, 그는 솟아오른다. 사람이라니. 인적 없는 산중이다. 아내의 초상을 치른 후 이 잣나무숲에서 사람을 만난 적은 없었다. 조금 전 바위에 엉덩이를 붙일 때만 해도 개미 서넛, 웬일로 바쁜 걸음 멈추고 따끈따끈한 바위의 한 점 얼룩으로, 조는지 가는지, 시간을 엿가락처럼 늘이고 있었다. 화들짝 놀라 한 발 비켜난 그는 그의 어깨에 기대었다가 그가 사라진 후 황망히 눈뜨는 초라한 사내를 가만 바라본다. 그를 의식하고 깜짝 놀란 사내는 왼손으로 짚고 있던 물푸레나무 지팡이를 특등사수인 양 순식간에 그를 향해 겨눈다. 그래 봤자 그건 지팡이다. 사내는 물푸레나무 지팡이를 겨눈 채 말간 눈으로 그를 응시한다. 썩을 놈의 저 눈빛!

고작 스물넷이었다.

나는 못 참았다. 니는 참았냐?

종의 자식, 그가 참을 수 없는 것은 무수히 많았으나 학사모 쓴 대학생, 주인댁 도련님은 대체 무엇을 못 참는 것일까, 알쏭달쏭, 그는 감히 입을 달싹이지 못했다. 뒤죽박죽 마음 복잡하여 아무 말 못 하는 그를 동갑내기 도련님은 말갛게 쏘아보았다. 그는 끝내 아무 말 하지 못했고 도련님은 그의 등짝을 후려치며 선언하듯 외쳤다.

니가 이러면 안 되지야. 니가 참으면 안 되지야. 니는 프롤레타리아, 새로운 세계의 주인이다!

니는 프롤레타리아, 새로운 세계의 주인이다, 말간 눈으로 외치던 도련님이 그를 향해 물푸레나무 지팡이를 겨누고 있다. 도련님, 이라고 부르는 대신 그는 물푸레나무 지팡이의 끝을 한 손으로 붙잡는다. 신우대처럼 앙상한 사내는 그것만으로 휘청, 열십자 모양의 바위, 죽는 날까지 아내의 마음 떠나지 못했던 아내의 바위 위에 주저앉는다. 제풀에 주저앉고도 사내는 허세를 잊지 않는다.

다 늙은 영감이 여그 웬일이요. 가씨요. 후딱 가씨요.

썩을 놈은 그때나 지금이나 책임지지도 못할 마음 하나 뜨겁다.

되련님, 혁재 되련님.

형형한 젊은이의 눈에 의심이 깃든다. 눈물 글썽이는 그를 젊은이는 알아보지 못한다. 젊은이의 세월이 멈춘 사이 그의 세월은 한 갑자가 흘렀다. 젊은이는 아직 60년 전을 살고 있다.

나요, 운학이요.

젊은이가 후다닥 튀어 일어나 다시 물푸레나무를 겨눈다.

뉘시오? 뉘신데 다 늙은 영감이 그 이름을 입에 담소? 그놈은 내 불알친구요. 영감 같은 영감이 아니오.

젊은이의 눈빛이 사납다. 젊은이의 저런 눈빛을 그는 본 적이 없다. 적의든 두려움이든 저런 눈빛으로 이 산 쏘다녔을 젊은이의 청춘이 먹먹하게 가슴에 얹힌다.

구름 속에 노니는 학. 종놈 주제에 돼먹지 않은 반동의 이름이라고 되련님이 안 그랬소? 나요, 운학이. 되련님이 나헌티로 순심이를 내려보내지 않았소? 되련님 뜻대로 순심이도 살고 얼라도 살았소. 되련님만 죽었소. 뭐 볼 것이 있다고 저승으로 안 가고 여그 남았소?

젊은이가 물푸레나무 지팡이를 총구인 양 겨눈 채 멀뚱멀뚱 그를 바라본다. 형형한 눈빛이 숨 죽은 배추처럼 처연해진다. 툭, 물푸레나무를 떨어뜨리고 젊은이는 털썩, 바위에 주저앉는다. 쏴아, 한바탕 바람이 잣나무숲을 뒤흔든다. 젊은이가 깜빡 잠든 사이 순식간에 지나간 세월이 잣나무숲에 고여 한스러이 흐느낀다.

죽었어 내가? 내가 죽었어?

어리둥절한 젊은이의 시선이 그의 왼쪽 눈 아래 새끼손톱만 한 까만 점에 붙박인다. 젊은이가 다시 산으로 쫓겨갈 때 풋콩만 했던 눈물점은 안으로 삼킨 그의 눈물을 먹고

무럭무럭 자랐다. 아내가 그의 곁을 떠나지 않으리라는 확신이 생긴 언젠가부터, 아니면 아내의 찬 발에 슬그머니 제 발을 갖다 대게 하던 욕망이 제풀에 잠잠해진 언젠가부터, 욕망과 함께 눈물도 스러져 새끼손톱만 한 눈물점은 성장을 멈췄다. 눈물점밖에, 젊은이가 그를 그로 보게 할 무엇도 팔십다섯 먹은 그의 늙은 몸에는 머물러 있지 않았다. 아무리 땡볕에 그을어도 농사철 지나고 나면 새살 돋은 듯 말갛던 얼굴에는 검버섯이 돋고, 팽팽하여 꼬집어지지도 않던 살은 여름날 갱엿처럼 흐물흐물 늘어지고, 늘어진 살 따라 눈도 입매도 늘어져 그렇지 않아도 순하던 인상이 도살장 끌려가는 소처럼 울상이 되었다.

저 눈! 운학이네. 참말 운학이여. 참말로 내가 죽었는갑네.

젊은이의 눈이 아무도 돌아보지 않아 까마득히 잊힌 케케묵은 세월을 찬찬히 되짚는다.

그랬제. 순심이 보내고 가는 길에 매복에 걸렸제.

젊은이가 제 허벅지를 더듬는다.

여그 총을 맞고 물푸레나무 지팡이 삼아 여그꺼정 왔는디… 그러고는 깜빡 잠이 들었는디…….

젊은이의 눈빛이 아련하다. 제 여자 세상으로 돌려보내고 마지막 헤어진 자리 무덤 삼아 찾아오던 그날의 눈빛이 저러했을 것이다.

그러고는 깜빡 잠이 들었는디… 나는 죽고… 운학이 너는 영감이 되었다고? 그렇게나 긴 세월이 잠깐 자는 새 흘러가 부렀다고?

젊은이의 세월만 잠깐 자는 새 흘러가 버린 게 아니다. 도련님 아이 품은 여자가 달빛처럼 그의 방에 스며든 날이 엊그제, 그 여자와 함께한 세월은 눈 깜빡할 새 지나가고 이제 그 혼자 남아 있다.

죽은 사램이나 산 사램이나 한평생, 순간입디다. 억울할 것도 없소.

그는 죽은 도련님이 부러운 적이 많았다. 죽은 도련님은 아내의 마음에 묻혔으나 산 그는 아내의 마음자락 어디에도 비비적거릴 곳이 없었다. 어미 잃은 강아지처럼 아내의 마음 근처를 서성이며 그는 평생을 보냈다. 아내는 임종의 순간에도 고맙다는 한마디로 그를 자신의 마음에 영원히 발붙이지 못하게 했다. 어떤 마음은 바람인 양 아무 데로나 흘러가고 어떤 마음은 고삐 매인 소인 양 제자리를 맴돈다. 그의 마음 처음으로 묶인 아내 곁, 아직도 그의 마음은 그 언저리를 맴돈다. 그가 그랬듯 아내는 처음 묶인 도련님 곁, 그 자리만 평생 제자리인 줄 알고 맴돌았을 것이다.

그랬으니 도련님, 청춘에 죽었어도 억울할 것 하나 없소,

입안에 빙빙 도는 말을 그는 끝내 뱉지 못한다. 휘휘휘 호로롱, 동고새가 잣나무를 거꾸로 타고 내리며 지저귄다. 평생 처음 자리 잡은 집을 떠나지 않는 동고새. 이상도 하다. 활엽수 널찍한 잎사귀를 피난처 삼아 사는 작은 동고새가 왜 하필 잣나무숲에 둥지를 틀었을까?

억울할 것… 없제. 없고말고.

참말 억울할 것 없소? 되련님이 꿈꾸던 시상이 왔능가 안 왔능가, 그것도 안 궁금해라?

동고새는 아직도 잣나무를 거꾸로 내려오고 있는 중이다. 불순한 모든 것을 증류한 듯 청량한 울음이 잣나무숲, 바람에 섞여 메아리친다.

금시는 안 올 중 진작 알았다. 전쟁 난 가을, 자전거로 신작로를 달리는디 미군 폭격기가 기총소사를 하드라. 나 한나 보고 수만 발을 쏘드라. 국군헌티 뺏은 총 갖고 싸우는 우리가 워치크롬 이기겄냐? 부자는 망해도 삼대를 간다고 안 허디야. 아매 시방도 미국 놈들이 시상을 휩쓸고 있겄제. 그럴 중 진작 알았다.

그럴 중 암시롱도 산으로 갔소? 죽을라고 갔소?

익지도 않고 떨어져 땅바닥에 나뒹구는 풋감처럼 도련님은 서글피 웃는다. 부엌 천장이며 아궁이의 그을음을 모아, 그것으로 땅바닥에 가갸거겨, 지렁이 기어가는 그림 그리던 순심이와 그를, 도련님은 지금 같은 서글픈 눈빛으로 바라보았다. 그날 밤, 도련님은 주인마님 앞에 무릎 꿇은 채 밤을 지샜고, 며칠 뒤 순심이와 그는 도련님 뒤를 졸래졸래 따라 간이학교에 입학했다.

죽을 중 암시롱도 목심을 걸어야 허는 일이⋯ 있드라. 워디 나만 그랬가니. 나 앞에 죽은 사램들, 내 뒤에 죽은 사램들, 모도들 나 겉은 심정이었을 것이다.

젊은이의 눈길이 잣나무숲, 햇살 어룽거리는, 지난가을의 낙엽 아직도 미처 썩지 않은 푹신한 땅바닥을 더듬는다. 아내 묻힌 거기 어디쯤, 아마 아내 아닌 다른 사람들도 거름이 되어 잣나무를 쑥쑥 키웠을 것이다. 사람의 몸뚱이를 먹고 자란 잣나무는 그 어느 곳보다 무성히 짙푸르고 사람의 슬픔을 먹고 자란 바람은 그 어느 곳보다 처연히 서늘하다. 제 슬픔을, 먼저 간 혹은 후에 간 사람들의 슬픔을 다독이듯 도련님은 잣나무숲 여기저기를 눈빛으로 어루만진다. 도련님의 눈빛이 더듬는 곳, 햇살이 반짝 빗방울처럼 튕겨 오른다.

목심은 하난디라. 되련님도 나도⋯⋯.

목숨을 버릴 생각 같은 건⋯ 그는 해본 적이 없다. 도련님 따라 간이학교에 가서도 그는 갓 태어난 송아지 눈망울이 아른아른, 갓 돋아난 가지 떡잎이 어룽어룽, 선생 말을 귓등으로 흘려듣고 종소리 울리자마자 집으로 달음박질쳤다. 그 집, 그의 집 아니고 도련님 집이었다. 송아지도 가지도 도련님 땅에 돋아난 것들이었다. 심지어는 순심이도. 알았지만 알면서도, 깊은 밤 사락사락, 문설주 타고 오르는 지네 한 마리 죽이지 못했던 그는, 집을 향해 달리는 와중에도 신작로 군데군데 질기게 돋아난 질경이 한 포기 마음대로 밟지 못했다. 하여 달음박질쳐도 그의 걸음은 이내 도련님과 순심이에게 따라잡혔다. 도련님처럼 참지 못할 것은 없었으나 봐주고 견뎌줘야 할 것들은 여름날 햇볕처럼 사방천지 흐드러지게 널려 그는 자기 목숨 버릴 생각은, 바칠 생각은, 해본 적이 없다.

다 살아야 사는 것이겠냐? 어차피 하나뿐인 목심, 아끼지 않고 버려야 헐 것이 나는 있었는갑다.

어차피 하나뿐인 목숨, 그는 아껴 살펴야 할 것이 너무 많았다. 아내도 아내가 품은 도련님의 아이도 그중 하나였을 뿐이다. 그것들을 품고 도련님은 못다 산 세상을 그는 팔순 넘어 살았다. 도련님 말이 맞다. 다 살아야 사는 것은 아니다. 팔순 넘어 살아도 세상은 요지경이요, 지켜야 할 것은 지키지 못했으며, 아쉬움만 미련만 더덕더덕, 죽은 감나무 온통 휘어감은 담쟁이넝쿨이다.

아주 오래전, 아내가 달빛처럼 숨어든 그 밤, 도련님이 눈

앞에 있었다면 묻고 싶었던, 묵고 묵어 쉬어빠진 말이 늙은 그의 목구멍으로 치솟는다.

왜 하필 나였소?

젊은이는 아직도 저만의 시간 속을 헤매고 그는 혼잣말 인 듯 중얼거린다.

왜 하필 나헌티로 보냈소? 나가 워쩌기를 바랬소?

시선은 동고새를 향한 채 젊은이가 넙죽 말을 받는다.

잘 살기를 바랬제.

그 사람은 아니었을 것이오. 그 사람은 되련님 곁에서 죽 기를 바랬을 것이오.

나는 죽어도 좋은 신념이 있었제만 그 사람헌티는 없었 다. 그래 살라고 보낸 것이여. 니헌티 가면 살 중 알았다.

그 사람헌티는 되련님이 신념이었소.

수십 년 묵어 발효되고 증류된 순수한 슬픔이 출렁출렁 목구멍을 타고 넘어온다.

사랑이 워치케 신념이 된다냐.

도련님은 예전에도 그랬다. 도련님이 너무 좋아 먼발치 에서부터 얼굴 붉어지고 눈빛 아련해지는 여자를 앞에 두 고 인민이 주인이라는, 있을 성싶지 않은 천국을 초롱초롱, 달 없는 밤의 샛별보다 빛나는 눈빛으로 떠들어대더니 그 천국을 찾아 불쑥 산으로 들어가 버렸다. 사상이고 무엇이고, 가슴 속에 도련님밖에 품은 것 없던 여자는 도련님을 쫓아 입산했다. 사람이 좋아 목숨을 거는 사람도 있다는 것을, 도련님은 몰랐다. 혼령이 되어서도 도련님은 여전히 모른다. 도련님에게 신념은 한 사람이 아니라 세상을 바꾸는 무엇이다. 저 하나 바꾸기도 어려운 게 인생이란 걸, 부잣집 도련님은 모른다. 아니 도련님은 아는 무엇을 그가 모르는 것인지도 모른다. 그걸 굳이 부정할 생각도 없기는, 했다. 도련님과 그는 타고난 태생만큼 다른 사람, 그러니 달리 산 것이라고, 그는 그렇게 믿었다.

사랑이 신념인 사람도 시상에는 있어라.

니 말이 맞다믄… 니도 고런 사람이었제. 그래서 니헌티 순심이를 보냈을랑가……. 그건 나도 모린다. 순심이를 살릴 라고 생각헝게 니배끼 생각나는 사램이 읎드라. 그래 니헌티 보냈다. 그래 니가 괴로웠을랑가, 고것까지는 나는… 생각을 못 혔다. 아니 안… 혔다. 사람 살리는 것이 더 급혔응게. 혀서 니는… 내가 미웁냐?

밉지는… 않았다. 도련님이 미처 생각지 못한 무엇인가 그의 마음속에 있었고 그걸 모르는 도련님 덕에 제가 나은 줄, 은근히 뻐기며 산 적도 없지 않았다. 그래도 그는 알았다. 아주 어릴 때부터. 일곱 살 도련님이 그에게 방문고리 붙잡는 보초 시킬 적부터, 도련님이 호롱불 밝혀 들고 계집종 치마 속 깊숙이 그 호롱불 드밀 때부터. 그의 마음이 도리깨로 콩대 두드리듯 콩닥콩닥 요동칠 때 일곱 살 도련님은 천연덕스럽게 치마 속으로 호롱불 들이밀고 제 호기심을 채웠다. 그 호롱불, 치맛자락에 옮겨 붙어 여종 아이 새된 비명 지를 때까지. 그와 도련님은 종이고 주인이었으며, 조잔하고 담대했으며, 조잔하여 따숩고 담대하여 냉정한, 그렇게 다른 사람이었다.

미웁든… 했소. 혀도 나는… 고맙기도 했소.

나도… 그랬니라. 니가 고맙고, 미웁기도… 한 적이 있었다.

내가, 암 것 가진 것 없는 내가… 미웁기도 했소? 되련님 겉은 사램이 나헌티?

원젤랑가 모르겄는디, 순심이가 정제 바닥에 쭈그려 앉아 울고 있었니라. 나는 갸가 배고파 우는 중만 알았다. 찐 감자를 쥐어줘도 옥시시를 쥐어줘도 울기만 허더라 순심이는. 빈손일 수배끼 읎던 니가 빈손으로 순심이 등짝을 뚜들김시로 멋이라고 허는디, 순심이가 뚝 울음을 그치고 웃더라 배시시.

순심이 일이라면 하나부터 열까지 기억하지 못하는 게 없다. 그날 순심이는 배가 고파서 운 게 아니었다. 도둑고양이에게 굴비 한 마리 도둑맞았다고 주인마님께 혼이 나 울고 있었다. 도련님에게 마님은 한없이 좋은 어머니일 테지만 아랫것들에게는 찬바람이 싸하게 똑 부러지고 엄한 사람이었다. 눈물이 쏙 빠지도록 야단을 맞은 순심이 어깨를 토닥이며 그는 말했다. 긍께 도둑괭이제 말허고 가져가면 도둑괭이가니. 말하고 가져가는 도둑괭이, 니는 봤냐? 그 말에 순심이 피식, 엉덩이에 뿔 나면 어쩌려고 울다 말고 웃었다.

순심이가… 마음에 있기는… 혔소?

마음이… 뭣이냐? 나는 마음이 뭣인지 모리겄다. 한 갑자가 지났다는데 이리 생생한 걸 보믄 순심이가 내 맘에 있었능가……. 순심이 보내던 날, 초승달인디도 밝았니라. 그날 밤, 저도 여그서 나맹키 죽겄다고, 왜 보낼라고 허냐고, 순심이가 여개 앉아 섧게도 울었다. 순심이 맘속에 나 겉은 신념이 있었다믄 나는 그러라고 했을 것이다. 그런디 순심이는, 나배끼 없었니라. 나가 워느 집 종이라 해도 일본놈 순사라 해도 순심이는 나배끼 없었을 것이다. 그래 가라 했다. 나배끼 모리는 순심이가… 좋기도 했제만 나는… 답답해서도 보냈니라 니헌티. 너도 순심이마냥 답답했니라 나헌티는.

니는 프롤레타리아, 새로운 세계의 주인이다. 도련님의 마지막 그 말을 그는 한 번도 잊어본 적이 없다. 아내처럼

아니 아내보다 더 강렬히 마음 뒤흔든 도련님의 말에도 그
는 따라나서지 못했다. 도련님은 알려나. 그때 외양간에 눈
먼 송아지 한 마리, 그가 끓여준 미음 아니었더라면 어미
젖 한 번 물지 못하고 저 세상으로 갔으리라는 것. 눈 먼 송
아지에 마음 쓰여 도련님 따라 나서지 못했고, 그랬더니 어
느 날, 도련님을 품고 순심이가 그를 찾아왔다. 해마다 봄이
면 누추한 오두막 처마 밑으로 기어든 제비 새끼며 장판조
차 깔리지 않은 방 안 멍석 위로 풀쩍 뛰어든 두꺼비며 순
심이며 아이들이며……. 어찌 알고 그의 품으로 기어든 것
들 견디는 것이 그에게는 어쩔 수 없는 제 인생, 살아가는
유일한 길이었다.

뭣이 그리 답답했소? 내가 되련님맹키 새로운 시상을 맘
에 안 품어서 그것이 그리 답답했소? 있는 시상 품기도, 나
넌 고달팠소.

고달픈 시상 품을라 말고 버리면 되는디, 니는 끝내 버리
질… 못했니라.

버리다니 무엇을? 종의 신분 물려준 부모를? 종놈에게
천형처럼 따라붙은 가난을? 그는 무엇 하나 버릴 생각 하지
못하고, 그것 품고 갈 생각, 오롯이 그것만, 생각하고 또 생
각했다. 도련님 아이 품은 여자도, 도련님 마음에 품은 여자
도, 도련님과 여자의 아이도, 그는 품고 갈 생각, 그것 외엔

하지 않았다.

버릴 것이 나는… 한나도 없었어라.

성정 야물지 못해 차마 버리지 못했을 테지만 차마 버리지 못했던 독하고 징한, 가시 숭숭 돋친 것들도 세월 지나니 그럭저럭, 아직도 찔러대기는 찔러대나 가시 한결 무뎌져 품을 만해졌고, 그때나 이때나 먹고살기 팍팍한 것은 매한가지라도 어느 결에 넉넉해진 제 마음 돌아보는 일이 늘 그막, 보잘것없는 낙이라면 낙이었다.

그래, 그랬제 니는. 다 떨어진 고무신도 차마 못 버려서 새 신 두고 구멍 숭숭 뚫린 고무신을 징하게도 신었제. 새 신 갈아 신은 뒤에도 다 떨어진 낡은 신 머리맡에 두고 자던 그런 놈이었제 니는.

그가 차마 못 신은 그 새 신, 도련님의 것이었다. 구멍 숭숭 뚫린 그의 낡은 신이 애처로워 밤사이 비싼 제 가죽신 놓고 간 도련님의 마음 애틋하여 그는 차마 새 신을 신지 못했다. 머리맡에 오래오래 두었던 그 낡은 신이 바로 그 신이었다. 그가 아낀 것은 신발이 아니라 도련님의 마음이었다.

니곁이 살았으면 좋았을랑가. 마누라랑 알콩달콩, 자식 손주 재롱 봄시로 고로크롬 살았으면 시상이야 어찌 됐든 한시상, 꿈결인 듯 지났을랑가.

젊은이의 시선이 잣나무숲 너머, 애처로이 이어진 오솔길을 더듬는다. 아마 거기, 자신의 아이 품은 여자가 돌아보고 또 돌아보고, 달빛 위로 눈물 점점이 떨구며 차마 떨어지지 않는 발걸음, 천근인 듯 만근인 듯 겨우 떼고 있을 것이다. 알콩달콩은 아니었어도 그 여자 그와 함께 자식 손주 재롱 보면서 한세상을 살았다. 애당초 그것은 그가 아니라 도련님의 몫이었다. 그런 생각을, 그는 평생 떨구지 못했다. 아내가 그랬듯.

그란디 내 눈에는 왜 먹을 것 없어 굶어죽는 사램들, 돈 없어 핵교 못 가는 사램들, 고런 사램들만 보였으끄나. 시상이 시끄러우면 시끄러운 대로 내 집 울타리 튼튼히 쌓아놓고 고로크롬 살아볼 생각은, 왜 못 했으끄나.

되련님은 에레서부텀 저 안 돌아보고 넘부텀 돌아보던 고런 사람이었웅게요. 알콩달콩 못 살아본 것이 억울허요?

글씨… 생각해보도 않은 인생을 못 살아본 것이 멋이 억울허겄냐. 고로크롬 살아봉게 니는 좋디야?

알콩달콩, 나도 그리는 못 살아봤소.

나는 아내 발가락 사이의 점 하나까지 애틋하고 좋았는디 아내가 맘에 품은 것은 내가 아니라 되련님이었소, 라고 그는 차마 말하지 못한다. 도련님도 살아보지 못한 도련님의 몫을 그만큼 움켜쥐고 살았으면서 무슨 놈의 미련은 이리도 질긴 것인지…….

　시방이라도 고로크롬 살먼 되제.

　그라기는 늦었소. 지난봄에 저개 묻었소. 한재 잣나무숲,
열십자 모냥의 바우 근처, 암 디나 뿌려달랍디다.

　산을 내려온 순간 아내에게 도련님은 현실이 아니라 신
앙이었다. 신앙은 세월 속에서 더욱 견고해졌지만 아내는
언제 어느 순간에든 그의 곁에 있었다. 함께한 60여 년의
세월 속에서 신앙으로 굳어진 마음 말고 그를 향한 새로운
마음이 봄날 죽순처럼 돋아난 것을 그 또한 모르지 않았다.
죽어서 그의 곁이 아니라 도련님의 곁을 택한 것은 함께하
지 못한 미안함 때문이었을 것임도, 함께하여 미련이 없었
기 때문이었을 것임도, 그는 짐작한다. 그러면서도 아내의
마음 전부를 갖지 못하여 안절부절, 몸의 욕망이 끊긴 뒤에
도 질기게 살아남은 마음의 욕망이 서글프다. 아내 묻힌 자
리, 처연히 더듬고 있을 도련님의 시선조차 소화되지 않은
채 그의 뱃속에서 부글부글 끓는다. 그러나 뜻밖에, 그 자
리 더듬는 도련님의 시선은 청포묵처럼 담백하다. 사상이
고 무엇이고 도련님만 해바라기하는 그 여자, 답답하여 내
려보낸 그 순간, 도련님은 여자 향한 제 마음도 싹둑, 작두
로 콩대 자르듯 잘라낸 것인가.

　도련님은 왜 하필 여그로 와 죽었소?

글씨… 나는 왜 여그로 왔으까?

한재 골짜기를 내려가면 당시에는 소개당해 마을이 텅비어 있었지만 그와 도련님의 고향, 한치다. 도련님은 여자를 따라 고향으로 돌아가고 싶었던 게 아니었을까. 죽어 넋이라도.

맞아. 아지트로 돌아가다 총을 맞았제. 혹시라도 미행이 붙을까비 정반대로 방향을 잡았는디 오다 봉게 여그였네. 하필 순심이 마지막 간 곳이었네.

저는 죽어 동지들을 살리려는 젊은 도련님이 물푸레나무 지팡이를 짚고, 자신의 여자가 눈물 떨구고 간 그 길에 핏방울 뿌리며 걷는다. 그 모습 눈에 선하다. 그러나 그 마음, 제 목숨 던져 무엇을 지키고, 단호히 보내고, 단호히 보낸 그 여자 간 자리, 죽을 자리 삼아 찾아든 그 마음, 아득히 멀다.

왜 여그서 한 갑자를 지둘렸소? 대체 멋을 지둘렸소?

내가 멋을 지둘렸을끄나?

인민의 천국이라는 시상을 지둘렸소?

글씨… 그랬으까. 여그 한 갑자를 앉아 그런 시상을 지둘렸으까…….

그런 시상이 워딨겠소? 죽어서나 그런 디로 가게 될랑가……. 설령 그런 디로 가게 된들, 거개가 어디 인민만 위헌 천국이겠소? 목심 빌어 태어났던, 모든 목심들의 천국이 겠지라. 되련님은 죽어서라도 그런 디로 안 가고 여개서 뭐 하요? 순심이는 미련도 읎이 가부렀능감만.

글씨… 나가 멋을 지둘리기는 했으끄나? 깨봉게 시방이 고, 니가 나는 죽은 사람이라는구나.

젊은이가 해진 옷 사이, 거무튀튀하게 그을은 살가죽 너 머 시퍼렇게 돋아 있는 제 핏줄을 가만 들여다본다. 산 사 람인 듯 그 핏줄 힘차게 요동친다.

나가 참말 죽었으까 운학아?

죽어 젊은 도련님이 살아 늙은 그를 응시한다. 솨아, 잣나 무숲이 바람에 출렁인다. 바람이 잣나무숲에 고인 어떤 것 들의 세월을 소환하여 거기 숨을 불어넣는다. 순심이가 눈 물 떨구며 뒤돌아보고 도련님이 물푸레나무 지팡이 짚은 채 잣나무숲으로 들어서고 수많은 사람들이 그림자처럼 숲 으로 숨어든다. 바람의 숨결 닿는 곳마다 잣나무숲, 출렁이 며 싱싱하게 살아난다.

이것이 시방 꿈이끄나.

그는 깨어나는 숲을 멀뚱멀뚱 바라본다. 동고새가 융단 처럼 푹신한 낙엽더미에 입을 묻고 박수라도 치듯 머리를 끄덕인다. 꿈틀꿈틀 싱싱한 벌레 한 마리 동고새 입에 낚인 다. 먹이를 먹은 동고새가 날개를 활짝 펴고 휘휘휘 호로롱,

순식간에 잣나무숲 위로 날아오른다. 바람이 잦아든다. 숲은 다시 고요하다. 한재 잣나무숲 열십자 모양의 따끈따끈한 바위 위, 다 늙은 그가 한 그루 잣나무인 듯 가물가물 졸고 있다.

봄날 오후,
과부 셋

봄바람이 앙탈하는 아이처럼 마당을 휩쓴다. 어지간한 바람에는 끄덕도 않던 남보라 빛 수국마저 미친년 널뛰듯 몸을 뒤챈다. 간신히 매달려 있던 무거운 꽃송이가 뚝 부러질 것만 같다. 가만 보니 그것은 수국이 아니라 빨랫줄에서 펄럭거리는 남보라 빛 치마다. 요즘은 자꾸 헛것이 보인다. 헛것이 보인다고 한숨결에 한마디 했더니만 서울 사는 딸년은 짜증스럽게 헛것은 무슨, 백내장이 심해 그렇지, 무안하게 쏘아붙였다. 썩을 년. 딸 말이 맞을 것이다. 그러나 백태 낀 눈이 빚어내는 착각이 그녀에게는 잠시의 현실이다. 그녀는 보송보송 마른 빨래를 걷는다. 반나절 만에 빨래를 말린 성급한 바람처럼 그녀의 80년도 순식간에 지나가 버렸다. 누군가 그녀의 세월 밖에서 그녀의 한 삶을 지켜보고 있다가 빨래를 걷듯 목숨줄을 획 걷어버리는 것인지도 모른다, 삶이란 것은.

"잘도 말랐네."

혼잣말을 중얼거리며 그녀는 마루에 앉아 옷을 개킨다. 옷이라고 해봐야 월남치마와 양말 몇 짝, 아직도 벗지 못한 겨울내의뿐이다. 젊은 날 그녀는 어떤 옷이든 하루 이상 입지 않았다. 늙으니 만사가 귀찮다. 겨울에는 같은 옷을 일주일씩도 입는다. 기름기가 없어 그런지 일주일씩 입어도 더러움을 타지 않는다. 젊은 날, 그녀의 피부는 건조한 한겨울에도 자르르 기름기가 돌았다. 그 기름진 살결은 세월 속에서 차츰 기름기를 잃어 언젠가부터 푸석푸석 살비듬이 일었다. 매일 아침 방바닥에 떨어진 살비듬을 손으로 쓸면 손바닥이 온통 허옜다. 살비듬이 빠져나간 생명이나 되는 양 그녀는 아침마다 심란하다.

"뭐하요?"

대서소 김 영감이 문밖에서 비죽 얼굴을 들이밀며 묻는다. 그녀보다 두 살 아래인 김 영감은 아직도 대서소를 한다. 돈이야 몇 푼 벌릴까만 그냥 심심풀이로 하는 눈치다. 요 몇 년 전부터 김 영감은 아침저녁으로 오며 가며 문안인사를 한다.

"남이사 뭘 하든!"

김 영감을 그녀는 한 번도 문 안에 들이지 않았다. 남자가 그리울 나이도 아니고, 이 나이에 괜스레 정이라도 주었다가는 젊어서의 영욕이 눈덩이처럼 불어 되돌아올 것이다.

"수국이 참 예뻐요."

싱거운 말을 던져놓고 김 영감은 사라진다. 마당 한구석에 수국이 소담스레 피어 있다. 30여 년 전 하루꼬네 집에서 한 뿌리 얻어다 심어놓은 것이 어느새 마당 한켠을 점령했다. 그러고 보니 하루꼬가 오지 않았다. 지난 두 해 동안 아침참이 지나면 어김없이 대문간을 들어서던 하루꼬다. 비가 오거나 눈이 오거나 거르는 법이 없어 적잖이 귀찮아하던 그녀는 허둥지둥 문을 나선다. 옆집 조 여사는 지난겨울 웃으며 인사하고 헤어진 지 한 시간 만에 뇌출혈로 목숨줄을 놓았다. 여든쯤 되면 언제 불려갈지 10분을 기약할 수 없는 법이다. 급한 걸음으로 성당 앞을 지나는데 저만치 하루꼬가 목을 축 늘어뜨린 채 흐느적흐느적 걸어오고 있다. 하루꼬의 무심한 시선은 그녀를 사물인 양 스쳐 지난다.

"하루꼬!"

몇 걸음이나 지나쳐 가버린 하루꼬가 제 이름 부르는 소리에 걸음을 멈춘다. 다행히 아직은 온정신인 모양이다. 하루꼬는 돌봐줄 자식 하나 없다.

"왜 이렇게 늦었어?"

"응, 영감 아침상이 늦어서. 배가 안 고프다고 거르겠다잖아. 그래 기어이 한 술갈 먹이느라 늦었지."

하루꼬의 영감은 2년 전 이맘때 세상을 떴다. 남편이 죽은 뒤에도 하루꼬는 하루도 거르지 않고 남편 상을 봤다. 어제는 저는 먹지도 않는 육회를 차려놓고, 영감 죽기 몇 년 전부터 고기 썰기 귀찮아 그 좋아하는 육회 한 번 해주지 않았다고 종일 눈물바람이었다. 그랬어도 살아 있는 남편 밥상을 챙겼노라고 한 적은 한 번도 없었다. 아무래도 하루꼬가 이상하다. 언젠가 이런 날이 올 줄 알았다.

마루에 엉덩이를 걸치기 무섭게 눈물을 짜던 하루꼬가 오늘은 웬일로 무심히 수국을 바라본다. 하루꼬는 어려서부터 수국을 좋아했다. 그녀는 수국이 싫었다. 멋대가리 없이 꽃송이만 커다래서 힘없이 축 늘어진 게 음습한 남보라 빛하며 도무지 정이 가질 않았다. 그래도 수국이 흐드러지는 오뉴월이면 하루꼬네 집에 갈 때마다 몇 송이 꺾어가곤 했다. 열네 살 하루꼬는 그 꽃을 유리병에 꽂아놓고는 앉은 뱅이책상에 턱을 괸 채 그녀의 존재조차 까맣게 잊고 무심히 꽃만 바라보았다.

"나는 수국이 싫어! 꼭 눈물 같잖아."

그녀는 수국으로만 향한 하루꼬의 오롯한 시선이 샘이 나서 괜스레 트집을 잡았다. 그때처럼 하루꼬는 수국만 바라본다. 그녀는 하루꼬의 팔을 잡아 일으켰다. 오늘은 같이 갈 데가 있다.

　　"하루꼬, 사다꼬네 가자."

　　"사다꼬?"

　　"그래, 사다꼬. 우리 동창 사다꼬."

　　그녀들은 읍내에 하나밖에 없던 보통학교 동창이다. 어려서 만나 일본 이름으로 부르기 시작한 탓에 아직도 일본 이름이 더 친숙하다. 그녀의 이름은 영자지만 친구들에게 그녀는 되바라진 에이꼬다.

　　"나 그런 사람 몰라."

　　여전히 수국을 응시한 채로 하루꼬는 고개를 젓는다. 사다꼬를 모르다니. 그럴 리가 없다. 하루꼬는 사다꼬와 단짝이었다. 그녀만 쏙 빼고 자기들끼리 몰래 어울려 다닌 것도 그녀는 알고 있었다. 샘 많은 그녀가 샘이 나 토라진 적도 골백 번이었다.

　　"꿀 먹은 벙어리 사다꼬 말이야."

　　언젠가부터 죽으면 죽었지 어떻게 잊을까 싶었던 일을 까맣게 잊기도 하고, 까맣게 잊었던 일을 느닷없이 기억하기도 했다. 기껏 잘 숨겨놓은 통장을 도무지 찾지 못한 적도 있다. 잘 숨겨진 통장처럼 사다꼬의 기억도 하루꼬의 머릿속 어딘가 곱게 숨어 있을 것이다. 무언가 실마리를 찾기만 하면 쉰내 나도록 묵은 기억이 실타래처럼 풀려나올지도 모른다.

"기억나? 결혼하기 며칠 전날 사다꼬가 너희 집에 와서 눈이 퉁퉁 붓도록 울었잖아."

하루꼬도 말수가 적었지만 사다꼬에게는 델 게 아니었다. 남자들을 젖히고 늘 1등이던 사다꼬는 먼저는 입을 떼는 법이 없었고, 누가 뭘 물어도 응, 아니, 단답형의 대답밖에 하지 않았다. 아이들은 사다꼬로부터 가장 긴 대답을 얻어내는 사람에게 모찌 사주기 따위의 내기로 어린 날의 지루한 시간을 흘려보냈다. 사다꼬는 공부 잘하고 얌전한 데다 인물까지 반반해서 선생님과 남자 동창들의 사랑을 한몸에 받았다. 누가 무슨 말을 해도 꿀 먹은 벙어리로 삼키기만 하고 여간해서는 내뱉는 법이 없어 여자애들에게도 인기가 좋았다. 사다꼬에게 말한 비밀은 절대 새는 법이 없었으니까. 단짝으로 붙어 다녔지만 그녀는 누구에게나 인기 좋은 사다꼬가 꼭 좋지만은 않았다. 사다꼬가 동경제대 나온 남자와 혼인하게 되었을 때도 그녀는 혼자서 몇 날 며칠 속을 끓였다. 그때 그녀는 김약방 박 조수와 막 혼인을 한 참이었다. 동경제대라는 말을 듣는 순간 몇 년이나 죽고 못 살았던 박 조수에 대한 마음이 깨끗이 가셨다. 그런 저에게 더 화가 나서 그녀는 눈이 통통 붓도록 울먹이는 사다꼬에게 동경제대가 싫어? 호강에 초쳤다, 기어이 비아냥거리고 말았다. 그날 새벽 사다꼬는 동경에 가서 고학을 하겠다며 부산행 열차에 올랐다. 다시 잡혀와 머리 박박 밀린 채 결국 시집을 가기는 했지만.

"사다꼬… 사다꼬……."

하루꼬가 사다꼬의 이름을 몇 번이나 입안에서 궁굴렸다. 그래도 기억은 돌아오지 않는 모양이었다.

"나 그런 사람 몰라."

"모르긴 왜 몰라! 사다꼬를."

울컥 속이 상해서 그녀는 버럭 소리를 질렀다.

"일어서!"

그녀는 하루꼬의 팔을 부여잡고 성큼성큼 걸음을 옮겼다. 도살장에 끌려가는 소처럼 하루꼬는 미적미적 그녀의 뒤를 따랐다. 어려서부터 하루꼬는 늘 그랬다. 그녀가 김약방을 기웃거리던 무렵 하루꼬는 급장이던 가네무라 에이이찌를 마음에 두었다. 물론 제 입으로 말한 적은 없었다. 그래도 하루꼬가 에이이찌를 좋아한다는 사실을 반 전체가 다 알았다. 에이이찌가 근처에 오기만 해도 하루꼬의 하얀 뺨이 발갛게 달아올랐던 것이다. 그녀는 교정에 등꽃이 만발한 어느 초여름 밤, 하루꼬를 부추겨 장문의 연애 편지를 쓰게 했다. 쓰기는 하루꼬가 썼으나 저 혼자서는 한 문장도 만들지 못해 그녀가 옆에서 따박따박 읊어준 편지였다. 하루꼬가 새벽에 구겨버린 그 편지를 인두로 깨끗이 다려 에이이찌의 가방 속에 넣어둔 것은 그녀였다. 에이이찌는 방과 후 하루꼬를 등나무 아래로 불렀다. 얼굴이 홍옥처럼 붉어진 하루꼬는 가방도 놔둔 채 줄행랑을 놓았고, 그녀가 대신 등나무 밑 벤치로 나갔다. 누가 모범생 아니랄까 봐,

"여자 행실이 이래서야 되겠어."

정색을 하고 훈계를 한 에이이찌는 하루꼬가 밤새워 쓴 편지를 돌려주었다.

"바보! 여자 마음도 모르는 게 공부는 잘해 무엇해."

그녀가 야무지게 쏘아붙이자 에이이찌는 어안이 벙벙하여 아무 말도 하지 못했다.

"너… 혹시 다른 여자를 마음에 두고 있는 거야? 그래서 하루꼬가 싫은 거지? 맞지?"

이상한 예감에 그녀는 그렇게 몰아붙였고, 에이이찌는 황급히 그녀의 시선을 피했다. 친구들 중에 가장 빨라 열넷에 초경을 한 그녀는 그래서인지 동급생들보다 이성문제에 밝았다.

"혹시 사다꼬야?"

그녀는 내처 물었다. 등나무 터널을 통과한 초여름 오후의 햇살이 에이이찌의 얼굴 위에서 그물망처럼 어른거렸다. 에이이찌는 아무 말도 하지 않았다. 사다꼬가 분명했다.

"바보! 벙어리 사다꼬가 뭐가 좋다고!"

제 사랑이 끝난 것도 아닌데 그녀는 등나무 아래를 걸어 나오며 눈물을 질금거렸다. 아마 말 한 번 건네지 못한 제 사랑이 감정 이입된 탓이었으리라. 달콤한 등나무꽃 향기가 그날은 달콤해서 더욱 서러웠다. 그 꽃향기며 햇살 어른거리던 에이이찌의 붉은 얼굴이 아직도 눈에 선하다.

"나는 싫어. 너 혼자 다녀와."

사다꼬의 집 앞에서 하루꼬는 또다시 멈칫거린다. 곡마단 구경을 갈 때도 밤벚꽃놀이를 갈 때도 어렵사리 꾀어놓으면 하루꼬는 곡마단 앞에서 혹은 꽃구경 가는 길에 미적미적 돌아서곤 했다. 팔십이 넘은 지금도 열네 살 시절과 똑같다. 전주사범 나온 선생과 혼인날을 받아놓고도 하루꼬는 볼살이 쏙 빠지도록 걱정이 태산이었다. 생판 모르는 사람과 어떻게 한 방에서 같이 사느냐고, 어떻게 어머니를 두고 가느냐고, 틈만 나면 질질 눈물을 짜던 하루꼬는 시집간 지 2년 만에 보얗게 살이 오른 채 친정에 다니러 왔고, 이번에는 혼자 두고 온 남편이 걱정이 되어 이틀 만에 부랴

부랴 돌아갔다. 매번 새로운 것 앞에서 미적미적 망설이지만 함께한 시간만큼 깊이 마음을 주는 게 하루꼬다.

"얼굴 보면 기억이 날 거야. 들어가자."

곡마단 휘장 속으로 등을 떠밀듯 그녀는 늙은 하루꼬의 등을 떠민다. 문은 열려 있다. 오래된 쇠문이 요란한 소리를 내며 열리는데도 안에서는 인기척이 없다. 사다꼬는 낡아서 허물어질 듯한 연립에 산다. 이만한 집 한 채라도 건사하게 된 게 아마 환갑 지난 후였으리라. 들어오라는 허락도 없이 그녀는 마루에 올라선다. 아귀가 맞지 않은 안방 문을 힘껏 잡아당겼으나 안방에는 스산한 냉기뿐이다.

"사다꼬! 사다꼬!"

"으응, 누구야?"

거실의 눈부신 봄볕 속에서 희미한 목소리가 들린다. 아지랑이처럼 어룽거리는 빛 속에 사다꼬가 덩그마니 앉아 있다. 워낙 몸피가 적은 데다 빛이 어른거려 보이지 않았던 모양이다. 흐릿한 시선이 그녀를 향한다. 열넷의 사다꼬는 몸집이 작은 데다 유난히 눈빛이 반짝거려 생쥐 같았다. 세월이 눈빛의 총기를 야금야금 갉아먹고 총기 대신 흐릿한 백태를 끼워놓았으리라. 한참 후에야 그녀를 알아보고 몸을 일으키려던 사다꼬가 비그르르 바닥에 주저앉는다. 사다꼬를 부축하여 벽에 기대 앉힌 후 그녀는 여직 현관에서 머뭇거리는 하루꼬를 끌고 온다. 사다꼬의 눈에 반짝 생기가 돈다. 사다꼬가 덥석 하루꼬의 손을 잡는다. 난처한 기색으로 그녀를 바라보면서 하루꼬는 슬며시 손을 뺀다. 얼굴을 보고도 기억이 나지 않는 것이다. 영문을 알 리 없는 사다꼬가 어리둥절 그녀를 바라본다.

"얘가 지지난해 영감을 보낸 후로 왔다 갔다 한다. 오늘은 더하네."

"그 양반이 갔어? 나는 그것도 몰랐네. 기별이라도 하지 왜."

영감을 보내놓고 하루꼬는 누구에게 기별할 정신조차 없었다. 하루꼬는 나 좀 데려가라고, 왜 영감 혼자 갔느냐고 악을 쓰며 울다 몇 번이나 정신을 잃었다. 자식도 없는 데다 하루꼬나 그 남편이나 서점에 틀어박혀 주위 사람들과 별로 어울리지 않은 탓에 장례식장은 쓸쓸하기 짝이 없었다. 유일한 상주인 하루꼬는 영안실에 오기만 하면 혼절을 하고, 염이며 입관이며 화장이며 모든 절차를 그녀가 도맡아 처리했다. 하루꼬의 뒤처리를 그녀가 하게 될 줄은 몰랐다. 하루꼬나 사다꼬는 저희들끼리는 곧잘 속을 털어놓는 눈치였지만 그녀에게는 한 번도 속엣말을 하지 않았다. 하루꼬 남편이 잘 다니던 학교를 때려치우고 낙향하게 된 이유도 하루꼬의 입을 통해서는 들은 적이 없다. 샌님같이 생긴 하루꼬의 남편이 전교조라나 뭐라나, 4.19 뒤에 세상 좋아진 줄 알고 괜히 설쳤다가 쫓겨났다는 사실을 무슨 말 끝에 사다꼬에게 들었다. 그때 사다꼬와 하루꼬는 서로 먹고살기 바빠 왕래도 뜸했다. 거의 매일 보는 그녀도 모르는 하루꼬의 비밀을 사다꼬는 알고 있었다. 그럴수록 그녀는 하루꼬를 챙겼다. 쉰쯤 되었을 때 하루꼬는 무슨 큰 비밀이라도 털어놓듯 첫아이 가졌을 때 잘못되어 자궁을 들어내는 바람에 다시는 아이를 가질 수 없게 되었노라고 울먹이며 털어놓았다. 40년 공을 들여 처음 얻은 수확이었다. 다음 장날 약방에 들른 사다꼬에게 자랑하듯 그 이야기를 속닥였더니 사다꼬는 저만치 나무의자에 앉아 기다리는 손님들을 긴장하여 휘 둘러보고는, 다시는 그 얘기 입에도 담지 말라고, 자칫 소문이라도 나면 하루꼬가 혀 깨물고 죽어버릴지도 모른다고, 그녀 가슴에 비수를 박았다. 사다꼬는 진작 알고 있었다. 저희들 둘이서는 안 하는 이야기 없이 종알거렸던 것이다. 그럴수록 그녀는 기를 쓰고 하루꼬에게 잘 했다. 그래 봤자 늘 무덤덤, 가면 반기고 돌아서면 잘 가라고 인사하던 하루꼬가 변하기 시작한 것은 제 남편이 죽은 뒤부터였다. 남편을 잃은 하루꼬는 온전히 그녀에게 기댔다. 사다꼬 같은 건 기억조차 하지 못한다.

"얘가 워낙 정신이 없어서… 영감 보내놓고 저도 가게 생겼다. 오늘은 영감 아침밥 먹이느라 우리 집에 늦게 왔다고 하더라니까. 너도 기억이 안 난다고 하고. 그나저나 너라도 기별을 하지 그랬어. 너희 영감 소식을 어제야 들었다."

너도 기억을 못 한다는 말을, 할까 말까 망설이다 기어이 입에 담은 그 말을, 사다꼬는 흘려듣는다.

"늙으면 다 가는 것을 뭐하러 번거롭게……."

아이구, 너 잘났다, 소리를 그녀는 겨우 참는다. 사다꼬는 언제나 이런 식이다. 사소한 일에도 어쩔 줄 몰라 발을 동동 구르는 하루꼬와 달리 사다꼬는 어떤 일에도 흔들리지 않았다. 생각해보면 사다꼬의 인생은 동창들 중에서도 유독 굴곡이 많았다. 동경제대 나온 사다꼬의 남편은 혼인한 지 몇 달 지나지도 않아 산사람이 되었다. 그 남편을 따라 사다꼬도 산으로 갔고 근 10년 연락이 끊겼다. 산에서 남편을 잃은 사다꼬는 감옥살이를 마치고 고향으로 돌아왔다. 십수 년 뒤에 사다꼬는 저와 똑같은 이력을 가진 가난뱅이와 재혼을 했고, 사다꼬에 대해 늘 뭔가 석연치 않은 가슴앓이를 하던 그녀는 당시로는 제법 거액이던 1000원을 부조할 만큼 여유가 생겼다. 공부 잘했다고 인생 잘 풀리는 게 아니다. 이래서 세상은 살아봐야 하는 거라고, 결혼식도 올리지 않은 채 들고나는 단칸방에 살림을 차린 사다꼬네 집에 갔던 그녀는 고개를 주억거리며 그제야 마음으로 받아들인 친구의 등을 두드렸다. 사다꼬와 재혼한 가난뱅이는 가난뱅이로도 모자라 읍내를 떠들썩하게 했던 재조직사건에 걸려 10년 넘게 감옥살이를 했다. 간혹 사다꼬는 병색 깊은 파리한 얼굴로 그녀가 운영하는 약방에 들러 소다를 찾았다. 위장약 하나 변변히 지어먹을 형편도 안 되는 주제에 자존심은 제 낯빛보다 더 시퍼레서 사다꼬는 기어이 몇 푼 되지 않는 약값을 카운터에 올려놓고 종종걸음으로 사라졌다. 그게 벌써 언제적 이야긴가. 약사 면허도 없이 일본인이 물려주고 간 김약방을 운영하던 시절이었다. 면허는 없어도 워낙 수완이 좋아 김약방은 일본인이 운영하던 시절보다 더 유명했다. 특히 그녀가 한의사에게 의뢰해서 만든 고약과 피부병 약이 효험이 있다고 소문이 나 옆 도시에서까지 손님이 몰려들었다. 이 바닥 돈은 김약방이 다 쓸어 담는다는 소문이 자자할 정도였다. 그 돈으로 여러 사람 살판이 났다. 60년대 초반, 십수 년 교사생활을 했다면서 모아놓은 돈도 없이 하루꼬네가 고향으로 돌아왔을 때 떡하니 책방을 차려준 것도 그녀였다. 물론 10년에 걸쳐 하루꼬가 다 갚기는 했지만. 하루꼬에게 그 돈 갚으라는 말을 하지는 않았다. 애당초 줄 작정이었다. 주변머리 없는 하루꼬가 은행 이자 쳐서 마지막 한 닢까지 똑 부러지게 갚았을 뿐이다. 그녀는 그게 외려 서운했다. 조금만 살갑게 굴었더라면 사다꼬에게도 먹고살 밑천쯤 마련해줄 형편이 되고도 남았다. 돈을 잘 벌기도 했지만 그녀는 돈을 쓰는 데도 인색하지 않았던 것이다. 그러나 사다꼬는 단 한 번도 힘든 내색을 하지 않았다. 힘든 내색은커녕 언젠가는 그녀에게 따끔한 훈계를 늘어놓기도 했다. 좁은 읍내에 그녀에 관한 소문이 파다하게 나돌 무렵이었다.

어린 그녀의 가슴을 설레게 하던 박 조수는 약방을 그녀에게 맡겨두고는 국궁이니 색소폰이니, 쓰잘데없는 데 미쳐 밖으로만 나돌았다. 야리야리 부끄럼 많고 다정하던 박 조수는 알고 보니 그녀에게만이 아니라 세상 아무 여자에게나 부끄럼 많고 다정했다. 결국 박 조수는 마흔도 되기 전에 첩년의 무르팍을 베고 자다 급사했다. 그 무렵엔 남편에 대한 정 따위는 흔적도 없이 사라져 쓸데없이 돈만 쓰고 속만 태우더니 시원코 잘됐다, 눈물도 나오지 않았다. 마지막으로 네가 듬뿍 사랑받았으니 보내는 길도 네가 알아서 하라고 첩년에게 돈뭉치만 던져놓고 그녀는 모르쇠로 일관했다. 아무리 그래도 본실이 너무하는 것 아니냐고 뒤에서 말들이 많은 모양이었지만 그녀는 신경 쓰지 않았다.

막내가 서울에 있는 고등학교에 진학한 뒤 그녀는 읍내 고등학교 선생과 눈이 맞았다. 술을 마신 다음 날이면 어김없이 박카스를 사먹으러 오는 남자였다. 역사 선생이었던 그 남자는 손가락이 유난히 길고 하얬다. 박 조수의 손도 그랬다는 것을 까맣게 잊고 그녀는 남자에게 흠뻑 빠졌다. 남자가 혼잣몸이었으면 자식들이야 뭐라던 재혼을 했으리라. 애석하게도 남자는 유부남이었고 결혼 직후부터 아내와 사이가 좋지 않았지만 우유부단하여 조강지처를 버릴 위인이 아니었다. 어쩔 수 없이 체념했으나 남자는 하루에도 몇 번씩 박카스를 사러 약방에 들렀다. 박카스를 건네주다 손이 스쳤을 때 전기에 감전이라도 된 듯 온몸이 저르르 떨렸다. 그 떨림을 예민한 남자는 놓치지 않았다. 남자가 길고 섬세한 손으로 덥석 그녀의 손을 움켜쥐었고 온몸에 힘이 빠져 그녀는 그만 스르르 주저앉고 말았다. 여름이었다. 그길로 두 사람은 택시를 불러 타고 옆 도시로 달려갔다. 가는 내내 남자는 그녀의 손을 놓지 않았다. 손바닥이 흠뻑 젖었다. 손이 젖는 만큼 몸이 달아올랐다. 여관방에 들어서자마자 두 사람은 뱀처럼 뒤엉켰다. 남편과도 나눠보지 못한 뜨거운 정사였다. 남의 눈을 피한다고 피했지만 워낙 손바닥만 한 좁은 동네라 머지않아 두 사람의 정분을 알 만한 사람은 다 알게 되었다. 낯이 뜨겁기는 했다. 그러나 제 몸의 욕망을 죽이며 살고 싶지는 않았다. 남편은 죽었고 아직 젊은 그녀는 싱싱하게 살아 있었다.

그 무렵 사다꼬가 그녀를 찾아왔다. 소다만 사서 돌아가던 사다꼬가 웬일로 약방문을 닫을 때까지 돌아가지 않았다. 문을 닫은 뒤 사다꼬는 그녀를 똑바로 바라보았다. 질책하는 눈빛이었고 순간 그녀는 사다꼬가 소문을 알고 있음을 직감했다. 사다꼬답게 말은 짧고 직설적이었다.

"너는 여자이기 전에 어미야. 자식에게 부끄러운 짓은 말아야지. 사람이 어찌 욕망대로만 살겠니? 남자가 그리우면 책을 읽든지 공부를 하든지……."

말이 끝나기도 전에 그녀는 부들부들 떨면서 사다꼬의 뺨을 후려쳤다. 부들부들 떤 것이 수치심 탓이었는지 배신감 탓이었는지는 알 수 없다.

"재혼한 년이나 바람핀 년이나 뭐가 달라서!"

사다꼬는 뺨에 붉은 손자국을 품은 채 말갛게 그녀를 바라보다 아무 말 없이 돌아섰다. 알고 있었다. 뒤에서들 뭐라고 수군거리는지. 면전에서 쓴소리한 사다꼬야말로 친구라는 것도. 그래도 그 순간 그녀는 사다꼬의 잘난 척을 견딜 수 없었다. 어쩌면 사다꼬의 말이 그녀의 가장 아픈 곳을 건드린 것인지도 몰랐다. 아니, 그녀는 자식을 위해 최선을 다했다. 열심히 돈을 벌었고, 그 시절에 미국 유학도 보냈다. 어미로서 할 수 있는 일은 다했다. 아이들이 서울로 진학을 하면 만사 젖혀두고 따라가서 직접 집을 구했고, 믿을 만한 식모를 구하기 위해 사방으로 다리를 놓아 알아보았다. 아무리 평판이 좋아도 집에서 두어 해 지켜본 사람이 아니면 절대 아이들을 맡기지 않았다. 아이들 좋아하는 참게장을 직접 담갔고, 겨울이면 갓김치에 석박지에 고들빼기에 종류도 다양하게 김장을 해서 보냈다. 그녀의 인생 10분의 9는 아이들 것이었다. 나머지 1 정도는 나의 즐거움을 위해 쓸 수도 있는 것 아닌가. 사다꼬를 보낸 뒤 그녀는 요 위에 엎어져 펑펑 울었다. 울면서도 그녀는 남자의 팔베개가 그리웠고 살냄새가 그리웠다. 남자의 아내에게 결국 들통이 나 관계가 깨진 후에도 그녀는 사다꼬 보란 듯이 남자를 만들었다. 누가 뭐라던 사람답게 살고 싶었을 뿐이다. 지금도 그녀는 지난 세월을 후회하지 않는다. 그런데도 사다꼬만 보면 그날의 수치심이 되살아난다.

사다꼬가 우유를 내온다. 따뜻하게 데운 우유다. 사다꼬가 따뜻한 잔을 하루꼬의 손에 쥐어준다. 봄볕이 찬란했으나 난방을 하지 않은 실내는 소름이 돋도록 서늘하다.

"하루꼬, 나 감옥에서 나왔을 때 네가 만들어준 이 콩물을 먹고 병을 고쳤잖아. 지금도 어디만 안 좋으면 콩물을 먹는다. 내 만병통치약이야. 어여 마셔."

그 말에 그녀는 또 비위가 상한다. 김치며 토하젓이며 송이버섯이며 하루꼬에게 철철이 음식을 댄 것은 그녀였다. 그녀는 하루꼬의 콩물 같은 건 먹어보지 못했다. 서점 한다고 늘 바쁘던 애가 콩 삶고 갈고 거르는 그 귀찮은 일을 마다하지 않았단 말이지, 믹서도 없던 그 시절에. 흐트러진 마음이 얼굴에 고스란히 드러난다. 픽, 사다꼬의 입에서 웃음이 새나온다.

"또 시작이다. 할망구가 되어서도 어쩌면 에이꼬는 보통학교 때랑 똑같니?"

"그러게 말이야. 너희 집엔 그 비싼 우유가 썩어났잖아. 그 우유, 사다꼬에게 주자는 말이 차마 안 나와서 콩물을 만들었구만."

드디어 기억의 실마리가 풀린 모양이다. 얼마만인지 웃으며 말을 받는 하루꼬가 반갑고, 반갑지 않다.

"너 괜찮은 거야?"

"내가 괜찮지 그럼."

"영감 죽은 것은 알아?"

"얘가 지금 무슨 소리를 하는 거야?"

하루꼬가 아무것도 모르는 얼굴로 되묻는다. 영감이 아침밥 먹기 싫다고 했다는 말을 그녀는 차마 하지 못한다.

이렇게라도 돌아왔으니 다행이다. 이게 다 사다꼬 덕이라는 데 생각이 미치자 그녀는 그새 하루꼬 정신 돌아온 반가움을 잊고 아이처럼 불퉁거린다.

"너한테 콩물은커녕 따뜻한 숭늉 한 그릇 못 얻어먹었다."

쯧쯧, 하루꼬가 혀를 찬다.

"아이구, 네가 내 고추장 맛있대서 고추장, 된장, 간장, 너희 애들 셋이 다 커서 시집장가 갈 때까지 내가 다 댔다. 영감하고 나하고 먹은 것보다 너희 집으로 간 게 몇 배였어. 너희 애들, 다 너 닮아 뱃구레가 크잖아. 그뿐이야? 너희 애들이 내가 만든 딸기잼 한 번 먹더니 환장을 해서 그것도 평생 댔고. 조목조목 읊어보랴? 내가 해줄 건 그런 것밖에 없어서 할 수 있는 건 다 했구만 또 심통이다. 아무튼 에이꼬 심통은 알아줘야 해."

하루꼬 말이 사실은 사실이었다. 시집간 지금도 딸애는 하루꼬의 된장을 찾았다. 그러고 보니 하루꼬 남편이 죽기 전까지는 딸애가 하루꼬 된장을 먹었다. 할 말은 없었지만 뭔지 모르게 입맛이 썼다. 생각해보면 그거야 준 만큼 돌려받은 것이다. 빚지고는 못 사는 성격이라 빚을 갚듯 하루꼬는 장을 담갔을 것이다. 아무것도 주지 않은 사다꼬가 얻어먹은 콩물은 빚이 아니라 마음이었다.

"그 욕심으로 이만큼 산 거지, 뭐."

사다꼬가 또 잘난 척을 하고 나선다. 그 지난한 세월도 잘난 척을 꺾지는 못한 모양이다. 여든이 넘었는데도 사다꼬의 말에 비위가 상하는 그녀 역시 변한 게 없다. 그녀는 욕심도 많고 지기 싫어하는 성품이라 그렇고, 사다꼬는 책이든 제 자신이든 한 치 흐트러짐 없이 반듯하게 줄서 있어야 직성이 풀리게 생겨먹어 그렇다. 그런 걸 알면서도 번번이 비위가 상한다. 알면서도 어쩌지 못하는 것이 성품이다. 언제 상을 당했냐는 듯 말로야 초연하지만 사다꼬의 안색은 초췌하다 못해 병색이 완연하다. 원래 입도 짧은 데다 큰일을 겪었으니 제대로 먹지도 못했을 것이다.

"밥이나 제대로 먹는 거야?"

"그럼. 하루 세 끼 꼬박꼬박 챙겨먹고 있어. 뭐하자고 이렇게 챙겨먹나 싶다가도 내 몸 건사 잘하는 게 자식에게 해줄 수 있는 유일한 선물이다 싶어서 약 먹듯이 먹는다."

"어련하시겠어."

기어이 그녀의 입에서 비아냥이 나오고 만다. 세월은 정작 둥글려야 할 것은 그냥 놔두고 육신만 갉아먹는 모양이다. 사다꼬는 저를 쥐 잡듯 잡아 군기 바짝 든 신병처럼 모진 세월을 견딘다. 그것이 사다꼬의 방식임을 알면서도 늘

그막까지 무어 그리 안간힘을 쓰는지 그녀는 안쓰럽다 못해 짜증스럽다. 기대어 견디는 법을 사다꼬는 알지 못한다. 40년을 함께 산 남편에게도 아마 기대보지 못했을 것이다. 그러니 저렇듯 초연하게 버텨낼 수 있는 건지도 모른다.

"너는 좋겠다. 자식이 있어서. 나도 자식이 있었으면 이럴 때 힘이 됐을 텐데."

반짝 생기가 돌았던 하루꼬가 다시 풀이 죽는다. 그녀가 위로의 말을 꺼내려는 찰나 사다꼬가 먼저 말을 받는다.

"그럴 거 없어. 그게 다 짐이야. 없었던 듯이 깨끗하게 가면 그게 젤이지. 물려줄 재산도 없고 몸고생 마음고생만 시키다가 부모 가는 뒤치다꺼리까지 시키려니, 그게 고민이다, 요새 내가."

"그래도 너는 의지할 데가 있잖아. 의지할 자식도 없으니 나부터 보내놓고 자기가 뒤따라가겠다고 해놓고는……."

하루꼬의 눈에 그렁그렁 눈물이 맺힌다. 그러겠노라 굳게 약속했던 하루꼬의 남편은 늘 그랬듯 하루꼬에게 팔베개를 해주고 자다가 세상을 떠났다. 죽은 남편에게 안긴 채 잠에서 깨어난 하루꼬는 그대로 혼절을 했다. 두 사람을 발견한 것은 하도 전화를 받지 않기에 무슨 일인가 싶어 찾아간 그녀였다. 그녀는 하루꼬가 남편의 품에 안겨 잠을 자는 줄 알았다. 하루꼬는 평생을 저렇게 한 남자의 품에 안겨 살았구나, 부러운 마음에 발소리를 죽여 돌아 나오려는 찰나, 이미 정오가 가깝다는 데 생각이 미쳤고, 흔들어보니 하루꼬는 깨어났으나 그 남편은 이미 딱딱하게 굳어 깨어나지 않았다.

"너는 평생 남편에게 의지하고 살았잖아. 둘이서 깨가 쏟아지게. 나는 단 한 시간도 그런 세월을 못 살아봤다."

사다꼬도 그게 부러웠구나. 어쩐지 그녀는 그런 사다꼬가 가깝게 느껴진다. 언제였는지, 갓 구운 카스텔라를 들고 서점에 간 적이 있다. 학생들 등하교 시간이나 되어야 손님이 드는 서점은 고즈넉했다. 그렇게 자주 봐도 영 말이 없는 하루꼬 남편이 불편해서 그녀는 창밖에서 서점 안을 기웃거렸다. 참고서를 들이는 참인지 두 사람은 책 뭉치를 풀고 있었다. 하루꼬의 앞머리가 흘러내리자 남편이 장갑을 벗고는 천천히 쓸어 올렸다. 머리카락을 한 올 한 올 정성스럽게 귀 뒤로 넘긴 남편은 몇 번이고 하루꼬의 뺨을 쓰다듬었다. 다정하고 정성스러운 손길이었다. 하루꼬가 부끄러운 듯 배시시 웃었다. 그 웃음 또한 다정하고 따뜻했다. 단 한 시간도 그런 세월을 살아보지 못했노라는 사다꼬의 말을 그녀는 속속들이 이해할 수 있을 것 같다. 댓 명의 남자를 거쳐 왔으나 떠날 것을 알고 있던 남자들의 손길은 뜨겁기는 했어도 정성스럽지는 않았다. 그녀가 죽고 못 살아

결혼까지 하게 됐던 남편도 자꾸 엉겨 붙는 그녀를 밀어내기만 했다. 그러다가 결국 다른 여자의 품으로 달아나버렸다. 돈도 자식도 다 제 맘대로 됐으나 남자만큼은 단 한 번도 제 맘대로 되지 않았다.

"못 살아보기는? 네 남편이 너 대신 장 다 보고 했잖아?"

"장이야 봐줬지. 내가 몸이 아파 못 다니니까. 그것뿐이야. 둘이 머리 맞대고 앉아 다정한 얘기 한 번 해본 적이 없는데 뭘."

"그럼 무슨 이야기를 했는데?"

그녀 앞에서는 울기만 하던 하루꼬가 웬일로 눈물 그렁그렁한 채 통곡은 하지 않고 따박따박 말을 받는다.

"무슨 이야기는 무슨 이야기. 빨갱이들이 무슨 이야기를 했겠어? 남몰래 소곤소곤 사상 이야기나 했겠지. 그러려고 빨갱이랑 결혼한 것 아냐?"

그녀가 냉큼 말을 받았고, 사다꼬가 웃으며 고개를 끄덕인다. 감옥에서 나온 뒤 사다꼬에게 집적거리는 남자가 한둘이 아니었다. 그중에는 의사도 있고 검사도 있었다. 사다꼬가 잡혔을 때 취조했다는 검사는 멀리 떨어진 이곳까지 몇 번이나 사다꼬를 만나러 왔다. 그런 사람들 다 뿌리치고 왜 하필 가난한 빨갱이냐고 물었더니 사다꼬는 그래야 속엣말이라도 하고 살지, 쓸쓸하게 웃었다.

"너는 대체 무슨 맛으로 살았니?"

오래전에 궁금했던 것을 그녀는 이제야 묻는다. 돈도 없고 남편도 보잘 것 없고 직업도 없고 있는 거라곤 딸랑 아들 하나 — 어릴 때야 공부를 곧잘 했지만 지금은 겨우 출판사나 다니며 셋방살이를 면하지 못한 — 뿐인 사다꼬가 평생 누구에게도 기죽지 않고 당당한 이유를 그녀는 좀처럼 이해할 수 없었다.

"너야 자식 때문에 살았을 거고, 하루꼬는 남편 때문에 살았을 거고, 글쎄, 나는 뭣 땜에 살았나……."

"사다꼬는 사상이 있잖아, 사상이. 우리 영감도 그랬는걸. 어쩌면 우리 영감은 나보다 그게 더 중요했는지도 몰라."

"네 남편이 사다꼬 같은 빨갱이였다고? 정말? 그걸 왜 말 안 했어?"

"세상이 금한 걸 말해 뭣해? 그리고 그런 생각을 가졌달 뿐 평생 책이나 팔다 갔는데 뭘. 그런데도 그 생각은 평생 떨치질 못하더라. 사상이 대체 뭔지……."

그녀는 까맣게 몰랐다. 놀라지 않는 걸 보니 아마 사다꼬는 진작 알고 있었던 모양이다. 이 두 사람은 번번이 뒤통수를 친다. 어쩌면 아직도 그녀가 모르는 뭔가가 있을지 모른다.

"사상이고 뭐고, 살아보니 다 덧없다. 죽으면 다 한 줌 재지, 뭐."

말은 그렇게 하지만 거실을 가득 메우고 있는 책장에는 순 그런 책들뿐이다. 지금도 사다꼬의 곁에는 〈통일광장〉 이라는 잡지인지 책인지가 놓여 있다.

"영감 죽고 나니 그러네. 더 살아 무슨 영화를 볼 것도 아니고 할 수만 있다면 혀 깨물고 깨끗이 죽었으면 좋겠구만……. 내 한 몸이면 정말 그러겠어."

사다꼬는 그러기로 작정하면 정말 그러고도 남을 위인이다. 그러지 못하는 것은 그런 죽음이 혹 자식에게 상처가 될까 싶은 어미로서의 염려 때문일 것이다. 남자에게 달려가고 싶은 그녀의 마음을 막은 것은 오직 하나, 치마폭을 붙잡는 자식의 손길이었다. 아이들이 큰 뒤로야 거침없이 달려갔지만.

"나도 몇 번이고 죽으려고 했는데 그게, 나는 사다꼬 같지 않아서, 영감 따라가고 싶은 마음은 굴뚝같은데 나는 죽었다 깨나도 내 손으로 죽지는 못하겠어."

"죽긴 왜 죽어! 하루라도 더 재미나게 살아야지."

그녀는 괜스레 버럭 소리를 지른다. 노인네 죽고 싶다는 말은 처녀 시집가기 싫다는 말과 더불어 3대 거짓말 중의 하나라는데, 하루꼬와 사다꼬는 시집가기 싫다는 말도 거짓말이 아니었다. 늙은 지금 이것들이 죽고 싶다는 말 또한 거짓이 아닐지 모른다. 그러나 그녀는 두 사람과 달리 죽음이 두렵다. 아직은 가고 싶지 않다. 대체 뭐가 다른 걸까? 그것을 열넷에도 몰랐고 여든둘인 지금도 그녀는 알지 못한다.

"갈 테면 너희들이나 가라. 나는 천년만년 살라니까."

하루꼬와 사다꼬가 시선을 마주치며 웃음을 터뜨린다. 하루꼬의 웃음을 참으로 오랜만에 본다. 하루꼬도 그 사실을 의식했는지 머쓱하게 웃음을 거둔다. 그러나 잠시의 웃음은 소녀 시절처럼 해맑다.

"자주 좀 모이자. 영감도 없으니 나도 이제 놀러도 다니고 해야겠다."

웃음 끝에 사다꼬가 덧붙인다. 사다꼬는 지난 5년, 남편이 앓아누운 뒤로 아예 문밖출입도 하지 못했다.

"아이구, 언제는 사는 게 덧없다더니……."

"에이꼬 네 말이 맞다. 죽지 못할 바에는 재미나게 살아야지."

사다꼬는 이렇게 불쑥 물러나서 사람 맥 빠지게 하는 데 도사다.

"나 배 고파. 뭐 먹을 거 없어, 사다꼬?"

그녀가 산해진미를 올려도 먹는 둥 마는 둥 하던 하루꼬가 먹을 것을 찾는다. 하루꼬의 염장질은 이런 식이다.

"그래, 천년만년 살려면 일단 밥부터 먹어야지. 오랜만에 우리 밥이나 같이 먹자."

사다꼬가 일어서자 관절이 요란하게 투둑거린다. 과부 셋이 하하얗게 웃음을 터뜨린다. 열네 살의 사다꼬가 일어설 때도 저런 소리가 들렸다.

"상 치른 집에 먹을 거나 있어?"

집에 가서 뭘 좀 가져올까 싶어 그녀가 몸을 일으키며 묻는다.

"누가 밑반찬을 좀 가져왔어."

주는 게 없는데도 사다꼬 주변에는 늘 사람이 많았다. 젊을 때는 제 아무리 날고 기던 사람이라도 늙어 돈 없으면 찾는 사람이 없다는데 아직도 사다꼬는 찾는 사람이 있는 모양이다.

"하루꼬, 아직도 두릅 좋아해?"

냉장고를 뒤지며 사다꼬가 묻는다.

"그럼. 식성이 어디 가나? 아직도 두릅이 있어?"

"누가 좀 갖다 준 걸 영감 주려고 아껴놨었거든. 오래 먹이려고 조금씩만 줬는데 다 못 먹고 갔네."

잠시 말이 끊긴다. 어룽거리는 봄볕처럼 두 과부의 눈에 눈물이 어룽거린다. 그 눈물이 흘러내리기 전에 그녀가 얼른 묻는다.

"나 좋아하는 고기는 없어?"

"참, 에이꼬는 삼겹살 좋아하지? 여기 어디 얼려둔 게 있을 텐데……."

"치워라. 언제 죽을지 모르는데 돈 뒀다 뭘 해. 맛있는 생고기 사다 먹자. 오거리 봉성정육점 고기 맛있더라."

그녀는 급히 신발을 꿰찬다. 웬일로 사다꼬가 말리지 않는다. 가난하게 살던 젊은 시절, 사다꼬는 그녀가 고기 한 근을 사준대도 마다했었다. 고맙고 이상해서 뒤돌아봤더니 사다꼬와 하루꼬가 주방 탁자에 머리를 맞대고 앉아 있다.

"야!"

어릴 때처럼 우렁찬 목소리로 그녀가 고함을 지른다. 사다꼬와 하루꼬가 무슨 일인가 싶어 그녀를 바라본다.

"나 없을 때 또 비밀 이야기 하면 죽어!"

그녀는 쾅, 요란하게 문을 닫는다. 아무리 엄포를 놓아도 저것들은 또 그녀가 모르는 뭔가를 속닥일 것이다. 어려서부터 그랬다. 시멘트로 포장된 빌라 주차장에 거칠 데 없는 봄볕이 가득하다. 부신 눈을 함초롬히 뜬 채 그녀는 씩씩하게 걸음을 옮긴다. 앞으로 몇 년을 더 살까? 1년? 혹은 10년? 아직 그녀는 아픈 데 없이 건강하다. 허리도 굽지 않았고 그 흔한 관절염도 없다. 그래도 내일을 장담할 수 없는 나이이긴 하지만 그녀는 살아 있는 한 재미있게 살 작정이다. 살비듬 부스스 떨어지는 노파지만 치근대는 대서소 김 영감도 있다. 김 영감 팔베개를 베고 자다 죽는 것도 나쁘지 않겠다. 그녀는 봄볕 속으로 네 활개를 치며 걸음을 옮긴다.

천국의
열쇠

쿵쿵 벽이 울린다. 말없는 아버지의 말이다. 시도 때도 없이 아버지는 지팡이로 벽을 두드린다. 목이 마르다는 말일 때도 있고 배가 고프다는 말일 때도 있고 요강이 찼다는 말일 때도 있다. 크고 작은 '쿵쿵'으로밖에 들리지 않는 저 소리를 어머니는 늘 정확하게 읽어냈다. 어머니는 3년 전 세상을 떴다. 지난 3년 동안 그는 가갸거겨, 글자를 배우는 어린아이처럼 아버지의 언어를 읽기 위해 노력했다. 그러나 아버지의 언어는 여전히 해독 불가다. 그는 어린아이의 장난질에 다리를 뜯긴 개미처럼 꿈틀거리며 몸을 일으킨다. 제 몸 하나 일으켜 세우는 일이 그에게는 우주를 들어 올리는 것만큼이나 힘겹다. 눈 뜨는 순간부터 고난의 시작이다. 그의 선택이나 의지는 아니었다. 태어나 보니 이런 몸이었을 뿐이다. 제 의지와 상관없이 제 맘대로 요동치는 제 몸을, 남의 것인 양 무덤덤하게 응시하는 그를 볼 때마다 어머니는, 정신까지 반편이인 게 너한테는 차라리 나았을 텐데, 마른 눈물을 떨궜다.

뭔가를 툭 치는 소리가 들리고 양철 두드리는 소리가 이어진다. 막걸리 주전자가 비었다는 뜻이다. 아버지의 방에는 밤도 낮도 없다. 벽에 기댄 채 아버지는 성한 왼팔로 지팡이를 뻗어 막걸리 주전자를 들어 올리고, 야금야금 막걸리를 마시고, 취하면 그 자세 그대로 잠이 든다. 잠이라기보다 혼절에 가깝다. 깨어나면 다시 반복이다. 아버지는 벽에 기댄, 말라비틀어진 정물이다. 아버지를 방에 정물로 유폐시킨 것은 바로 그다. 아니 아버지의 운명이다. 어쩌면 아버지의 선택일지도 모른다.

그는 주전자 8부쯤 막걸리를 담는다. 그래도 가는 길에 쏟기 일쑤다. 버텨온 세월만큼 여기저기 부딪쳐 만신창이가 된 주전자가 그의 손 안에서 요동친다. 가까이 끌어당기려 안간힘 써도 그의 손은 자꾸만 멀어진다. 애야, 포기하면 안 된다. 이를 악물고 살아야 해. 살아남아야 해. 걸음마를 시키며, 연필을 손에 쥐어주며, 옷을 입히며, 어머니는 입버릇처럼 말했다. 한 걸음 한 걸음 그는 이를 악문다. 어머니 말이 옳았다. 이를 악물고 한 걸음 한 걸음 내딛다 보면 절대 끝나지 않을 것 같던 길의 막바지에 다다르곤 했다. 부엌에서 10여 미터 떨어진 아버지 방은 금세 닿을 것이다.

희끄무레 날이 밝는다. 산등성이를 경계로 어둠과 빛이 한지에 묵이 번지듯 뒤섞이고 있다. 머지않아 안개가 산등성을 휘감고 점차 강해진 빛이 그 안개를 삼키면 또 다른 아침이 밝을 것이다. 그는 온몸을 휘저으며 아버지의 방으로 간다. 벌컥 문을 열자 도둑고양이처럼 웅크리고 있던 알코올 냄새와 지린내가 좁은 방을 뛰쳐나온다. 어둠 속에서 아버지의 탁한 두 눈이 번득인다. 언젠가 우물에 빠진 개구리를 본 적이 있다. 우물 벽에는 진녹색 이끼가 무성히 자라 있었다. 그 이끼 틈으로 무언가 팔짝팔짝 뛰어올랐다. 우물의 어둠에 눈이 익은 다음에야 그것이 개구리인 것을 알았다. 제풀에 지친 것인지 개구리는 옴짝달싹하지 않았다. 다음 날에도 그 다음 날에도. 그 자세 그대로 개구리는 죽음을 맞았다. 아버지를 볼 때마다 그는 우물의 어둠 속에 쪼그린 채 미동도 하지 않던 개구리를 떠올린다. 아버지도 그 개구리처럼 이 방 안에서 최후를 맞을 것이다. 중풍으로 쓰러진 아버지를 어머니와 그가 병원으로 옮기려 했으나 의식을 잃은 채 아버지는 꿈쩍도 하지 않았다. 결국 어머니는 쓰러진 아버지를 늘 있던 그 자리에 눕혀둔 채 한의사를 불러야 했다.

그는 아버지 곁에 주전자를 놓는다. 벽에 기댄 채 잠들어 있는 것 같던 아버지가 번쩍 눈을 뜬다. 술 주전자를 향한 눈빛이 기괴하게 번득인다. 그는 빈 사발에 막걸리를 따라 아버지 입에 댄다. 꿀떡꿀떡 아버지가 게걸스럽게 술을 들이켠다. 아버지에게는 술이 밥이다. 술이 물이다. 술이 생명이다. 어머니 간 뒤로 아버지는 밥을 먹지 않는다. 사시나무 떨 듯 온몸을 떨며 겨우 끓인 미역국도 된장국도 아버지는 지팡이로 멀찌감치 밀어놓았다. 그러고는 시도 때도 없이 물을 마시듯 술을 마신다. 그 속내를 그로서는 짐작할 길이 없다.

그는 어둑어둑한 방 안을 정리한다. 아버지의 사물은 지팡이가 닿는 딱 그 거리에 모두 놓여 있다. 모두라고 해봐야 요강과 담배, 술 주전자, 사방이 찌그러진 스텐 사발, 물 주전자, 땀 닦을 수건 정도다. 라이터는 그가 줄에 묶어 아버지의 목에 걸어 놓았다. 헌 수건 대신 새 수건을 놓고 그는 아버지의 방을 나선다. 헌 수건을 세탁기에 넣기 전에 그는 코를 박는다. 시큼털털한 아버지의 체취다. 아버지는 그를 한 번도 안아준 적이 없다. 갓난 그를 품에 안았다가 기이하게 버르적거리는 꼴을 보고는 기겁을 하고 솜이불 위에 내동댕이쳤다는 말을 할머니에게 들었다. 자신의 유전자로 빚어진 괴물을 아버지는 받아들이지 않았다. 당신의 운명마저 제 발로 자근자근 짓밟았다.

산허리를 휘감은 안개가 걷히고 있다. 그는 서둘러 밥을 짓는다. 급한 마음에 팔다리가 평소보다 더 제멋대로 움직인다. 이제 막 아침이 밝았으나 그는 하루를 다 산 것처럼 피로하다. 손짓이 더딜수록 마음은 더 바빠진다. 어제 반 정도의 헛개나무가 새하얀 꽃망울을 터뜨렸다. 봄볕이 나머지 꽃봉오리도 서둘러 터뜨릴 것이다. 1년에 단 며칠밖에 허락되지 않는 장관이다. 달그락달그락 밥 짓는 소리가 요란하다. 소리 없이 가만가만 그릇을 내려놓는 일이 그에게는 쉽지 않다. 일을 마친 어머니는 골목에서부터 달그락거리는 소리가 들리면 함박웃음을 지은 채 한달음에 달려왔다. 아이고, 내 새끼, 여기 있는가. 그의 시선이 부엌문께를 더듬는다. 함박 웃는 어머니가 거기 있을 것만 같다. 그러나 부엌문 앞에는 이제 막 산등선을 넘어선 햇살이 어룽거릴 뿐이다. 어둑새벽, 여느 때처럼 그의 방에 군불을 지피러 나왔던 어머니는 심장마비로 쓰러져 눈을 감았다. 어머니가 떠난 그날 새벽, 난생 처음 그는 추위에 눈을 떴다. 등골 시린 그 추위가 바로 어머니의 부재였다.

그는 밥이 끓는 사이, 마른 새우를 우려낸 국물에 된장을 풀고 쑥국을 끓인다. 며칠 전 산에 간 김에 여린 속살로만 쑥을 끓었다. 야지 쑥은 벌써 쇠었지만 산 쑥은 아직 먹을

만했다. 혼자만의 상을 위해 그는 새 국도 끓이고 콩나물도
무친다. 어려서부터 그는 어머니 치맛자락을 붙잡은 채 어
깨너머로 밥하는 것도 배우고 요리하는 것도 배웠다. 그가
기억하는 것은 오직 어머니의 맛이다. 그렇게 급히 갈 줄
몰랐던 어머니가 남기고 간 고추장, 된장, 간장이 다 떨어
지면 이제 다시는 어머니의 맛을 느낄 수 없을 것이다. 된
장은 겨우 한 달분 정도 남았다. 올겨울에는 된장이나 담가
볼까. 까짓것 못 할 것도 없다. 콩 삶는 솥에 하루 온종일 불
을 지핀 것도, 그 콩을 빻은 것도, 메주를 빚은 것도 그였다.
절굿공이가 두 번에 한 번은 엉뚱한 데를 찧기 일쑤였지만
어머니는 아이구 잘하네 내 새끼, 서툰 공이질에 맞춰 장단
을 넣었다. 어머니는 없지만 어머니가 일러준 말들은 머릿
속에 훤하니 올겨울에는 정말 된장을 담가볼 생각이다. 벌
써 뒷집 영수네에 메주콩도 닷 말이나 부탁해 놓았다. 어머
니 가고 난 뒤 무엇이든 가르치려 했던 어머니의 마음이 더
절절하다. 팔다리를 허우적거리다 넘어져 무릎을 깨도, 이
가 나가도, 빨래를 삶다 봄볕에 자울자울 새 내의를 다 태
워 먹어도, 아이고 내 새끼, 함박웃음을 짓던 어머니는 한마
디 유언도 남기지 못한 채 눈을 감았다. 애야, 이를 악물고
살아야 해, 죽은 어머니가 밤낮으로 그의 귀에 속삭였다. 어
머니의 속삭임이 그를 다시 일으켜 세웠다.

그는 얼룩 하나 없이 새하얀 행주로 상을 닦는다. 엊저녁 삶아놓은 것이다. 자기부터 자기를 대접해야 남한테도 대접을 받는 법이야. 그래서 어머니는 입고만 나서면 흙투성이가 되고 마는 옷을 그악스럽게도 갈아입히고, 사과 하나 귤 하나도 예쁘고 좋은 것으로만 골라 먹였다. 그래 봐야 남들에게는 병신이었을 테지만 어머니만큼은 그를 부잣집 도련님처럼 위했다. 그는 보란 듯이 밥상을 차린다. 언젠가 어머니 간 뒤 군청 복지과라나 사회과라나에서 사람들이 나왔다. 중풍으로 쓰러진 아버지에 병신 아들 사는 꼴이 안타까워 누가 민원이라도 넣은 모양이었다. 마침 밥을 먹으려던 차였다. 군불 지피고 나온 숯으로 구워낸 고등어자반까지 떡하니 놓인 밥상을 본 여직원이 어머, 호들갑스럽게 감탄사를 터뜨렸다. 어머, 저보다 훨씬 낫네요. 여직원은 염치도 좋게 자반을 손으로 죽 찢어 맛을 보았다. 어머머, 아저씨 진짜 솜씨 좋다. 여직원은 마루에 놓인 걸레에 자반 기름 묻은 손을 닦았다. 어머머머, 이게 행주야? 이틀 걸러 삶는 걸레라고는, 말하지 않았다. 그의 밥상이 그들의 염려를 깨끗이 종식시킨 모양이었다. 어머니의 평생이 담긴 몇 개의 통장 때문에 생활보호 대상자로 지정하기는 어렵고 그렇다고 그냥 놔두기에는 민망했던 차에 저 정도의 밥상을 차릴 수 있는 자라면 국가가 보호할 필요는 없겠다고,

그들은 안도의 한숨을 쉬며 돌아갔다. 아무 데나 뻗지르는 팔로 허공을 휘저으며 그들을 돌려보낸 뒤 그는 어쩐지 뿌듯했다. 그들의 가벼운 발걸음이 마치 어머니의 바람대로 그가 살아남았다는 하나의 명료한 증거처럼 느껴졌던 것이다. 그날 그는 잘 붙지도 않는 입술을 씰룩거리며 휘파람도 불었다.

그는 상을 들고 마루로 나온다. 최고의 난코스다. 아무리 조심해도 흘리기 일쑤라 국이나 찌개는 늘 절반밖에 담지 않는다. 그래도 종종 국물을 흘린다. 다행히 오늘은 아무 탈 없이 상을 마루에 내려놓는다. 일진이 좋은 날이다. 쑥 냄새가 향긋하다. 막 숟가락을 든 찰나, 와장창, 유리 깨지는 소리가 들린다. 온갖 세간들이 부서지는 소리가 이어진다. 마음은 이미 옆집으로 달려갔다. 그러나 그의 팔은 이제 겨우 마룻장을 짚은 채 버둥거리고 있다. 숟가락을 든 채 그는 담 밑을 서성인다. 멋모르고 달려갔던 날, 호아는 평소보다 더 오래 맞았다. 팔다리를 버둥거리며 달려가 봤자 호아의 매만 벌어줄 뿐이다. 호아는 베트남 여자다. 7년 전 길호 형에게 시집을 왔다. 길호 형은 그를 부러워한 유일한 사람이다. 어린 시절 길호는 틈만 나면 그의 집으로 달려왔다. 어머니 얼굴도 모르고 자란 길호는 그의 어머니 뒤를 졸졸 따라다니며 시간을 보냈다. 그의 어머니가 아이고 내 새끼, 그를 향해 함박웃음을 지을 때마다 길호는 기를 쓰며 장작을 나르고 나물을 다듬었다. 아무리 잘해도 자신에게는 그렇게 다정하게 웃어주지 않는다는 것을 깨달은 뒤로 길호는 다시는 그의 집에 오지 않았다. 나도 너 같은 병신으로 태어났으면 좋았을 텐데, 그를 부러워하던 길호는 그의 집에 발길을 끊은 후 걸핏하면 병신이라고 그를 괴롭혔다. 길호가 괴롭히는 건 참을 만했다. 주먹을 휘두르는 길호의 눈빛에 감출 수 없는 질투가 번득였기 때문이다. 그를 제일 많이 괴롭힌 게 바로 길호인데도 그는 외려 길호에게 늘 고맙고 미안했다. 퍽퍽, 둔탁한 소리가 아침의 고요를 깨뜨린다. 호아는 신음 소리 한 번 내지 않는다. 어린 그가 그랬듯 팔로 머리를 감싸 쥔 채 묵묵히 견디고 있을 것이다. 제풀에 지친 길호 형이 나가떨어질 때까지. 주먹질은 좀처럼 끝나지 않는다. 이 아침이 영원히 끝나지 않을 듯하다. 그는 몇 번이고 대문을 나선다. 길호 형네 대문은 굳게 닫혀 있다. 호아가 시집온 후로 좀처럼 열리는 법이 없는 문이다. 길호는 호아가 자신의 어머니처럼 집을 나갈까 봐 두려운 것인지도 모른다. 호아를 지키기 위해 길호는 그 문 안에 자신마저 가뒀다. 그는 차마 문을 흔들지 못한다. 억, 숨이 멎은 듯한 소리와 함께 마을에는 다시 정적이 깃든다.

한바탕의 소동이 끝난 후에도 그는 좀처럼 대문 앞을 떠나지 못한다. 어쩌면 호아가 길호의 주먹을 피해 골목으로 도망을 나올지도 모른다. 호아를 처음 만난 것은 5년 전 겨울, 함박눈이 쌓인 골목에서였다. 호아는 눈사람인 양 소복이 눈을 뒤집어쓴 채 오들오들 떨고 있었다. 쌓이는 눈 위로 붉은 피를 떨구면서. 피 젖은 눈에서 더운 김이 모락모락 피어났다. 어디를 가는 중이었던 그는 가던 길도 잊고 안절부절 대문을 들락거렸다. 그의 요란한 발소리가 들릴 때마다 움츠린 호아의 등이 움찔거렸다. 그는 몇 해 전 어머니가 비싼 돈을 주고 마련해준 털 점퍼를 내밀었다. 쭈그려 앉은 호아는 발소리가 제 앞에서 멈추었는데도 고개를 들지 않았다. 별수 없이 그는 버둥거리는 손을 뻗어 가녀린 어깨에 털 점퍼를 덮어주었다. 호아는 뭘 하는 것일까. 한바탕 요란하던 옆집은 쥐 죽은 듯 고요하다.

차갑게 식어버린 국을 그는 물인 양 훌훌 들이마신다. 참기름 들들 부어 맛깔스럽게 무쳐놓은 콩나물도 당기지 않는다. 그는 밥솥에 소금과 참기름과 깨소금을 들이붓는다. 대충 버무린 것을 김에 싼다. 빈 부대에 연장과 도시락을 챙겨 넣고는 부대의 양쪽에 매놓은 줄을 허리에 야무지게 동여맨다. 산은 경사가 급하다. 때로는 네 발로 기어야 한다.

그는 길호 형 집 앞에서 발을 멈춘다. 까치발을 한 채 조심스럽게 담 너머를 기웃거린다. 깨진 세간들이 마당에 널브러져 있다. 길호 형도 호아도 보이지 않는다. 사람의 기척이라도 느낀 듯 안방에서 자지러지게 아이가 운다. 아이는 좀처럼 울음을 그치지 않는다. 가슴이 두근거린다. 호아가 집에 있다면 아이가 저렇게 울도록 내버려두지 않을 것이다. 몸조차 가누지 못할 만큼 맞은 것일까. 아니면 호아도 길호 어머니처럼 집을 나간 것일까. 어머니가 떠난 날처럼 등골이 서늘하다. 드르륵, 문이 열린다. 저 거침없는 손길은 호아가 아니다. 그는 재빨리 고개를 돌린다. 뒤통수에 따가운 시선이 느껴진다. 길호 형의 마음을 그는 알 것 같기도 하다. 동네 아이들에게 병신 소리를 듣고 온 날이면 아버지는 그를 때렸다. 맞는 것은 그였으나 괴로운 것은 아버지였다. 아버지의 주먹이 향한 것은 그가 아니라 아버지의 어긋난 유전자, 그러니까 곧 아버지 자신이었다. 호아를 때리는 길호 형의 주먹도 어쩌면 자기 자신을 향한 것인지 모른다. 그게 아버지가 견디는 방식이란다. 막막해서, 하도 막막해서 그러는 거야. 네가 이해하렴. 어머니는 아버지에게 맞은 상처를 어루만지며 말했다. 길호 형도 아버지처럼 막막한 것일까.

그는 버둥거리며 산으로 접어든다. 알싸한 농약 냄새가 진동한다. 영수네 고추밭에 농약을 치는 모양이다. 그는 바람을 살핀다. 다행히 계곡 쪽으로 바람이 불고 있다. 몇 해 전에는 산 위로 바람이 치밀어 그 바람을 타고 영수네 농약이 그의 밭까지 침범했다. 그해 가을, 그는 헛개나무 열매를 몇 번이나 물에 씻어 말려야 했다. 잎은 아예 따지 않았다. 헛개나무를 심기 시작한 것은 아버지 때문이다. 아니 어머니 때문이다. 술독에 빠져 사는 아버지를 위해 어머니는 해마다 가을이면 산을 탔다. 어디서 헛개나무 열매가 간에 좋다는 말을 들었던 것이다. 헛개나무 열매 달인 물을 먹으면 술이 다 헛것이라는 말이 사실이었는지 알코올성 지방간이던 아버지의 거무죽죽한 얼굴색이 제대로 돌아왔다. 효험을 본 어머니는 가을만 되면 죽자 살자 산을 탔다. 헛개나무가 많지 않은 데다 열매가 달리지 않는 것도 많아 어머니의 걸음이 고달팠다. 걸음이 불편해 어머니를 따라갈 수 없던 그는 혹시나 싶어 열매를 밭에 뿌렸다. 이듬해 봄, 잡초만 무성했다. 그 잡초 속에서 그는 딱 두 개의 헛개나무 새싹을 찾아냈다. 그는 불편한 걸음으로 매일같이 산에 올라 새싹을 보고 또 보았다. 헛개나무가 잘 알려져 있지 않던 때라 재배 방법을 물을 곳도 마땅치 않았다. 이듬해, 30여 개의 헛개나무 싹이 고개를 내밀었다. 헛개나무 열매는 발아하는 데 2년이 걸린다는 것을 그때의 그는 알지 못했다. 그는 30여 그루의 헛개나무를 위해 매일 산 밑 밭에서 살았다. 높은 산에 절로 자라는 나무라 퇴비나 농약 같은 건 하지 않았다. 대신 늦가을, 낙엽을 주워 발목이 푹푹 잠기게 뿌려 놓았다. 내버려두어도 헛개나무는 쑥쑥 잘 자랐다. 싹을 틔우기가 어렵지 싹 튼 후에는 별로 손 가는 일도 없었다. 일이라고는 여름내 풀 베는 것뿐이었다. 그래도 그는 헛개나무에서 한시도 눈을 떼지 않았다. 가물 때면 빈 부대에 물을 채워 하루에도 몇 번씩 산에 올랐다. 부대를 질질 끌고 왔으니 어렵사리 산에 올라 봐야 남은 물은 얼마 되지 않았다. 그래도 그는 종일 부대에 물을 채워 다리가 후들거리도록 산에 올랐다. 때로는 뾰족한 것에 찔려 부대가 터지기도 했다. 어머니와 그는 달밤에도 물을 날랐다. 피곤한 팔다리가 평소보다 더 사방으로 날뛰었지만 물기 머금어 더욱 검어진 땅을 보고 있으면 절로 웃음이 났다. 그게 그의 나이 열일곱 때였다. 그렇게 정성으로 키워도 헛개나무는 꽃을 피우지 않았다. 당연히 열매도 맺지 않았다. 어머니에게 숟가락 젓가락질을 배우듯 그는 포기하지 않고 매일 산에 올랐다. 스물다섯 되던 어느 봄날, 그는 무심히 허리를 폈다. 바로 머리 위에서 하얀 꽃봉오리가 톡, 하고 벌어졌다. 그날 그는 다닥다닥 매달린 꽃봉오리가 죄 벌어질 때까지 자리를 뜨지 못했다. 그건 그가 피워낸 꽃이었다. 아버지에게조차 용납받지 못한 병신이 오롯이 피워낸 꽃이었다.

그는 가파른 경사길 초입에서 잠시 숨을 고른다. 오르막 끝에 전망대인 듯 너럭바위가 있다. 그 너럭바위를 목표 삼아 그는 다시 길을 재촉한다. 어머니와 그는 너럭바위에서 한숨 돌리며 시원한 바람을 맞곤 했다. 그는 네 발로 기어 경사진 길을 오른다. 군데군데 박힌 돌에 쓸리는 것쯤이야 아무렇지 않다. 15년 넘게 산을 오르는 동안 손바닥에도 무릎에도 심지어 정강이에도 굳은살이 박였다. 이력이 붙으면 뭐든 견딜 만하다. 아버지는 병신 자식 하나 낳아놓고 살 수 없게 됐지만, 태어나는 그 순간부터 사는 게 지옥이었던 그는 살다 보니 사는 일에도 그럭저럭 이력이 붙었다. 사는 일이 만만치 않은 것임을 제일 먼저 알려준 것은 아버지였다. 쯧쯧, 칠순의 영수네 어머니는 벌레처럼 꿈틀꿈틀 산에 오르는 그의 뒷모습을 보며 혀를 찰 것이다. 영수네 어머니는 신경통이 심해 다리를 전다. 언젠가 산길을 오르다 절뚝이며 앞서가는 영수 어머니를 만났다. 절뚝이며 다가오는 그를 보고 영수 어머니는 나이답지 않게 배시시 웃었다. 쯧쯧, 평생 혀를 차며 바라본 그의 모습과 별반 다르지 않은 자신의 모습이 쑥스러운 듯했다. 산 타는 데 이력이 붙은 그는 사지를 뒤흔들면서도 이내 영수 어머니를 따라잡았다. 아가, 병신이면 어떠냐. 네가 젤이다. 사지육신 멀쩡하지 않아 언제든 품어줘야 할 아이로 보이는 것일까. 마흔 가까운 그를 영수 어머니는 '아가'라고 불렀다. 웬일인지 눈물이 핑 돌았다. 헛개나무가 첫 꽃을 틔웠을 때처럼 그의 가슴속에서 톡톡, 어여쁜 꽃망울이 터지는 느낌이었다.

오르막을 올라서자 축축하게 땀 젖은 등줄기로 시원한 바람이 스친다. 손을 탁탁 털며 일어나던 그의 시선이 한 군데 못 박힌다. 너럭바위에 몸을 기댄 채 여자가 부들부들 떨고 있다. 얼굴을 보지 않아도 알 수 있다. 호아다. 무릎을 감싸 안은 양손이 까무잡잡하다. 어떻게 여기까지 올라온 것일까. 아침의 매질이 심상치 않았음이 분명하다. 들키지 않을 데를 찾다 이 높은 산중까지 올라온 것일 게다. 그는 가만히 호아의 정수리를 바라본다. 가마가 두 개다. 그의 가마도 둘이다. 아이고, 내 새끼. 장가 두 번 갈란갑네. 어머니는 머리를 감길 때마다 그를 놀리곤 했다. 마흔이 낼모레지만 두 번은커녕 한 번도 못 갔다. 장가는 고사하고 여자를 만나본 적도 없다. 무릎과 정강이에 굳은살이 박이고 사방팔방 제멋대로 나대는 몸이지만, 누구의 손길은 고사하고 눈길 한 번 탄 적 없는, 순결하디순결한 몸이다. 몸뿐이랴. 그의 마음 또한 누군들 잠시 잠깐 머무른 바 없는 처녀지다.

잠깐 잠이라도 들었던 것인지 호아가 소스라치게 놀라며 고개를 든다. 주먹만큼 부어오른 뺨 위로 아직도 피가 흐르고 있다. 그가 황급히 무릎을 꿇는다. 목에 묶고 있던 수건을 풀었으나 어찌할 방법이 없다. 찢어진 곳은 눈두덩이다. 그는 수건으로 눈두덩을 힘주어 누른다. 맥을 놓고 있었는지 호아의 몸이 휘청 뒤로 기운다. 그가 재빨리 호아의 머리통을 받친다. 제풀에 당황하여 그는 황급하게 손을 뺀다. 호아가 멍한 눈길로 그를 바라본다. 검고 푸른 멍들이 여기저기 얼룩져 있다. 그는 호아의 멀쩡한 얼굴을 알지 못한다. 양수가 터지는 바람에 허둥지둥 그의 집으로 달려왔을 때도 호아의 얼굴에는 검푸른 멍이 군데군데 꽃처럼 돋아 있었다. 타고난 반점인 양 친숙한 멍이다. 수건이 이내 피로 젖는다. 그는 수건을 떼어내고 찬찬히 상처를 살핀다. 족히 대여섯 바늘은 꿰매야 할 상처다.

"병원 가요. 꿰매야 돼요."

어눌한 발음을 알아들은 모양이다. 생기 없던 호아의 눈빛이 생생하게 살아난다. 술에 젖어 사는 길호 형네 형편이 좋을 리 없다. 호아는 그의 어머니처럼 돈을 손톱 밑에 그러쥐고 살아간다. 두부 한 모 사가는 것을 보지 못했다. 병원비가 아까워 호아는 세차게 고개를 흔든다. 그 바람에 핏방울 몇 개가 그의 티셔츠 위로 튄다. 붉은 핏방울이 흰 셔츠에 번진다. 어쩐지 부끄러워 그는 얼굴을 붉힌다. 붉어진 얼굴을 감추려는 듯 상체를 일으킨 그는 수건을 호아의 머

리에 묶는다. 짧아서 잘 묶이지 않는다. 게다가 눈을 가린
다. 잠시 생각하던 그는 러닝셔츠를 벗는다. 땀에 젖긴 했
지만 삶아서 입은 것이니 그다지 더럽진 않을 것이다. 그는
러닝셔츠가 눈을 가리지 않도록 꼼꼼하게 상처를 묶는다.
호아는 인형처럼 그에게 몸을 맡기고 있다. 호아의 몸에서
희미한 비린내가 풍긴다. 젖비린내다. 그는 맨살 위에 티셔
츠를 되입는다. 호아의 멍한 시선이 산등성을 향해 있다. 호
아의 시선이 가닿은 그곳에 헛개나무 꽃이 한창이다.

"꽃, 예뻐요."

호아의 목소리를 듣기는 처음이다. 담장 너머로 억, 하는
비명을 서너 번 들었을 뿐이다.

"내 이름, 호아, 꽃이에요."

꽃이라는 호아의 목소리는 깃털처럼 가볍고 상쾌하다.
억, 하는 비명 뒤에 저렇듯 가냘픈 목소리가 있을 거라고는
상상하지 못했다. 가볼래요? 저도 모르게 튀어나온 말을 어
쩌지 못하고 그는 얼굴을 붉힌다. 뜻밖에 호아가 고개를 끄
덕이며 몸을 일으킨다. 순간 어지럼증이 이는지 몸을 휘청
거린다. 버둥거리는 팔을 뻗어 그가 재빨리 호아의 손을 잡
는다. 손을 잡은 채 두 사람은 산을 오른다. 혼자서는 사방
팔방 뻗지르던 왼팔이 호아의 손을 맞잡고 잠잠해진다. 닥
치는 대로 꿰고 나온 것인지 앞도 막히지 않은 호아의 여름

용 슬리퍼가 자꾸 미끄러진다. 그때마다 그는 맞잡은 손에 힘을 준다. 쓸모없이 버둥거리는 그의 팔을 의지 삼아 호아는 한 발 한 발 조심스레 내딛는다.

구불구불 산으로 이어진 길 끝에 웅장한 철문이 막아선다. 철문 옆으로는 높은 철조망이 둘러져 있다. 헛개나무가 간에 좋다는 소문이 나면서부터 열매는 물론이고 나무껍질까지 벗겨가는 일이 잦아졌다. 그는 어머니가 남기고 간 통장 하나를 털어 3000평 밭에 철조망을 치고 문을 달았다. 문을 단 뒤로 아무도 이곳에 침입하지 못했다. 그는 허리띠에 묶어놓은 큼지막한 열쇠를 꺼낸다. 철조망 안 3000평의 헛개나무 밭이 그의 천국이다. 육중한 소리와 함께 문이 열린다. 솔잎보다 상쾌한 향기가 파도처럼 밀려온다. 진녹색의 잎 사이로 하얀 꽃이 하늘하늘 바람을 타고 있다. 꽃향기에 정신이 아득하다. 문을 열고 들어서면서 그는 마음 한구석 거미줄처럼 질기게 엉겨 있던 아버지를 떨쳐낸다. 이곳은 아버지의 삶에는 허락되지 않았던, 아니 스스로 허락하지 않았던 그만의 천국이다.

그는 호아를 밭 가장자리 자그만 원두막으로 데려간다. 헛개나무 꽃이 피는 유월이면 그는 원두막에서 밤을 지새우곤 했다. 만월이 휘영청 산등성이에 걸린 봄밤에는 꽃향기에 취한 듯 시간이 날아갔다. 세상만물 가리지 않고 골고루 내려앉는 달빛은 버둥거리는 그의 사지에도 고요히 내려앉고, 꽃향기 또한 아버지가 버린 못난 육신 곳곳에 가리지 않고 스며들었다. 그곳에서 그는 비로소 온전한 존재였다. 그를 온전하게 만든 그곳을 만든 것은 바로 그였다. 그가 헛개나무 농장을 만들었고, 헛개나무 농장은 그를 온전하게 만든 것이다.

호아는 그가 시키는 대로 원두막에 올라선다. 맨발이 흙투성이다. 그는 목에 두른 수건을 풀어 정성스레 흙을 닦는다. 일순간 멈칫했으나 호아는 그의 손길에 발을 내맡긴다. 아무도 눈여겨봐 주지 않던 발이다. 베트남에서 호아는 맨발일 때가 많았다. 맨땅과 맨살로 마주쳤던 발은 여기저기 상처투성이고 굳은살투성이다. 그 발을 그는 떨리는 한 손으로 받쳐 들고 구석구석 흙 알갱이 하나 남김없이 정성들여 닦는다. 그 와중에도 정처 없이 흔들리는 그의 머리를 호아는 물끄러미 바라본다. 윙윙거리며 벌들이 한창 꿀을 빠는 중이다. 꿀로 배를 불린 후에야 벌은 꽃에서 떨어진다. 윙윙, 벌들의 날갯짓에 노곤한 잠이 몰려온다. 볼품없이 생긴 헛개나무는 향기로 벌을 유혹한다. 꽃도 나무도 잎도 달큰한 향기를 품고 있다. 꽃이 피기 전에는, 껍질을 벗겨보기 전에는, 잎을 으깨보기 전에는, 좀체 상상하기 어려운 향기다.

자울자울, 호아는 앉은 채 잠이 든다. 아이가 태어난 이래 그녀는 밤잠을 제대로 잔 적이 없다. 그녀의 마음을 읽기라도 한 듯 아기는 울지 않는 그녀를 대신해 밤새 울었다. 아무리 젖을 물려도 그때뿐, 아이는 울음을 멈추지 않았다. 밀린 졸음이 쏟아진다. 꽃향기만큼 달큰한 잠이다. 그녀를 깨울세라 그는 조심조심 낫을 들고 걸음을 옮긴다. 3000평 밭에서 그는 여름내 잡초를 벤다. 그에게 여름은 잡초와의 전쟁이고 삶은 맘대로 되지 않는 제 몸과의 전쟁이다.

그는 조심조심 풀을 벤다. 팔이 마음대로 제어되지 않는 탓에 낫질이 제일 고역이다. 낫에 다리를 벤 것도 한두 번이 아니다. 요즘은 오랜 낫질에 요령이 생겼다. 그는 팔에 힘을 빼고 가볍게 휘두른다. 제어하려 하지 않는 것이 최고의 제어라는 것을 터득한 것은 오래지 않다. 목적 없이 내뻗는 팔의 리듬에 익숙해지면 그 템포에 맞춰 풀을 베는 것이다. 연보랏빛 꽃을 피운 곽향을 한 움큼 잘라낸다. 꿀을 빨던 나비가 안타까운 듯 잘린 풀 주위를 맴돈다. 사람에게는 무용지물인 잡초가 벌 나비에게는 소중한 생명줄이다. 잘린 자국에서 진한 풀 냄새가 풍긴다. 죽음의 냄새치고는 너무 싱그럽다. 그는 베어낸 풀을 농장 끝으로 옮긴다. 여름내 잘 마른 풀은 겨우내 헛개나무 새 움을 틔우는 거름이 될 것이다. 윙윙 벌 나비가 부지런을 떨고 그들의 날갯짓에 맞춰 그의 낫질도 바빠진다. 웅얼웅얼 호아가 잠결에 노래를 부른다. 벌의 날갯짓처럼 헛개나무 꽃향기처럼 달큰한 발음이다. 당신의 눈은 별처럼 빛나고 오늘 밤 그대를 집에 데려다 주고 밤길에 나 혼자만……. 베트남어 가사를 그가 알아들을 리 없다. 다만 호아의 잠이 노래처럼 달콤하기를 바랄 뿐이다. 술 취한 아버지도, 길호의 패악도 꿈인 듯 아득하다.

소스라치며 호아는 짧은 잠에서 깨어난다. 그러고는 어리둥절 사방을 둘러본다. 저만치 팔다리를 휘저으며 풀을 베는 낯익은 등이 보인다. 어느 겨울 눈 퍼붓는 골목으로 뛰쳐나왔을 때 그녀의 앙상한 어깨에 털 점퍼를 씌워준 것도, 술 취한 남편을 대신해 택시를 불러주고, 진통하는 내내 복도에서 서성인 것도, 베트남과 한국의 피가 절반씩 섞인 아이를 젤 처음 보고 빙긋 웃어준 것도 저 어설픈 몸이었다. 어설픈 그의 몸이 호아는 살붙이처럼 정겹고 서럽다. 앞섶이 축축하다. 젖이 흐르고 있다. 그제야 호아는 황급히 슬리퍼를 꿰찬다. 얼마나 지난 것일까. 몇 시간째 아이에게 젖을 물리지 못했다. 호아는 허둥지둥 꽃향기 자욱한 길을 달린다. 아이가 울거나 말거나 남편은 술에 취해 잠들어 있을 것이다. 투박한 손이 호아의 옷자락을 붙든다.

"잠깐, 잠깐만……."

다급한 외침에 호아가 걸음을 멈춘다. 다급할수록 떨리

는 손이 제 허리춤을 더듬거린다. 손에 잡혀 나오는 것은 열쇠다. 버둥거리는 손으로 그는 허리춤의 쇠사슬에서 열쇠를 빼낸다. 정처 없이 흔들리는 손에 열쇠를 쥔 채 그가 손을 뻗는다. 그의 말없는 말을 호아는 알아듣는다. 조심스레 열쇠를 잡는다. 이제는 담벼락 아래서 멍든 얼굴을 가린 채 숨어 있지 않아도 될까. 이곳이라면 취한 남편도 찾아오지 못할 것이다. 호아는 열쇠를 쥔 채 문을 열고 나선다. 끼이익, 돌아가야 할 곳의 냉혹함을 일러주기라도 할 듯 쇳소리가 귀청을 긁는다. 비탈길을 내달리기 전에 그녀는 마지막으로 뒤돌아본다. 눈송이 같은 하얀 꽃이 철조망 위로 조랑조랑 매달려 있다. 꽃송이가 바람에 살랑인다. 꽃송이를 흔든 바람이 향기를 안고 그녀의 품으로 달려온다. 그것은 그의 향기다. 열쇠를 꼭 쥔 채 그녀는 마을을 향해 내달린다.

# 목욕
# 가는 날

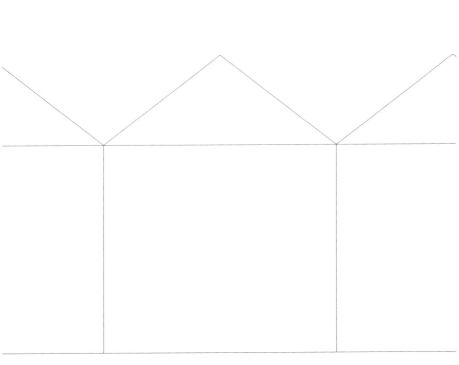

빌라 입구에 들어서기도 전에 맥이 탁 풀렸다. 2층에서부터 거침없이 새나오는 고함 소리는 언니의 것이 분명했다. 엊저녁에도 언니는 수화기를 들자마자 안부인사 한마디 없이 버럭 소리를 질렀다.

　"니는 엄마가 죽었능가 살았능가 궁금하도 않냐?"

　손에 들고 있던 트레이닝 바지가 힘없이 주르륵 미끄러졌다. 야근을 하고 막 퇴근해 옷을 갈아입으려는 참이었다. 지난 설 직후만 해도 고질병인 관절염을 제외하고는 멀쩡하던 어머니였다. 무슨 일이냐고 차마 물을 용기가 나지 않았다. 혈압으로 쓰러진 것일까, 아니면 운동 나갔다 교통사고라도 당한 것일까. 오만 가지 생각들이 기세 등등 머릿속을 휘젓고 다녔다. 의도하지 않은 긴 침묵이 화를 가라앉힌 것인지 언니가 한숨을 푹 내쉬고는 말을 이었다.

"가시내야, 암일도 없응게 숨이나 펜히 쉬그라. 각설허고, 내일은 무슨 일이 있어도 니가 와야 쓰겄다. 엄마 목욕 가는 날인디, 시댁에 일이 있어서 내가 못 가겄다. 긍게 니라도 내려와야제."

친정과 한 시간 거리의 소도시에 사는 언니는 2주에 한 번씩 어머니와 목욕탕에 다녔다. 그게 내일인 모양이었다.

"한 주만 미루면······."

마감 때문에 주말 내내 근무라는 말을 하기도 전에 언니가 싹둑 말을 잘랐다. 말 자르는 데는 언니 따라올 사람이 없었다.

"아이, 니만 일허냐? 나도 일해야. 누구는 시간이 펑펑 남아돌아서 엄마헌티 댕긴 중 아냐? 느그 애는 어리기라도 허제. 우리 집 큰 애는······."

언니네 큰아이는 고3, 게다가 언니는 고3 담임이었다. 아무리 지방이라고 해도 언니의 일상 역시 바쁠 터였다. 그래도 언니는 천성이 부지런하고 몸이 재서 나라면 석 달 열흘 해도 모자랄 일을 하룻밤에 뚝딱 해치우곤 했다. 그런 언니에게 기대 고향에 홀로 있는 어머니를 잊고 있었던 것이야 변명의 여지가 없지만 가만히 있으면 절로 고마워할 것을 굳이 제 입으로 떠들어 고마운 마음까지 싹 가시게 만드는 게 또 언니의 타고난 품성이었다.

"긍게 이번만이라도 니가 좀 오란 말이다."

"다음번에 갈게. 내일은 출근이야. 언니 시간이 정 안 되 거든 그냥 어머니 혼자 가시라고 해."

"가시내가 속 펜한 소리 허고 자빠졌네. 내가 열첬다고 만날 어머니 모시고 댕기겠냐? 노친네 혈압이 높아서 혼차 때 밀고 나오면 반은 까무러친단 말이다."

"때밀어주는 사람 있잖아. 내가 돈 줄게."

"하여간에 싹퉁머리하고는. 가시내야. 내가 돈 만 원 아낄 라고 때밀이헌티 안 맡긴 중 아냐? 니가 엄마를 설득해서 때밀이헌테 때를 밀라고 허든가 니가 허든가, 양단간에 니 가 알아서 해야!"

그러고는 전화가 툭 끊겼다. 생색내기 좋아하는 사람이 긴 해도 언니가 자기 일을 떠맡긴 적은 별로 없었다. 그게 되레 짜증을 돋웠다. 가만 두면 알아서 할 일을 자기 성질 자기가 못 이겨 도맡아 해놓고 생색을 낼 건 뭐란 말인가. 하여간 그런 언니가 내려오라면 만사 제쳐두고 내려가긴 내려가야 할 터였다. 하여 부랴부랴 다른 사람에게 일을 넘 기고 새벽부터 달려온 참인데 시댁에 있어야 할 언니 목소 리가 쩌렁쩌렁 3층 연립을 뒤흔들고 있는 것이다.

"이미 돈 다 줬당게! 멫 푼 허도 않는다고 내가 멫 번을 얘기했잖애. 딸네들이 용돈 한 푼 안 준 것맹키 위째 돈 몇 푼 갖고 징징거려쌌소. 용돈 준 거 다 모다났당가 저승 갈 차비 헐라요? 맛난 것도 사묵고 사람들 불러서 멋도 멕이고 기분 좀 내고 살란 말이요, 쫌!"

언니의 고함 소리에 뒤이어 어머니가 뭐라 중얼거리는 소리가 들렸다. 듣지 않아도 뻔했다. 우세스럽게 왜 소리를 질러대냐며 눈을 흘기고 있을 터였다.

"내가 몇 번을 말해도 못 알아묵웅게 글제. 소리나 잘 들린가 보씨요, 쫌."

쿵쾅쿵쾅 마룻장을 울리는 언니의 걸음이 가까워졌다. 걸어오는 동안에도 언니는 씩씩거리며 혼잣말을 늘어놓았다.

"황소를 삶아 묵었능가 위쨌능가, 먼 놈의 고집이 고래심줄보다 더 씬가 몰라. 늙음시로 고집만 는당게. 아이고, 징해라."

아귀가 잘 맞지 않아 삐걱거리는 현관문이 언니 목청처럼 요란하게 열렸다. 열린 문 사이로 고래심줄보다 고집 센 어머니의 불만 가득한 혼잣말이 밀려나왔다.

"누가 지 애비 딸 아니랠까비 승질머리허고는…… 벨라 필요도 없는 놈의 것을 멀라고 비싼 돈 들여감시로 단다고 저 지랄인가 모리겄네. 돈이 썩어빠졌는갑다. 찾아올 사램도 없그만은……."

"아적 귀 묵을 나이 아니요. 다 들리요이. 찾아올 사램이 없기는. 초인종 달 생각을 왜 했가니? 불러도 대답이 없응게 우편배달부가 그냥 가꼬 그 귀한 전복을 다 베레놓고는. 당뇨에도 좋고 혈압에도 좋다길래 엄마 멕일라고 일부로 학부형헌티 부탁해서 자연산으로 산 것이구만. 전복만 생각하면 내가 안즉도 속이 쌔름쌔름하요, 시방."

언니가 한마디도 지지 않고 따박따박 말대답을 하며 새 초인종을 연거푸 눌렀다. 귀 먹은 노인네들 용으로 따로 나온 건지 초인종 소리가 빌라 입구까지 쩌렁쩌렁 울렸다.

"아이고, 고만 눌러라. 전기세 아깝다."

"걱정 마셔. 그럴까비 1000원짜리 건전지 넣는 것으로 했네. 1년도 넘게 쓴다요. 그나저나 이 가시내는 왜 안 온다냐? 못 오면 못 온다고 말이라도 허제."

마중이라도 나올 셈이었는지 계단참으로 불쑥 머리를 내민 언니가 자지러지게 놀라며 뒷걸음질 쳤다.

"워매, 가시내야. 간 떨어질 뻔했다. 시커먼 것이 서 있길래 귀신인 중 알았어야. 왔으면 들어오제 거그서 멋 허고 있냐?"

시댁에 일 있으니 이번에는 네가 책임지라고 종주먹을 대던 엊저녁 일을 까맣게 잊은 채 언니가 환한 웃음을 지으며 한걸음에 달려왔다.

"언니는 일이 있어 못 온다며?"

"워찌 그리 됐다. 이참에 니 얼굴도 보고 잘 됐제 머."

내 손에 들린 과일박스를 낚아챈 언니가 잰걸음으로 계단을 오르며 소리쳤다.

"엄마! 오매불망 꿈에도 못 잊던 둘째 딸 왔소!"

언니의 고함 소리를 들었을 텐데도 내가 문 앞에 당도할 때까지 어머니는 나오지 않았다. 아니 나오지 못했다. 이제는 세상에 다시없는 반가움도 어머니의 쇠한 기력을 순간이나마 번쩍 일깨우기에 역부족인 것이다. 어린 시절, 어머니는 늘 마을 입구에서 우리 자매를 기다렸다. 몇 시에 도착한다는 기별도 하지 않았건만 어머니는 번번이 배바위 아래, 아스라이 굽이진 신작로 끝에 시선을 던져둔 채 아픈 다리를 두드리고 있었다. 길게 드리운 산그림자 속에 고즈넉이 서 있는 어머니에게 나는 한 번도 얼마나 기다렸냐고 다정히 묻지 못했다. 괜히 마음이 울컥하여 뭐하러 나와서 청승이냐고 되레 타박이나 주기 일쑤였다. 읍내로 이사를 한 뒤에는 빌라로 올라가는 언덕길이 어머니가 나를, 혹은 언니를 기다리는 장소였다. 몇 년 전까지만 해도 언덕이 시작되는 길 초입에서 어머니는 무슨 바위인 양 우두커니 앉아 있곤 했다. 마음은 그때보다 간절하여, 어머니는 지금 다리를 절뚝이며 허겁지겁 달려 나오는 중일 터였다. 스물다섯 평, 거실에서 현관까지의 거리가 어머니에게는 아득히 멀었다. 지팡이도 없이 기우뚱기우뚱 문밖으로 달려 나온 어머니는 맨발이었다. 그 발이, 또 신경을 건드렸으나 무엇하러 나오느냐는 말을, 이번에는 꿀꺽 삼켰다.

"아가, 왔냐? 바쁠 것인디 멀라고 이 먼 길을 왔으까이. 니는 팬시리 씨잘데기 없는 소리를 해가꼬……."

어머니가 내 손을 붙잡아 끌며 언니를 향해 눈을 흘겼다.

"아이고, 입만 열면 둘째 타령을 늘어논 게 누군데?"

"궁금헝게 그랬제 누가 오라는 말이었가니……. 니는 시키잖은 일만……."

"알았소. 알았응게 목간이나 갑시다."

언니가 손도 재게 내가 사온 사과를 냉장고에 척척 넣으며 말했다.

"아이, 놔둬라. 고로코롬 너가꼬 되가니. 요새 사과는 신문지에 싸놔도 메칠 못 가야."

"아이고, 상하도록 냅두지 말고 후딱 먹어치우면 되제."

"나가 혼차 월매나 묵어서. 니는 살림허는 여자가 만사 대충대충, 그래 가꼬 먼 살림을 산다고……."

어머니가 사과를 바닥에 죄 꺼내고는 하나씩 일일이 신문지로 싸기 시작했다. 마주치기만 하면 개와 고양이처럼 아웅다웅, 잠시도 조용할 짬이 없는 두 사람이었다.

"아이고, 참말로 못 말리겄네. 알아서 허씨요. 나도 어디 가면 알아주는 살림꾼이그만. 우리 엄마 깔끔 떠는 거야 워 느 장사가 말리겄어."

성이 난 언니가 자리를 툭툭 털고 일어났다. 두 사람의 신 경전은 늘 그렇듯 언니의 완패로 끝났다. 비누를 물에 불게 해놨다, 머리카락이 수챗구멍을 막았다, 책가방을 아무 데나 던져놨다, 도시락을 안 내놨다, 어린 시절, 언니는 하루에도 수십 번씩 어머니의 잔소리를 들었다. 잔소리가 지겨워 버릇 을 고칠 법도 하건만 언니는 날이 밝으면 어머니의 잔소리를 깨끗이 잊었고, 친구 만날 생각에 혹은 영화 볼 생각에 아무 데나 책가방을 던져놓은 채 밖으로 달려 나갔다. 그럴수록 어 머니의 잔소리는 강도가 높아졌고, 언니는 천성이 그렇기도 했겠지만 어머니가 그럴수록 뻐득뻐득 어깃장을 놓았다. 말 다툼의 끝은 언제나 나였다.

"둘째만 친딸이고 나는 다리 밑서 줏어 왔제? 긍게 죽어 라고 나만 잡는 것이여, 글제? 글제? 이럴라면 멀라고 나를 줏어 왔능가. 둘째나 끼고 살제."

언니가 번번이 나를 물고 늘어지면 어머니는 쯧쯧 혀를 찼다.

"온냐. 니 말 한 번 잘 했다. 쟈가 원제 책가방 던져논 거 한 번이라도 봤냐? 쟈는 철 듦시로 지 빤스 한 번을 내 손에 안 맡겼다. 나는 쟈 월경이 원젠가도 몰러야. 니는 니 손으로 니 서답 한 번 빨아봤냐? 아이고, 황송허게 서답 빨래는 무신……. 수돗가에 휙 던져놓지나 않으면 나가 업드레 절을 했겄다. 말만 한 처녀가 낯부끄럽도 안 헌가 원……. 니 월경 날짜는 동네 개들도 다 알 것이다, 아매."

그쯤 되면 언니는,

"누가 요로크롬 나노라고 했간디! 이것이 다 엄마 작품이여, 엄마 작품!"

버럭 소리를 지르고는 쾅 방문을 닫았다. 그런 언니가 자라 세 아이의 엄마가 되었고, 세 아이의 엄마가 된 지금도 어머니와의 다툼은 예전 그대로였다. 나도 모르게 피식 웃음이 나왔다.

"니는 불난 데 부채질허냐? 내가 열 살 묵은 애기도 아니고, 썽질이 나 죽겄그마 웃기는! 후딱 인나기나 해. 목간이나 가게."

가슴이 봉긋해진 후로 나는 언니와도 어머니와도 목욕을 하지 않았다. 목욕탕 다닐 돈이 없어 내남없이 집에서 목욕을 하던 시절, 나는 행여 누가 볼 새라 부엌문을 꽁꽁 걸어 잠갔다. 밖에서 어머니가 뜨거운 물을 더 부어주겠다고 해도 나는 절대 문을 열지 않았다. 워쩌믄 저런 것꺼정 빼닮았으까이. 너무 깨끔을 떨어도 팔자가 외로운 벱인디. 혹 물이 식었을까, 잠긴 문밖에서 서성거리던 어머니의 한숨 소리가 아직도 귀에 선했다.

"목욕은 무슨. 나 새벽에 샤워하고 출발했어."

"아따, 한 번씩 아조 정내미가 떨어지게 해야 니는. 누구는 샤워 못 해서 목간 가잔 중 아냐? 말뿐새허고는."

"아니다. 후제 나 혼차 가도 되게 오늘은 그냥 집에 있자. 느그도 피곤할 텐디 쉬야제. 서울서 여그가 워딘디."

어머니가 얼른 언니를 막아 나섰다. 열 살 땐가 목욕하는 모습을 고모에게 들킨 뒤 사나흘 밥도 안 먹고 울기만 했던 나를 어머니는 아마 기억하고 있을 터였다. 아이, 정제가 침침해서 참말 암것도 못 봤어야. 결국 고모가 달려와 어르고 달랜 끝에 나는 겨우 울음을 그쳤다. 언니는 그 일을 까맣게 잊은 모양이었다. 어쩌면 언니는 나와 함께 목욕한 적이 없다는 것조차 잊었는지 몰랐다. 언니는 정말 중요한 일이 아니고는 돌아서서 잊어버리는, 산뜻하기 짝이 없는 그런 사람이었다.

"아이고, 원제는 목간 갈 때가 되게 근질근질해 죽겄담서? 왜? 나는 못 부려묵어 안달이등만 둘째 딸 봉게 물고 빨고 헐 시간도 모지랄 것맹키요?"

쏘아붙인 언니가 내 등짝을 야무지게 후려쳤다.

"가시내야. 엄마 가신 뒤에 나헌티 고맙다고 헐 날이 올 것이다. 긍게 잔말 말고 따라나서야."

주춤주춤 언니 뒤를 따랐다. 성큼 앞서나간 언니는 현관 앞에서 어머니 신발을 가지런히 놓고는 귀퉁이에 놓인 지팡이를 집어 들었다. 지팡이를 산 것도 언니였다. 내가 몇 번 사주겠다고 했는데도 어머니는, 아적 괜찮다, 할망구맹키 지팡이는 무신. 번번이 고개를 저었다. 늙은 티 내고 싶지 않은 어머니의 마음을 헤아려 사지 않은 것인데, 어느 추석 다니러 왔더니 어머니가 지팡이를 짚은 채 언덕 아래 서 있었다. 어머니 마음을 내 것인 양 헤아릴 수 있다고 짐작한 것이 어쩌면 내 자만이었을까.

"잡으씨요."

언니는 팔걸이라도 되는 양 자기 왼팔을 내밀었다. 어머니가 익숙하게 그 팔을 붙잡고 걸음을 내디뎠다. 계단 난간 앞에서 언니는 지팡이를 받아들었다. 어머니는 오른팔로 언니에게 의지한 채 왼손으로는 계단 난간을 짚고 걸음을 옮겼다. 나와 있을 때, 어머니는 언제나 계단 앞에서 여그서 부터는 나 혼차 갈 수 있어야, 가만히 내 팔을 놓았다. 언니와 보조를 맞춰 느릿느릿 계단을 내려가는 어머니를, 천천히 뒤따랐다. 말없이도 두 사람의 행동이 더할 수 없이 자연스러웠다. 반 층을 겨우 내려온 어머니가 걸음을 멈추고는 숨을 몰아쉬었다.

"업힐라요? 보는 사람 암도 없소. 업히씨요."

언니가 답삭 등을 내밀었다. 어머니는 기겁을 하며 아무도 없는 사방을 두리번거리더니 휘휘 손사래를 쳤다.

"야가 왜 이런댜? 내가 무신 얼둥애기도 아니고 업히기는……. 씰데없는 짓 고만허고 가자."

언니의 옷소매를 잡아당기는 어머니 얼굴이 반짝반짝 윤이 났다. 계단참 창문으로 쏟아지는 초여름의 햇살 탓만은 아니었다.

두어 달 전인가, 좀처럼 먼저 전화하는 법 없는 어머니가 웬일로 전화를 걸어왔다. 잘 지내지야? 안부를 묻고는 무슨 할 말이 있는 듯 어머니는 잠시 머뭇거렸다. 혹 돈이 필요한가 싶어 캐물었는데 어머니의 답이 뜻밖이었다. 생각해봉게 큰 뒤로 니를 뽀듬아본 기억이 없어야. 후제 니 오먼 한 번 뽀듬아볼란다. 헐 일이 없응게 싱겁게 벨 생각을 다 허지야? 그랬는데 안아보지 못한 것은 나 하나인 모양이었다. 정다운 남편이라도 되는 듯 언니 팔에 기댄 어머니의 얼굴이 수줍은 소녀처럼 발그스름했다.

언니는 어머니를 조수석에 앉혔다. 뒤에 앉은 내가 안전띠를 매주려고 하자 언니가 끼어들었다.

"냅둬야. 굽은 허리도 아프신 것맹키고 답답해하셔서 일부러 안 맨 것이여."

나는 무참하게 손을 거뒀다. 묘한 기분이었다. 그건 언니의 말이 아니라 내 말이어야 했다. 말없이도 어머니 마음을 헤아리는 건 언제나 내 몫이었다. 언제부터 어머니와 언니가 이렇듯 가까워진 것일까.

언니의 운전 실력은 나보다 한수 위였다. 호기심 많은 언니는 80년대 말, 선생이 되자마자 차부터 덜컥 뽑아서는 주말마다 이리저리 쏘다녔다. 경력도 경력이지만 언니 운전은 여느 김 여사들과 달리 거침이 없었다.

차가 오거리를 지났다. 읍내에는 목욕탕이 하나였다. 댓살 무렵 간 적 있는 읍내 목욕탕은 설 전에 묵은 때를 벗기려는 사람들로 초만원이었다. 그 사람들 틈에서 하얗게 질려 어머니 뒤만 졸졸 따라다닌 게 목욕탕에 관한 내 기억의 전부였다. 그날도 언니는 부산을 떨고 다니다 어머니에게 등짝이 벌겋게 달아오르도록 맞았다. 언니 등에 남은 어머니의 붉은 손 모양이 그날의 몇 안 되는 기억 중 하나였다.

"명성탕이 아직도 있나 봐."

"있기야 허제. 하도 낡아가꼬 할매들 말고는 아무도 안 가서 글제."

"명성탕이 원제적 명성탕이냐……."

어머니가 무심히 말을 받았다. 옛날 그대로 온천 표시가 그려진 낡은 명성탕 간판이 휙 스쳐갔다. 명성탕 가서 홀홀

때나 벗겼으면 쓰것다. 한창때의 어머니는 밭일을 마치고 돌아와 대문을 꽁꽁 잠그고 등목을 할 때마다 입버릇처럼 말했다. 어머니는 몇 푼 하지 않는 목욕탕조차 맘대로 가지 못하는 세월을 살았다. 그 세월이 주름처럼 깊이 박혀 지금도 어머니는 2주일에 한 번 이상은 목욕탕에 가지 않는다.

"쩌번에 차 수리허는 바람에 차 없이 와서 가차운 명성탕으로 갔등만은 바가지에 때가 꼬질꼬질허드라. 우리 엄마, 의자허고 바가지 씻니라 힘 다 뺐제. 그 담부터는 엄마가 나서서 쫌 비싼 온천탕으로 가자고 허신다야."

"언니가 좀 씻어드리지."

"지는 오도 않음서 가시내가 누구를 불효자석으로 만들라고 허네. 나가 첨부터 안 했간디. 해봤자 엄마가 도로 허는디 머."

"엄마 성에 차게 하면 될 거 아냐? 언니 나이가 몇이야. 엄마를 50년을 보고도……."

"시끄러 가시내야. 고로크롬 잘 났으면 손끝 야문 니가 와서 허등가. 지 혼차 먼 대단한 일을 한다고 명절 때 말고는 오도 않은 년이 말은 청산유술세."

어머니가 곁에서 피식 웃음을 흘렸다.

"아이가, 사둔 넘말 헌다. 청산유수로 말함사 니 따라올 사람이 있간디. 기억 안 나냐? 장날이면 댓살 묵은 어린 것이 대문 앞에 쪼그리고 앉아 별 참견을 다했니라. 고추 팔러 가요? 요번 장에는 고추금이 좋아야 쓸 것인디 워쩌끼다, 험시로 니가 쯧쯧, 쎄를 차면 어른들이 배꼽을 잡았당게."

"아따 엄마도 뻥이 쪼깐 쎄요. 다섯 살배기가 멀 그랬겠소? 쫌 나이 든 뒤등가 글겄제."

"아이가, 니는 발 떼기 전에 입부텀 뗐어야. 새살이 월매나 좋았는디. 그 새살 덕택에 매도 반으로 줄었그만은. 니는 눈치도 월매나 빨랐능가 나가 매타작을 허끄나 워쩌끄나 생각만 혀도 제까닥 눈치를 채고는 내 바짓가랑이를 붙잡고 달구똥 겉은 눈물을 뚝뚝 흘렸어야. 엄마, 나가 잘못했소. 나가 죽일 년이요. 다시는 안 그럴랑게 한 번만 봐주씨요이 험시로. 어린 것이 그러는디 매타작을 헐 수가 있어야제. 매야 우리 둘째가 오지게 맞았제. 쟈는 먼 놈의 고집이 쇠심줄맹킹가 이날 입때껏 잘못했단 소리 한 번을 안 했어야. 그래 농게 워쩌다 한 번썩 다리가 터질 때꺼정 맞았제."

"아무튼지 징글징글헌 년이여. 원제지? 다리 터질 때꺼정 맞고 지 성질 못 이겨 눈 뒤집은 날 있잖애. 멋 땜시 그랬능가는 생각도 안 나네."

나 역시도 가물가물한 기억이었다. 우리 자매 일이라면 어머니 기억이 제일 환했다.

"중학교 입학식 날이었제. 니 교복 물려입으랬다고 몇 날
메칠 울고불고 하덩만은 입학식 당일 아침에 학교 안 가겄
다고 머리 싸매고 누웠잖애."

까맣게 잊었던 기억이 볕 좋은 봄날의 새싹처럼 들썩들
썩 솟아올랐다. 두 살 위인 언니가 그해 겨울, 살이 6킬로나
찌는 바람에 3학년인 언니는 새 교복을 얻어 입고, 신입생
인 나는 헌옷을 물려받았다. 그게 분했던 것일까? 어떤 마
음이었는지는 기억나지 않지만 그날 아침 한바탕 난리를
치른 기억은 선명했다.

"울고불기는 누가. 그냥 말을 안 했지."

"말 안 하고 밥 안 먹는 고것이 니헌티는 울고분 것이나
매 한가지 아녀?"

"그래, 기억났다. 아이고, 고래심줄이 누굴 닮긴 누굴 닮
아. 엄마 닮았제. 거품 물고 쓰러진 애헌티 엄마가 찬물 끼
얹은 것은 생각나요? 기어이 등 떠밀어 보낸 엄마가 더 징
허고 독허네."

"나가 그리 안 독했으면 나 혼차 느그 둘 대학꺼정 보낼
수나 있었가니? 느그들은 나가 날 때부텀 독했는 중 알지
야?"

운전을 하던 언니가 문득 옆자리를 돌아보았다. 어머니는
무슨 생각에 잠겨 먼 산자락을 바라보는 중이었다. 백내장 수

술을 했는데도 시력이 마이너스인 어머니에게 먼 산은 아련한 아지랑이처럼 어른거릴 터였다. 저 산자락 어디, 학이 둥지를 튼대서 학말이라 불리는 어머니 친정이 있었다. 어머니에게도 우리와 같았던 어린 시절이, 소녀 시절이 있었을 것이다. 외조부모가 일찍 돌아간 터라, 그리고 보니 나는 어머니의 친정에도 가보지 못했다.

"엄마는 어린 시절에 어땠어?"

"워쩌긴 뭐가 워째. 꼭 니 같았제 머."

어머니 대신 언니가 냉큼 말을 받았다.

"큰외삼촌이 그러드라. 공부 뿔치는 것도 글코, 말없는 것도 글코, 자존심에 고집꺼정 니가 엄마 판박이랴. 외할아버지 몰래 야학 갔다가 머리를 잘렸는디, 그러고도 보재기 뒤집어쓰고 담날 또 도망갔다메? 독하기는 어릴 때부텀 독했그만 뭐."

붙임성 좋은 언니는 외가식구들하고도 사이가 좋았다. 외삼촌들 다 돌아간 지금까지도 외사촌들과 연락을 하고 지내는 모양이었다. 어린 시절, 언니가 어머니 졸라 외가에 다니러 간 방학에도 나는 어머니 뒤를 졸졸 따라다니거나 방 안에 틀어박혀 책만 읽었다. 그사이, 언니는 어린 어머니와 조우하고 있었던 것이다. 세상에는 책을 읽는 것보다 더 좋은 공부가 숱하다는 것을, 애석하게도 그때의 나는 알지 못했다.

"공부가 하고 싶었응게……. 공부나 실컨 하다 죽으면 원도 한도 없겄드라. 그때는 살기가 어찌 그리 폭폭했능가. 느그는 모릴 것이다. 내가 보낸 그 험한 세월을 느그가 짐작이나 허겄냐……. 허기사 알 필요도 없다. 느그는 존 세상 살아야제. 암만."

"존 세상을 우리만 살면 쓰가니. 엄마도 같이 살아야제. 더도 말고 한 50년만 더 사씨요. 더 살면 나도 쪼깐 귀찮아질랑가 모릉게."

가슴 먹먹한 어머니 말을 언니가 산뜻하게 낚아챘다. 부러운 재주였다. 공부야 그럭저럭 했지만 뒤끝 야물지 않고 오지랖만 넓은 언니가 남부럽지 않게 잘 살아가는 비법일지 몰랐다.

"50년? 아이고 징허다. 니는 안즉 젊어 사는 것이 재밌을랑가 몰라도 나는 징글징글허다. 먼 놈의 날이 그리 더디 새고 더디 저무는지 하루가 천 년인디 50년? 재미난 니가 내 몫꺼정 다 살아라. 아나, 50년!"

어머니도 우스갯소리를 할 줄 아는 사람이었구나. 나는 새삼스런 마음에 어머니의 옆모습을 찬찬히 살폈고, 언니는 깔깔 호탕한 웃음을 터뜨리며 온천탕 앞에 차를 세웠다.

"니는 어머니 모시고 들어가그라. 나는 차 세우고 올랑게."

어머니가 언니 팔 대신 내 팔을 붙잡았다. 붙잡는 시늉만 한 것인지 무게가 거의 느껴지지 않았다. 언니와 걸을 때보다 걸음새도 부자연스러운 것 같았다.

"힘을 주지 왜?"

"지팡이 짚는디 뭐."

울컥 뜨거운 것이 목울대를 건드렸다. 언니한테는 잘만 기대더니, 라는 말이 입안에서 맴돌았으나 나는 끝내 말하지 못했다. 어머니가 아니라 내 자신에게 해야 할 말이었다. 멀리 산다는 핑계로, 직장에 다닌다는 핑계로, 아이들 핑계로, 대학을 졸업한 후 나는 나날이 어머니로부터 멀어졌다. 어떠한 세월도 그냥 사라지지 않는다. 아웅다웅 서로 부대끼며 살아온 어머니와 언니의 지난 세월이 오늘 고스란히 내 눈앞에 펼쳐지고 있는 것이었다. 나와 어머니의 세월도.

어머니와 나는 말없이 묵묵히 걸었다. 어머니의 걸음이 점점 느려졌다. 명절에나 다녀간 나는 어머니의 관절염이 얼마나 심해졌는지 눈치조차 채지 못했다. 30미터 남짓 걸은 어머니가 락커들 사이에 놓인 평상에 털썩 주저앉아 숨을 몰아쉬었다. 나는 어머니의 작은 키를 고려하여 맨 아래쪽 락커를 열었다. 어머니가 락커 앞에 주저앉아 옷을 벗기 시작했다. 팔이 아픈 것인지 윗옷을 벗는데도 시간이 걸렸다. 유월 초건만 어머니는 십수 년 전 내가 사다준 분홍색

내복을 입고 있었다. 내복을 벗은 어머니의 왼팔이 팔꿈치부터 손목까지 거무죽죽했다. 만져보니 굳은살이었다. 쑥스러운 듯 어머니가 배시시 웃음을 빼물었다.

"다리가 아픙게 밥할 때마동 왼팔을 싱크대에 걸쳐놓고 힘을 안 주냐. 그러다 봉게 원제부턴가 굳은살이 박혔어야. 보기는 흉해도 아프든 않응게 암시랑도 안타."

자리에서 일어난 어머니가 한쪽 팔로 평상을 집은 채 남은 팔로 힘겹게 바지를 벗었다. 반쯤 내린 바지 밑으로 헐겁게 늘어난, 요즘은 시골 노인네들도 입지 않는다는 하얀 면 팬티가 드러났다. 새로 넣은 듯한 검은 고무줄이 얇아진 천 사이로 내비쳤다. 삭은 세월의 흔적에도 불구하고 팬티는 막 삶은 듯 새하얬다. 민망하여 나는 고개를 돌렸다.

"아이, 니가 좀 벗겨드리제 멋 흐고 있냐? 가시내, 인정머리하고는!"

쿵쿵 발소리도 요란하게 등장한 언니가 짜증 섞인 타박을 늘어놓으며 얼른 어머니를 붙잡았다.

"엄마도 그요. 쫌 도와달라고 헐 것이제 때도 밀기 전에 옷 벗다 진 다 빠지겠소."

"내가 얼둥애기냐. 옷도 못 벗게."

"쫌! 땀 좀 보씨요."

언니가 소맷자락으로 어머니 얼굴을 훔쳤다. 그제야 콧

112

잔등이며 인중에 송송 돋아난 땀이 보였다. 언니는 어머니를 평상에 앉히고는 엉덩이를 이쪽저쪽으로 들어 올리며 순식간에 옷을 벗겼다. 군더더기 없이 날렵하고 깔끔한 솜씨였다.

"아이, 수건, 수건 쫌 다오."

양팔로 재빨리 거웃을 가린 어머니가 다급하게 소리쳤다. 내가 건넨 수건을 어머니는 가슴부터 아랫도리까지 늘어뜨리고는 한 손으로 가슴을 부여안았다.

"아이고, 참말로. 유난을 떨어요. 유난을. 다 늙어빠진 엄마 몸을 누가 본다고 그요? 그냥 편하게 들어가면 좀 좋아."

언니가 팔을 내밀었고, 어머니는 눈을 흘기면서도 얼른 그 팔을 붙잡았다. 나는 욕실용품이 든 비닐가방을 들고 가만가만 뒤를 따랐다. 뒤에서 바라본 어머니의 벗은 엉덩이는 팔꿈치처럼 굳은살투성이였다. 어머니는 앞에 있었고 걸음은 거북이처럼 느리기만 하여 나는 지난한 세월의 흔적이 새겨진 어머니의 벌거벗은 엉덩이를 보지 않을 도리가 없었다.

집에 다니러 올 때마다 나는 무슨 핑계를 대서든 애초 계획보다 앞당겨 돌아갔다. 어머니가 싫어서는 아니었다. 다리를 절뚝이며 씽크대에 왼팔을 걸쳐놓고 나 먹일 나물을 데치는 어머니를 지켜보는 것이 나는 죽기만큼 괴로웠다. 눈에 보이지 않으면 머지않아 잊을 수 있었고, 그래서 나는 번번이 도망치듯 어머니 곁을 떠났다. 내가 도망친다고 세월이 어머니를 비켜가는 것은 아닐 터, 반년 만에 만나면 어머니는 더 늙어 있었고, 그만큼 더 괴로웠으며, 하여 더 빨리 떠날 핑계를 찾았다. 더 이상 도망칠 수도 없게 언니는 나를 늙은 어머니와 정면으로 맞닥뜨리게 한 것이다. 그것이 시댁 운운하며 나를 고향으로 불러 내린 언니의 교활한 목적이었다. 우리 집 여자 중 독하기로는 언니가 최고였다.

어머니를 팔에 매단 채로 언니가 구석을 가리켰다.

"의자 세 개, 대야 세 개, 바가지 세 개. 손끝 야문 니가 엄마헌티 퇴짜 안 맞게 야무지게 닦아봐라, 한번."

나는 어머니와 나 사이, 멀어진 세월의 묵은 때를 벗기듯 목욕타월에 비누를 흠뻑 묻혀서는 박박 닦기 시작했다. 의자의 가운데 구멍까지 샅샅이. 비누칠을 한 후 가장 뜨거운 물로 몇 번이나 헹구는 것도 잊지 않았다.

"봐라, 니보담 백 배 낫지야?"

어머니가 자랑스러운 듯 언니의 옆구리를 집적이며 말했다. 어린 시절, 어쩌다 내가 설거지라도 하고 나면 어머니는 저렇듯 자랑스러운 얼굴로 살강을 죽 훑어보곤 했다. 니가 설거지를 하면 그릇들이 반짝반짝 윤이 나야. 아이고, 손끝도 야무지제, 우리 강아지. 친정에만 오면 석 달 열흘 밀린 잠이나 자고 가기 전, 아주 오래전의 일이다.

"헹, 쓰잘데기 없는 짓 허느라 노상 바쁘구만. 가시내야. 아토피가 왜 생긴 중 아냐? 사램이 세균허고도 적당히 어울려 살아야 헌단다. 니맹키 깔끔을 떨어쌌께 옛날에는 없던 벵이 생기는 것이여. 요새 겉은 최첨단 과학의 시대에 말이여. 작작 쫌 허고 펜히 살아 펜히."

"아이고, 새살떠는 것맹키 일을 쫌 해보제. 깔끔헌 것이 멋이 나빠야? 세균이 고로크롬 좋으면 니나 세균허고 동무해 살그라. 누가 니 새살을 이기겄냐? 세균도 앗 뜨거 도망갈 것이다. 아매."

"엄마 새살도 나 못지않구만. 괜히 힘 빼지 말고 앉기나 허씨요."

깨끗이 닦아놓은 의자 위에 수건을 펼치고는 어머니가 힘겹게 엉덩이를 내려놓았다. 목욕가방을 연 언니가 초록색 때수건을 내게 건넸다.

"아나. 오늘은 나, 펜히 쉴란다."

그러니까 초록색 때수건은 어머니 것인 모양이었다. 무좀이 있는 어머니는 수건도 때수건도 당신 것을 절대 쓰지 못하게 했다. 심지어 비누도 따로 썼다. 언니가 샤워젤 대신 비누를 건넸다.

"엄마는 때 밀기 전에 비누 써야. 비누칠 끝내면 깨끔허

게 헹궈서 온탕으로 모셔라이."

어머니의 주름진 몸은 비누칠 하기가 쉽지 않았다. 수십 겹으로 늘어진 뱃살이 밀가루 반죽인 양 밀렸다. 어머니가 내 손을 붙잡았다.

"아이, 비누칠 정도는 나도 할 수 있어야. 혼차 헐란다. 이 따 등이나 쪼깐 밀어주먼 돼야."

나는 어머니의 손을 가만히 뿌리쳤다. 살 한 겹을 한 손으로 붙잡아 한껏 당긴 후에야 비누칠을 할 수 있었다. 나와 언니가 이 뱃속에서 열 달을 머물렀다. 있는 대로 팽창하여 두 생명을 품었던 뱃가죽이 팽창했던 그만큼 늘어진 것이리라. 한 겹 한 겹 젖혀가며 정성스레 비누칠을 했다. 어머니는 그런 나를 물끄러미 바라보고 있었다. 어머니 또한 내 벗은 몸을 본 것은 참으로 오랜만이었다. 당신 몸에서 생명을 얻어 알몸으로 세상에 나온 딸이 당신 못 보게 몸도 마음도 꽁꽁 싸매고 저 혼자 살아온 지난 세월 동안, 어머니는 적적했을까, 쓸쓸했을까. 같은 어머니가 되고도 나는 아직 어머니의 마음을 짐작하기 어려웠다. 어머니 눈길은 때를 미느라 출렁이는 내 가슴을 향해 있었다. 한때는 내 가슴도 어머니 닮아 자그마하니 봉긋했었다. 애 낳고 마흔 넘어 나이만큼 늘어진 내 가슴을 더듬는 어머니의 시선이 애처로웠다.

"아이, 인자 니도 늙은 티가 난다이. 허기사 니가 올해 마흔여섯이제? 아이고, 징허게도 오래 살았다. 하도 몸이 안 좋아 니 국민학교 입학허는 것이나 보고 죽을랑가 어쩔랑가. 내 속도 모르고 방긋방긋 웃는 니 얼굴만 보면 애가 탔는디 니가 벌써 마흔여섯이여이?"

내 손길이 허벅지를 향하자 어머니가 움찔 다리를 오므렸다.

"아이, 인자 됐다. 내가 할란다, 이?"

어머니가 애원하듯 내 손을 다시 부여잡았다. 아따, 참말로. 가만히 좀 있으씨요. 부모자식 사이에 멋이 부끄럽다요. 언니라면 당연히 했을 그 말을 나는 차마 입 밖에 내뱉지는 못했다. 대신 힘주어 어머니 가랑이를 벌렸다. 거웃 무성해야 할 둔덕이 초경도 하지 않은 소녀의 것인 양 맨질맨질했다. 나이 들면 어느 순간 여자는 다시 소녀로, 아이로 변해가는 것일까. 그 긴 순환의 고리를 겪은 후에야 생명은 한없이 기꺼이 이승을 떠나는 것인지도 몰랐다.

나는 다시 한 번 비누를 묻혀 어머니의 둔덕을 어루만졌다. 하얗게 센 거웃 몇 개가 수줍은 듯 고개를 숙였다. 움찔거리긴 했으나 어머니는 내 손에 몸을 내맡겼다. 몇 번만 더 권하면 마지못하는 척 어머니가 했을지도 모르는 일들이 많았다. 외식이나 여행도 그중 하나였다. 멀라고 비싼 돈

주고 맛도 없고 달기만 한 음식점 음식을 먹느냐는 어머니 성화에 못 이겨 언젠가부터 외식을 하지 않았다. 몇 번 더 잡아끌었다면 기꺼이 맛있게 그 음식을 먹을 수도 있는 어머니라는 것을, 어리석게도 나는 오늘까지 알지 못했다. 어머니에게 맛있는 것을 먹이고 좋은 데 데려간 것은 어머니 쏙 빼닮았다는 내가 아니라 어머니의 타박덩어리, 언니였다.

"아이, 내가 느그 아부지헌티 지은 죄가 많아야."

내 손은 이미 종아리를 향해 있는데 어머니는 꿈꾸는 듯한 눈길로 자신의 거웃께를 내려다보고 있었다.

"몸이 아픙게 니 아부지가 곁에 오는 것이 무서웠어야, 나는. 아부지 잠들 때꺼정 없는 일을 만들기도 허고, 기미가 보이면 얼릉 벤소로 내빼기도 허고, 월경 핑계도 대고, 그러다 딱 잡힌 날에는 염치도 없제, 아파 죽것는 사람 붙잡고 그 짓이 허고 싶냐고, 됩대 큰소리를 쳤어야. 한 번은 느그 아부지가 그럴라믄 첩을 얻든 바람을 피든 자개 맘대로 할란담시 느그 언니맹키 있는 디로 고함을 질르고는 한밤중에 집을 나가부렀는디……. 그날이 안즉도 눈에 선해야. 그날 밤새워 술 묵다 피를 토함시로 쓰러져가꼬 벵원에 갔는디 암이라고 안 허냐. 암만 아파도 한번 해줄 것을, 고로크롬 쌀쌀맞게 내친 것이 마지막일 중 누가 알았가니……."

아버지는 내가 세 살 때 세상을 떴다. 아버지가 곁에 없었던 탓일까. 어머니가 여자이기도 하다는 사실을 나는 자꾸 잊어버렸다. 아니, 아버지가 세상을 떠난 후 어머니는 더 이상 여자가 아니었다. 어머니였을 뿐이다. 그런 어머니도 욕정으로 잠 못 드는 밤이 있었을지, 나는 난감하기도 하고 궁금하기도 했다.

"두고두고 느그 아부지헌티 미안해야. 왜 그렁가 늙을수록 더 미안탄 말이다. 아프다고 노상 밀어내고는 나 혼차이리 오래 살고 있어서 그렁가 워쩡가……. 이러다 백 살 채우면 워쩌끄나. 느그 아부지헌티도 미안코, 느그한테도 미안코."

나는 어머니의 다리를 툭 쳤다.

"언니가 50년만 더 살라고 안 합디여? 오지랖 넓은 언니가 오직이 잘 챙길 것인디 먼 걱정이요."

나도 모르게 까맣게 잊고 있던 사투리가 줄줄 흘러나왔다.

"니는 언니만 못허가니? 니는 니대로 죽을 동 살 동 참말 잘했어야. 니가 철철이 사 보낸 옷이 옷장 한가득이잖애. 옥매트랑 멋이냐, 생선 굽는 멋이랑……. 아이고 세도 못 허 겄다. 그 돈 버니라 몸도 약헌 니가 월매나 힘들었을 것인디……. 니 생각허면 아까와서 나가 쓰덜 못하겄어야."

마음의 짐 덜자고 개중 하기 쉬운 일로 면피한 것을 아까워 쓰지도 못하는 것이 어머니의 마음이리라. 부끄러움이라도 덜어주려는 것인지 어머니가 벗은 내 등을 어루만졌다.

"그나저나 그 옷이나 다 입어보고 죽어야 할 것인디 아까와서 워쩌끄나."

"그 옷 다 입어보고 죽을라면 언니 말대로 천생 50년은 더 살아야겠소."

사우나에 다녀온 언니가 땀을 번들거리며 곁으로 다가왔다.

"아이가, 서울년 다 된 중 알았등만 전라도 말도 헐 줄 아네? 용하다야."

갱년기 증상이 심해 여성호르몬을 복용한다는 언니는 애도 안 난 사람처럼 가슴이 풍만했다.

"언니는 시집 한 번 더 가도 되겠네. 나 처녓적보담도 낫구마."

"썩을 년! 부작용이 월매나 심헌디. 돈도 수월찮아야."

언니가 때 미는 사람처럼 양손에 때수건을 끼고는 짝짝 경쾌하게 손뼉을 쳤다.

"등이나 대그라. 엄마도 돌아앉으씨요. 나는 야 밀고 야는 엄마 밀고, 그러믄 쓰겄네."

망설이다가 나는 돌아앉았다. 누구에게 맨등을 보이고 돌아앉았던 적이 있었던가, 나는 잠시 생각했다. 기억이 나지 않았다. 언니의 손끝도 제법 야무졌다. 샤워타월로 대충 혼자 닦기만 했던 등이 따가울 지경이었다.

"워매! 가시내야. 니는 때도 안 밀고 사냐? 무슨 놈의 때가 국수가닥도 아니고 우동면발이네그랴."

"그만, 그만허소. 아파 죽겄네."

언니가 착 소리가 나게 내 등짝을 후려쳤다.

"애도 아니고 엄살은. 쫌 참아. 누가 니 껍질 벳길까비? 밀 때는 따끔따끔 혀도 밀고 나면 월매나 시원헌디. 하기야 때를 밀어봤어야 알제. 니, 목욕탕, 크고 난 뒤 첨이제?"

수십 년 묵은 때가 타일 바닥 위로 툭툭 떨어지는 게 내 눈에도 보였다. 언니 말대로 아프면서도 시원했다.

"그래. 언니 덕분에 머리 굵고 처음 목욕탕 구경한다. 고마워 죽겄네."

"시끄러 가시내야. 고마우면 밥이나 사."

때수건을 물에 헹구고 다시 한 번 손뼉을 친 언니가 고개를 내밀며 소리쳤다.

"엄마, 둘째 때 미는 솜씨는 워떻소? 나보다 낫소? 하기사 물어 뭣해. 뭘들 나보다 못하겄어? 엄마 죽고 못 사는 둘쨋디. 헹, 나만 찬밥이제 이날 입때껏."

"아녀. 때 미는 솜씨는 니가 낫다. 둘째는 먼 길 오니라 힘들어 그렁가 영 힘이 없어서 못 쓰겄다."

주름진 살이 밀려 아플까 조심한 것인데 어머니는 시원

하지가 않은 모양이었다. 그러리라 짐작했던 어머니 마음이 오늘처럼 늘 헛다리를 짚었던 건 아니었을까. 알몸인 탓인지 시선 둘 데 없이 민망했다. 언니가 내 등짝을 두 번 탁탁 두드리고는 사내처럼 호탕하게 웃었다.

"가시내야, 오늘은 니가 찬밥이란다. 비켜라."

내가 물러난 자리에 언니가 앉았다. 쓱쓱 대패질을 하듯 언니는 힘차게 팔을 움직였다. 어머니의 만족스러운 나지막한 신음 소리가 손님이 거의 없는 탕 안에서 공명했다. 나도 때수건을 들고 언니의 등을 밀기 시작했다. 난생 처음 보는 언니의 등은 더할 수 없이 부드러웠다. 오늘은 싹퉁머리 없고 인정머리 없는 나를 위해 언니가 준비한 특별한 날이었다. 어쩌면 나를 위한 날이 아니라 어머니를 위한 날일 수도 있었다. 아무렴 어떤가. 오늘은 어머니도 나도 언니도 실오라기 하나 걸치지 않은 알몸이었다.

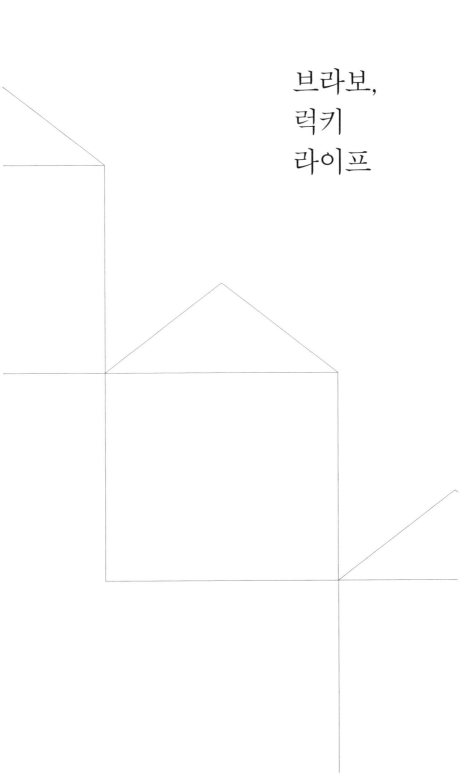

브라보,
럭키
라이프

사위는 아직 어둡다. 앞장 선 아내가 손전등을 켠다. 가느다란 빛줄기가 아지랑이처럼 어둠 속을 부유한다. 저 희미한 빛에 의지하여 세 사람은 나아가야만 한다. 휠체어에 탄 아들 녀석이 부르르 몸을 떤다. 80킬로에 육박하는 어마어마한 지방덩이로도 냉기를 감당할 수 없는 모양이다. 바퀴의 고정쇠를 풀고 그는 있는 힘을 다해 휠체어를 민다. 어제 내린 눈을 오후 내내 치웠는데도 밤새 얼어붙은 땅이 휠체어를 쩍쩍 잡아당긴다. 전화벨이 울린다. 휠체어를 멈춘 채 그는 잠시 망설인다. 버스 시간까지 겨우 20분이 남았을 뿐이다. 게다가 눈 쌓인 길이다. 발신자는 보나마나 만이일 것이다. 전화는 잠시 끊겼다 다시 울린다. 첫 버스 시간을 뻔히 아는 만이 놈이 고집스럽게 전화를 거는 게 왠지 마음에 쓰인다. 그러나 지체할 시간이 없다. 그가 휠체어를 밀기 시작하자 관절염 때문에 다리를 절뚝이는 아내가 한 손에 3인분의 도시락 가방을 든 채 뇌성마비 환자 같은 기묘한 동작으로 급히 내달린다. 앞을 밝히던 빛기둥이 사방으로 미쳐 날뛴다. 일시에 길을 잃고 그는 멈춰 선다. 대문을 활짝 열어젖힌 아내가 다시 두 사람을 향해 전등을 비춘다. 대문을 나서면 좌회전. 야트막한 경사로가 200미터 남짓 이어져 있다. 거기서 다시 좌회전하면 약 300미터의 평지다. 지난 15년 동안 그와 아내는 하루도 거르지 않고 그 길을 오갔다. 군데군데 시멘트 포장이 깨진 곳까지 눈을 감고도 그릴 수 있는 그 짧은 길 앞에서 그는 다시 큰 숨을 들이쉰다. 좌회전이 관건이다. 얼어붙은 내리막길에서 까딱 잘못했다가는 휠체어가 곤두박질칠 것이다. 그는 머릿속으로 완벽한 동선을 그린다. 가급적 크게 커브를 돌면서 사선으로 휠체어를 밀어야 한다. 막 몸을 틀려는 순간, 출렁이는 빛과 함께 앞집 대문이 열린다. 몇 년 전 사업을 말아먹고 고향에 내려와 살고 있는 아들 녀석의 깨복쟁이 친구 태성이다.

"아부지도 참 어지간허요. 이런 날은 쫌 걸르제 노인 양반이 먼 힘이 있다고 이 미끄런 질을 나서라? 그랬다가 참말로 자빠지기라도 하면 워쩔라고라. 늙으면 뼈도 잘 안 붙는다등만······."

입으로는 툴툴거리면서도 태성은 한기에 부르르 몸을 떨며 아들의 휠체어를 잡는다. 곧이곧대로, 맘에 품은 말을 잠시도 숨기지 못하는 아이다. 그래 어린 시절에는 아들 녀석과 투덕투덕, 하루가 멀다고 쌈질을 하곤 했다. 마흔에 본 늦둥이 경우는 이름값을 하느라 그랬는지 유난히 속 깊고 경우가 발랐다. 광주에서 고등학교를 다니던 시절부터 경우는 집에 잠시 다니러 온 휴일에도 지게를 내려놓지 않았다. 읍내 농고를 다니면서 일찌감치 술맛을 들인 태성이 읍내에 놀러가자고 아무리 보채도 빙긋 웃으며 일만 하던 그런 아이였다. 태성은 혹 일이 빨리 끝나면 저와 놀아줄까 싶어 산더미로 쌓인 제 집 일은 나 몰라라, 친구 집 일을 하느라 허리가 휘었다. 경우가 사람 구실 못 하게 된 뒤로도 태성은 고향에 들를 때마다 대문을 기웃기웃, 일손을 거들었고, 고향에 정착한 후로는 궂은 날마다 아침 첫 버스 시간에 맞춰 세 사람을 기다리곤 했다.

마흔 중반 장정의 힘인데도 커브를 도는 휠체어가 연신 경로를 벗어나 미끄러진다. 가속도가 붙어 점점 빨라지는 태성의 뒤를 두 늙은이가 종종걸음으로 따른다. 4년인가 5년인가, 시골 생활에 떡 벌어진 태성이 등이 듬직하다. 느닷없이 눈시울이 뜨거워진다. 아들 녀석의 등도 그러했다.

저렇게 듬직하게 앞서가는 아들의 등을 볼 때마다 그는 가슴이 뻐근하니 감격이랄까 뭐랄까, 알 수 없는 것이 목구멍으로 치솟아 애먼 담배를 태우곤 했다. 그 아들의 등을 마지막으로 본 게 언제였던가. 아들이 대학 2년 마치고 군대가 첫 휴가를 나왔을 때였다. 하필 가을걷이 끝물이라 그때도 경우는 태성이 놈 성화를 물리치고 휴가 내내 일만 했다. 읍내까지 오토바이로 실어다 주겠다고 해도 경우는 막무가내, 잠시라도 쉬라며 골목에도 나오지 못하게 말렸다. 차마 떨어지지 않는 발길을 옮기던 경우는 다시 돌아와 와락 제 어미를 끌어안았다. 그새 울었는지 눈이 시뻘갰다. 쪼깨만, 인자 쪼깨만 참으씨요. 군대 얼릉 댕겨와서 얼릉 졸업해가꼬 내가 호강시켜주께. 손에 물도 안 묻히고 살게 해주께. 가진 거라곤 불알 두 쪽밖에 없는 놈이 대학 졸업한다고 무엇이 달라질까만은 그래도 그들 부부는 그 말에 가슴이 시큰하여 온종일 일 고된 줄도 몰랐다. 제 어미를 끌어안고 한참 울던 막내는 한달음에 골목을 달려가 이내 시야에서 사라졌다. 고향집에, 늙은 부모에, 미적미적 엉거 붙는 마음을 그렇게 한달음에 떼어내지 않고는 돌아서지지가 않는 게라고, 아들의 모습이 골목을 돌아 사라진 후에도 부부는 마음 짠하여 차마 발길을 돌리지 못했다. 그날의 기억은 23년이 지난 오늘까지 무엇 하나 잊히지 않는다. 무엇 하나 마음대로 된 것 없는 인생이지만 잊고 싶은 것은 영영 안 잊히고, 잊고 싶지 않은 것은 잊은 줄도 모르게 까맣게 잊히는 인생사의 깊은 속내를 그는 살 만큼 산 지금도 알 수가 없다.

부지런히 걸음을 옮긴다고 옮겼는데도 태성과 휠체어가 이내 골목을 돌아 사라진다. 행여 차 시간을 놓칠까 부부는 잰걸음을 옮긴다. 골목을 돌자 저만치 가로등 켜진 버스 승강장에 서 있는 태성과 아들이 보인다.

"찬찬히 오씨요, 찬찬히. 이쪽 질은 누가 쓸도 안 했능가, 눈이 다 얼어붙어가꼬 영 미끄러와라."

태성이 막 소리친 찰나, 앞서 걷던 아내가 허우적거리는가 싶더니 길바닥에 엉덩방아를 찧는다. 툭툭 털고 일어난 아내가 발을 동동 구른다.

"아이고, 워째야쓰까. 김치국물이 새부렀능갑네."

첫새벽의 청량한 대기 속으로 시디신 김치 냄새가 섞여든다.

"아, 후라쉬꺼정 들고 있음서 정신을 워따 팔고 있었가니 자빠지고 지랄이여, 지랄이!"

괜스레 버럭 소리를 지르고 그는 정거장의 불빛에 의지하여 쌩하니 앞서 걷는다. 언젠가부터 아내를 보는 일이 아무에게도 말한 적 없는 제 비밀스러운 속내를 만 세상에 까발린 듯 불편하다. 이기지도 못하는 주제에 하루가 멀다고 아들 녀석 목욕물 데워 나르고는 밤마다 끙끙 앓는 청승이며, 쉰 밥 한 덩이조차 버리지 못하고 끓여먹는 비루며, 자식 뒤치다꺼리에 점점 볼품없이 말라가는 꼬락서니며, 아무리 참으려 해도 아내를 보면 뭐랄 것 없이 열불이 불쑥 치솟아 버럭 소리를 지르고 만다. 자식 저리 된 게 다 제 업보인 줄 아는 아내는 그가 아무리 소리를 질러도 말대꾸 한번 하는 법 없이 무연히 돌아서서는 혼자 소맷자락으로 눈물을 닦을 뿐이다. 소리 지른 뒷맛은 소태처럼 쓰디쓰다. 정류장 쪽으로 꺾어지며 흘깃 뒤돌아보니 아내의 걸음이 어딘지 더 어설프다. 넘어지면서 발목이라도 접질린 것이리라. 또 열불이 치솟아 그는 담배를 뽑아 문다. 태성이 재빨리 라이터 불을 들이민다.

"아부지, 고집 고만 부리고 눈 다 녹을 때꺼정 한 사날 쉬씨요. 사날 빼묵는다고 멋이 달라지기나 하가니요? 산 것도 아닌 겡우 나술라다 멀쩡한 아부지 어무니 잡겄어라."

불알친구가 번연히 두 눈 부릅뜨고 저를 바라보고 있건만 태성의 말은 거침이 없다. 살아 움직이는 아들놈을 저처럼 살아 움직이는 사람으로는 보지 않는 것이다. 두세 모금 들이킨 담배를 그는 보란 듯이 길바닥에 팽개치고 발로 짓이긴다. 할 수만 있다면 태성이 놈을, 아니 태성이 놈과 다를 바 없는 세상 사람들을 죄 담배 꼴로 짓이기고 싶은 심정이다.

그날, 조금만 참으면 호강시켜주겠노라 부모 가슴에 따스한 화롯불을 지펴놓고 떠난 경우는 몇 시간 뒤 교통사고를 당했다. 부부가 달려갔을 때는 이미 식물인간이 되어 있었다. 가을 농사 작파하고 간병에 매달렸으나 경우는 끝내 눈을 뜨지 않았다. 온몸의 뼈란 뼈가 죄 부러진 데다 뇌를 다쳤다고 했다. 한 달쯤 되었을 때 의사가 그를 불렀다. 아직도 그 썩을 놈의 말이 귀에 선하다. 아무래도 인공호흡기를 떼는 게 낫겠습니다. 가망이 없습니다. 그길로 그는 동네 구급차를 불러 고향으로 내려왔다. 일가친척, 동네사람 할 것 없이 입 달린 사람들은 모두 죽은 것이나 다름없으니 그만 손을 놓으라고 했다. 그러나 인공호흡기를 꽂은 채 의식이 없는 경우는 천진하게 잠든 아이 같았다. 평소 잠이 없던 경우는 평생의 잠을 몰아서 자는 듯 꼭 8년 동안 잠에 빠져 있었다. 그리고 어느 날 기적처럼 눈을 떴다. 담당의사마저 놀라게 한 기적이었다. 아드님이 행운의 사나이인 모양입니다. 의사생활 33년 만에 이런 기적은 처음입니다. 기적과 같은 행운이 찾아온 처음 얼마간 그는 붕붕 하늘을 나는 기분이었다. 경우는 마흔에 본 늦둥이였고, 별 보고 밭에 나갔다 달을 이고 돌아오며 아등바등 산 덕에 그때쯤은 그럭저럭 먹고 살 만하여 대학까지 보낸 유일한 자식이었으며, 인물로도 품성으로도 제 형들은 댈 것도 없이 제일 괜찮은 놈이었다. 그런 놈이 죽음의 문턱까지 갔다가 운 좋게 살아 돌아온 것은 순전히 하루 2교대로 잠시도 곁을 떠나지 않고 지킨 그들 부부의 간곡한 정성 덕이라고 그는 믿었다.

"아부지, 지발 지 말 쫌 들으씨요. 이라다가는 어르신들이 먼첨 가시게 생겼당게요. 글고 나면 지 혼차는 일나도 못허는 갱우가 워찌 살 것이요?"

도로 양옆으로 치워놓은 눈 탓에 담뱃불이 꺼진 지 오래건만 그는 애먼 땅바닥만 자꾸 짓뭉갠다. 우리 갱우가 워떤 놈인디. 행운의 사나이여, 행운의 사나이. 죽었다가 살아도 났는디 몸땡이라고 지 맘대로 못 움직이깨비. 그는 목을 길게 빼고 한일자로 길게 뻗은 도로 저편을 기웃거리며 누구에게랄 것도 없이 목청을 돋운다.

"이놈의 뻐스는 워째 코빼기도 안 보이는 것이여!"

그래 놓고 그는 슬쩍 경우를 훔쳐본다. 아는 것인지 모르는 것인지 경우는 푸르스름하게 밝아오는 도로 너머, 눈 덮인 들에 시선을 던져두고 있다. 그 들, 불과 몇 년 전까지 그의 것이었다. 이 동네서 가장 수확이 좋은 알짜배기 땅이라 80년대 중반인가 한 마지기에 200만 원씩이나 주고 열 마지기를 사들였다. 자식의 미래를 위해 사들였던 땅은 경우가 휠체어에 앉을 수 있을 만큼 호전시키는 밑천이 되었다. 이제 이 세상에 그의 명의로 된 것이라곤 뒤란의 텃밭까지 포함하여 100평 남짓 되는 집터뿐이다.

병원에서 행운의 사나이로 유명한 경우는 처음 깨어났을 때 산송장이나 다름없었다. 말도 못 했고, 부모형제를 알아보지도 못했으며, 입을 제대로 다물지도 못해 입가로 침이 줄줄 흘렀다. 누워 있는 8년 동안 행여 욕창이 생길까 틈만 나면 돌아 눕히고, 쓰지 않는 근육이 굳을까 온종일 팔다리를 주물렀건만, 깨어난 경우는 팔 한 짝 들어 올리지 못했다. 의사는 그 이상 어려울 것이라 했다. 과다한 뇌출혈로 뇌가 짜부라진 탓이었다. 의사가 요상스런 사진을 코앞에 드밀며 설명을 할 때도 그는 콧방귀만 뀌었다. 멀쩡하게 살아 있는 아들놈, 가망 없다며 인공호흡기를 떼라던 족속이 바로 의사였다. 서울대 의대 출신이라는 그놈 말만 믿고 인공호흡기를 떼었더라면 멀쩡히 살아날 아들을 제 손으로 죽인 꼴이 되었을 것이다. 내 아들, 내 손으로 살릴랑게 의사선상은 암말도 마씨요. 그가 분연히 자리를 떨치고 일어서자 환갑 가까운 늙다리 의사가 냉큼 그의 팔을 잡아끌어 앉혔다. 흥분하지 말고 내 말 좀 들어보세요. 남의 일 같지 않아 그럽니다. 나도 자식 둔 부몬데 영감님 맘을 모르겠습니까? 제 말은 그러니까, 너무 기대하지 마시란 겁니다. 환자가 어느 정도 정상적인 기능을 되찾을지 그건 나도 모릅니다. 기적이란 건 늘 있으니까요. 이 환자가 바로 그 기적적인 케이스 아닙니까? 하지만 그 기적이 어디까지 계속될지 누가 장담할 수 있겠어요? 들어가는 돈도 무시할 수 없을 거구요. 당장 영감님 부부, 일도 못 하고 환자한테만 묶여 있는 상황이잖아요? 3년이 될지 10년이 될지 아무도 모르는데 그 돈을 어떻게 다 감당하려고 그러세요? 그러니 제 생각에는, 살아난 게 다행이라 여기시고, 환자 퇴원시키세요. 그 대목에서 그는 의사의 팔을 내팽개치다시피 뿌리치고 벌떡 일어나 호기롭게 소리쳤다. 돈이라믄 걱정 마씨요. 집을 폴든 논을 폴든 저눔 쌩쌩허니 뛰댕길 때꺼정 먼 일이 있어도 끝장을 볼라요. 저눔이 워떤 눔인지 아요? 그 말을 끝으로 그는 더 이상 말을 잇지 못했다. 그의 머릿속에는 사지 멀쩡한 경우가 지게를 지고 펄펄 날고 있었다. 경우는 열 살인가 열한 살인가, 초등학교에 다닐 적부터 꼭두새벽이면 눈을 떠 일 나갈 차비를 했다. 한소끔 일을 하고 난 후에야 경우는 학교로 달려갔다. 그러고도 중학생 때까지 한번도 1등을 놓친 적이 없었다. 그런 아들이 기특해 어느 해 겨울인가 경우 어깨에 꼭 맞는 지게를 만들어주었다. 앙증맞은 지게를 메고 경우는 나무 하러 가자며 폴짝폴짝 뛰었다. 그날, 저만치 떨어진 곳에서 삭정이를 줍던 경우가 아부지, 하고 소리를 질렀다. 멧돼지라도 나타났는가 싶어 한걸음에 달려갔더니 아들은 눈 쌓인 산비탈을 내달리고 있었다. 토끼요, 토끼! 지금 이짝으로 갔어라. 두 사람은 눈 쌓인 산등성을 이리 달리고 저리 달린 끝에 토실토실 살 오른 토끼 한 마리를 붙잡았다. 토끼탕이나 해먹었으면 했지만 경우가 반나절 토끼를 쫓으며 정을 붙인 통에 차마 잡아먹지는 못하고 닭장에 가뒀다. 풀을 뜯어 토끼 밥을 주는 건 경우 몫이었다. 그 토끼가 어떻게 되었던가. 그건 기억나지 않았다. 둘이서 산등성을 달리며 토끼를 잡던 그날의 기억만이 눈이 시리도록 선연했다. 행운의 사나이답게 아들놈은 다시 일어나 그날처럼 사방천지 펄펄 날아다닐 것이다. 그렇게 되도록 만들고야 말 것이다. 그것이 그날, 그의 결심이었다.

부옇게 밝아오는 도로로 버스가 달려온다. 15년째 매일 타는 아침 첫 버스다.

"추운디 욕보셨어라. 몇 군디 언 디가 있어가꼬 쪼매 늦었그만이라."

냉큼 차에서 내린 운전기사가 휠체어 앞에 앉은 자세로 등을 내민다. 육칠 년 전부터 그는 아들을 업지 못하게 되었다. 아들을 업고 일어나려 용을 쓰다 허리를 다쳐 낭패를 본 뒤로 버스 기사가 그 힘든 일을 대신 해준다.

"오늘은 나가 업을랑게 뒤에서 쪼까 받쳐나 주씨요."

태성이가 운전사를 밀치고 제가 등을 내민다. 그람 그라 씨요, 운전사가 순순히 휠체어 뒤로 돌아가 경우의 겨드랑 이 사이로 양손을 드민다. 순간, 지켜보던 그의 눈이 눈 내 린 다음 날 아침의 첫 햇살처럼 반짝, 빛난다.

"팔 쪼깐 빼보씨요."

운전사가 의아한 눈빛으로 그를 바라본다.

"못 느꼈소?"

"멋을 말이어라?"

"우리, 우리 애기가 지 혼차 엉덩이를 들어 올릴라고 꿈 쩍꿈쩍했는디, 못 느꼈소?"

운전사가 절레절레 고개를 젓는다. 늘 해보던 사람이 아 니면 얼마만큼 힘을 줘야 하는지, 경우가 어느 정도 돕고 있는지 모를 수도 있다. 하지만 지난 십수 년 매일같이 아 들을 업고 들고 밀었던 그다. 그는 분명 보았다.

"나오씨요. 나가 해볼랑게."

"아따 어르신. 담에 헙시다. 오늘은 안 그래도 길이 미끄 라가꼬 늦었단 말이요."

"그러씨요. 사램들이 모도 지둘리고 있잖애라."

입 바른 태성이 내키지 않아 하는 운전사를 거든다. 그러 거나 말거나 그는 저보다 머리 두어 개는 더 있어 보이는 덩치 큰 운전사를 휙 떠밀친다. 그러고는 아들의 양 겨드랑이에 팔을 넣고 응차, 힘주어 일으킨다. 그의 박자에 맞추어 아들이 천근만근 무거운 엉덩이를 힘주어 들어 올리는 게 느껴진다. 그러나 그뿐, 이내 아들의 육중한 몸무게가 그의 양팔에 고스란히 전해진다. 이마의 땀을 훔치는 그의 얼굴이 젖어 있다. 어느새 청명한 햇살이 사방을 뒤덮은 희디흰 눈 위로 송곳처럼 내리꽂힌다. 그의 눈이 번들거리는 것은 그 부신 햇살 때문이다.

"멋이 움직였다고 그래쌓소. 나가 보기에는 똑같구만은."

발딱 일어나 상황을 지켜보던 태성이 구시렁거리며 다시 제 등을 경우에게 드민다.

"임자, 임자는 봤제? 우리 갱우가 지 혼차 심을 썼는디, 임자는 봤제?"

김치 냄새 폴폴 풍기는 도시락 가방을 든 채 아내는 멀뚱멀뚱 그들 부자를 바라보고 있다. 둔한 예편네 같으니라구! 그의 심장이 요동치든 말든 아랑곳없이 태성과 운전사는 저희들끼리 경우를 업고, 휠체어를 들고, 버스에 오른다. 건장한 운전사가 땀을 훔치며 운전석으로 돌아간다. 그 혼자였다면 경우를 차에 실을 수도 없었을 것이다. 듬직한 운전사의 등을 보며 그는 괜히 불퉁거린다.

"옘병허고! 니프토다냐 뭐다냐, 고놈의 것은 원제 달아준다?"

고마움과 서운함을 그는 그렇게밖에 표현하지 못한다.

"글씨 말입니다이. 빨리 달아야 어르신도 편코 나도 편할 것인디요."

운전사가 넉살 좋게 그의 말을 받는다. 언젠가 아들을 버스에 태우느라 고생하는 그와 아내를 본 뒤로 제가 자청하여 아침 첫 버스와 오후 3시, 이 노선을 다니는 맘 좋은 운전사다. 그는 그것도 괜히 민망하고 언짢다. 목구멍에 풀칠하기 어려울 때도 남 신세는 지지 않았던 그다. 그러나 이제는 별수 없다. 남의 도움을 받지 않고는 언 땅에서 아들 휠체어를 밀기도 어렵고, 버스에 태우기도 힘든 몸이 되어 버렸다.

"누가 해달라고 허기를 했으까 어찌까, 즈그들이 나서서 달아준다고 옘병을 떨어쌌등만은 고것이 원제적 얘기여!"

"글씨 말입니다. 정권이 바뀌어붕게 그 멋이냐, 복지예산이 싹 삭감돼부러 가꼬 근갑데요. 생보자 심사도 엄청시리 쎄져부렀다고 하등마요."

가슴이 덜컥 내려앉는다. 그렇지 않아도 며칠 전 읍사무소에서 조사를 나왔다는 젊은 여자가 큰아들, 작은아들, 심지어 시집 가 기신기신 사는 딸네들이 자기 집을 소유하고 있느냐, 전세냐, 월세냐, 용돈은 얼마나 주느냐는 것까지 미주

알고주알 물었다. 사정 모르는 아내는 글쎄요, 워떤 때는 주기도 허고, 즈그 힘든 달에는 그냥 건너뛰기도 헝게, 꼭 다달이 얼마라고는 말을 못 하겠고라, 지난 추석 때는 그래도 짝은놈이 헹펜이 쫌 펫능가 워쨌능가 돼지고기를 닷 근이나 사왔는디 돈꺼정 30만 원이나 주고 가데요, 10원 한 장 안 틀리게 냉큼 고해 바쳤다. 세 식구 빨래조차 힘에 부쳐 손님이 왔는데도 경우 옷을 주물거리고 있던 아내는 그가 연방 눈짓을 하는 것도 알지 못했다. 이러다 생활보호대상자마저 되지 않으면 어떡하나, 저도 모르게 그는 한숨을 내쉰다. 3년이 될지 10년이 될지 그 돈을 어떻게 감당하려고 그러세요, 날이 갈수록 의사의 말이 가슴을 저민다. 경우가 기적처럼 깨어난 게 벌써 15년 전, 그사이 평생 땀 흘려 장만한 논과 밭이 손아귀에 움켜쥔 물처럼 줄줄 새나갔다. 마지막으로 제일 아끼던 논마저 팔아야 했을 때, 그는 잔뜩 술을 마시고 경우 방으로 갔다. 경우는 얼굴의 근육조차 제 맘대로 움직이지 못해 인공호흡기를 뗐음에도 불구하고 입을 헤 벌린 채 침을 줄줄 흘리며 잠들어 있었다. 기적은 더 이상 일어나지 않았다. 하기야 연속적인 기적을 기대한 것 자체가 오만이었는지 모른다. 먹고 자고 싸는 것밖에는 아무것도 할 수 없는 아들의 얼굴을 내려다보는 동안 오만 가지 생각이 들끓었다. 이놈을 죽이고 나도 따라갈까, 그게 저에게도 나에게도 행복

아닐까. 그는 실제로 아들의 목에 양손을 대보기도 했다. 술기운을 빌려 그는 아들의 목을 쥔 양손에 힘을 주었다. 얼굴로 벌겋게 피가 몰리는가 싶더니 아들이 번쩍 눈을 떴다. 그러고는 그의 손이 있는 힘껏 누르고 있는 아들의 목울대를 통해 13년 만에 처음으로 소리가 새나왔다. 아… 아부…….그것은 단순한 소리가 아니었다. 살려달라는, 살고 싶다는, 아들의, 아니 아들로 돌아온 인간의 간절한 절규였다. 눈물이 흐르기만 하는 게 아니라 펌프처럼 콸콸 샘솟기도 한다는 것을 그는 그날 처음 알았다. 아들의 눈에서도 뜨거운 눈물이 흐르고 있었다. 입 밖으로 내뱉지 못했을 뿐, 움직이지 못했을 뿐, 아들은 기억할 수 있고 생각할 줄 아는 어엿한 사람이었다. 역시 경우는 행운의 사나이였다. 다음 날로 그는 마누라보다 아끼던 논을 아낌없이 팔아치웠다. 더 이상 팔아치울 게 없어진 뒤로는 경우 친구들이 애써준 덕분에 생활보호대상자가 되어 근근이 연명하고 있다. 생보자가 된 덕에 물리치료와 약은 공짜였다. 몇 푼 되지 않지만 다달이 돈도 나왔다. 그 돈이면 세 식구가 먹고사는 데 큰 문제는 없었다. 그래 별 걱정 없이 지내왔는데 읍사무소 직원이 꼬치꼬치 캐묻는 게 아무래도 마음에 걸렸다. 생보자가 되지 않으면 이제 어떡하나.

버스가 의료원 앞에서 멈춘다. 당연히 제가 할 일이라는 듯 운전사가 휠체어를 들고 내린다. 그러고는 경우를 업어다 휠체어에 앉힌다.

"어르신, 이따 모시러 오께요. 오늘도 수고하시씨요이."

개인 기사라도 되는 양 깍듯이 인사하고 돌아선 운전사의 버스가 사거리에서 좌회전을 한 뒤에도 그는 오래도록 시선을 떼지 못한다. 운전사는 경우보다도 몇 살 아래다. 어려서는 노는 게 좋아 부모 속을 어지간히도 썩였다고, 고등학교도 제대로 마치지 못하는 바람에 군대조차 못 갔다고, 이런저런 말끝에 운전사가 털어놓은 적이 있다. 그래도 그놈은 사람구실 하며 살고 있다. 그는 남달리 경우 바르고 야무졌던 아들의 휠체어를 밀고 의료원으로 향한다. 행운의 사나이 김경우, 의료원에서 아들을 모르는 사람은 아무도 없다.

"오셨어요."

간호사와 잡담 중이던 물리치료사가 반가운 기색도 없이 그들을 맞는다. 하기야 무엇이 반가울 것인가. 경우만 아니라면 중풍 걸린 노인네들 걷는 연습이나 시키면서 쉬엄쉬엄 하루를 보낼 수 있을 것이다. 물리치료사가 휠체어를 넘겨받는다. 간호사와 그까지 달려들어 경우를 침대에 눕힌다. 첫 코스는 근육 마사지다. 8년 동안 근육을 전혀 쓰지 않은 채 식물인간으로 누워 있었던 후유증만이 아니다.

아들의 뇌는 근육을 관장하는 부분까지 고장이 났다. 그래 제 힘으로는 움직일 수가 없다. 다시는 제 힘으로 움직일 수 없을 거라고 의사는 단언했다. 그러나 경우는 이 읍내에서 유명짜한 행운의 사나이다. 경우는 '세상에 이런 일이'에 나 나올 법한 기적을 벌써 두 번이나 만들었다. 분명 또 다른 기적도 만들 것이다. 물리치료사가 다리를 만지는 사이 그는 아들의 팔을 주무른다. 15년이나 매일 봐온 터라 그의 동작은 물리치료사보다 능숙하다. 기적을 기대하지 않는 물리치료사의 동작은 게으르고 굼뜨다. 서른이나 되었을까, 여기 온 지 3년쯤 된 물리치료사는 서울로 가는 게 소원이다. 아, 씨발, 이 촌구석만 벗어났으면 소원이 없겠다, 아주 지긋지긋하다, 언젠가 휴대전화가 울리자마자 아들을 내팽개치고 밖으로 나간 물리치료사가 누구에겐지 그렇게 하소연했다. 그를 지긋지긋하게 만드는 데 아들도 일조했을 것이다. 한창 나이 때는 그의 자식들도 모두 그랬다. 알면서도 그는 물리치료실에 들어오면 잠시도 자리를 비우지 않는다. 그가 자리를 비우면 물리치료사가 지긋지긋한 일을 대충 해치울 것만 같아서다. 물리치료사에게는 지긋지긋한 일일 테지만 그에게는 제 목숨보다 소중한 일이다. 그는 정성스럽게 아들의 팔을 주무르고 올렸다 내렸다 운동을 시킨다. 아들의 팔을 막 내려놓았을 때, 아들의 팔이 제

스스로 꿈틀거린다.

"겡우야! 아이, 다시 해봐라이."

버스에 태우려 할 때 아들의 엉덩이가 들썩거린 것은 역시 그의 착각이 아니었다. 아들의 얼굴이 기이하게 일그러진다. 그러나 팔은 꿈쩍도 않는다.

"아가! 나가 분멩히 봤다. 니는 할 수 있어야. 겡우야! 쪼깐 힘내서 다시 해보자이."

경우의 이마에서 땀방울이 또르르 굴러 떨어진다. 그리고 서서히 팔이 올라간다. 반 뼘이나 올라갔을까, 아들의 팔은 턱, 둔탁한 소리와 함께 침대로 떨어진다. 아들의 팔은 분명 저 스스로 움직였다. 사고를 당한 날로부터 무려 23년 만이다. 아들은 또 기적을 만들어냈다.

"아이고, 아가!"

그의 고함을 듣고 달려온 아내도 그 기적의 순간을 목격한 모양이다. 아내가 아들의 품에 얼굴을 묻고 흐느낀다. 아들의 양 눈가로 소리 없이 눈물이 흐른다. 그도 돌아서 눈물을 훔친다. 23년 만에 아들은 제 팔을 들어 올렸다. 의사는 근육운동을 관장하는 뇌가 망가져서 의학적으로 불가능한 일이라고 말했다. 그러나 경우는 제 의지로 망가진 뇌를 거스른 것이다. 늙다리 의사 말이 옳았다. 경우는 역시 행운의 사나이다.

2시 55분, 세 사람은 언제나처럼 의료원 앞 정류소에 서 있다. 서산으로 기운 해는 벌써 시름시름 온기를 잃고 있다. 낯익은 자동차 한 대가 정류소에 멈춘다. 문이 열리고 내린 것은 맏이 경환이다. 맏이는 말도 없이 꾸벅 고개만 숙인 뒤 경우를 들쳐 엎는다. 공고를 나온 맏이는 부천에서 카센터를 한다. 일요일도 아닌데 고향까지 내려온 게 그는 자꾸 마음에 걸린다. 새벽녘에 고집스럽게 울어대던 전화벨도.

"아이, 니가 평일에 워쩐 일이냐?"

맏이는 대꾸도 없이 뒷자리에 경우를 앉히고 휠체어를 신는다.

"아가, 오늘 갱우가 지 혼차 움직거렸어야."

뒷자리에 앉은 아내가 목을 길게 빼고 조잘거린다. 고추 고랑처럼 깊게 파인 아내의 주름마다 햇빛이 찬 듯 환하다.

"지 혼차 팔을 요만큼이나 들어 올렸당게. 참말이어야."

맏이의 대꾸가 없자 아내는 칭찬받고 싶어 안달 난 아이처럼 고개를 더 길게 빼고 조잘거린다. 그래도 맏이는 말이 없다. 집에 도착할 때까지 아내는 신이 나서 조잘조잘, 참새처럼 잘도 지껄인다. 시동을 끄자마자 맏이가 제 어미를 향해 버럭 소리를 지른다.

"그래서요? 그런다고 뭣이 달라지는데요? 경우가 지 혼자 밥벌이라도 할 수 있답디까?"

144

"이눔의 자석!"

벽력같이 호통을 치며 그는 맏이의 등짝을 냅다 주먹으로 쥐어박는다. 하필 비죽 솟은 날갯죽지 옆이다. 어찌나 앙상하게 말랐는지 때린 그의 주먹까지 아프다. 지난 추석 때 봤을 때만 해도 이렇게 마르지는 않았었다.

"왜? 내 말이 틀렸어라? 23년이오, 23년!"

맏이가 사투리로 맞받아 고함을 친다. 흥분했다는 증거다.

"강산이 두 번 변하고도 남을 시간이란 말이요. 인자 제우 팔 쪼깐 들었다고 뭣이 달라지요? 쟈가 시방 마흔다섯이요, 마흔다섯. 얼라도 아니고 인제사 제우 팔 한 짝 올려 가꼬 워느 천년에 사람노릇 하고 살겄소? 지발 쫌 고만허써요."

"고놈의 주둥이 고만 못 다물겄냐!"

그는 쾅 문을 닫고 내린다. 경우의 눈빛이 불안하게 흔들리고 있다. 어매, 아배 이상의 말은 못 해도 말귀는 훤히 다 알아먹는 놈이다. 썩을 놈. 가슴에 열불이 치솟는다. 자동차 회사에 다니던 맏이가 어느 설날에 사온 비스킷을 경우는 조물조물, 만지기만 하고 결국 먹지 못했다. 먹을 것을 가지고 왜 장난질이냐는 그의 호통에 경우는 성이 잠시로 코피를 쏟았어라, 반쯤 울 듯한 얼굴로 중얼거렸다. 그렇게 번 돈으로 사온 형의 선물을 차마 먹어치울 수 없었으리라. 긴

병에 효자 없다더니 남달랐던 형제간의 정도 긴 병 앞에서
는 무용지물이다.

그는 휠체어를 침대에 바투 붙인 뒤 침대 위로 올라간다.
그러고는 아들의 겨드랑이에 팔을 껴 용을 쓰며 침대로 끌
어당긴다. 땀이 비 오듯이 흐른다. 얼라도 아니고 인제사 제
우 팔 한 짝 올려가꼬 워느 천년에 사람노릇 하고 살겠소,
만이의 말이 비수가 되어 심장을 찌른다.

"아배."

경우가 또렷한 발음으로 그를 부른다. 무엇이라 더 말하
고 싶은 눈치나 말이 되어 나오지 않는다. 말은 하지 못하
고 경우는 간절하게 그를 바라본다. 경우의 몸 중에 가장
자유로운 곳이 눈이다. 아들의 말없는 말을 그는 알아듣는
다. 그도 말하지 못하고 고개만 끄덕인다.

그는 오리털 점퍼를 벗고 작업용 옷으로 갈아입는다. 그
의 집은 아직도 나무를 뗀다. 남들이 모두 기름보일러로 바
꿀 때 그의 집만 빠졌다. 한 푼이라도 아끼려는 생각에서
였는데 지나고 나니 천만다행이다. 기름 값이 하도 비싸 앞
집 옆집 모두 나무 때는 아궁이로 다시 바꿨다. 일단 경우
방부터 불을 지핀다. 아궁이에 나무를 잔뜩 밀어 넣고 그
는 지게를 걸머진다. 마음이 바쁘다. 한 시간 남짓이면 해가
질 것이다. 그 전에 나무 한 짐이라도 해놔야 한다. 겨울에

는 아들을 데리고 의료원에 오가고 나면 하루해가 저문다. 나무 할 짬도 없다. 가을까지 부지런히 나무를 해 날랐는데도 올겨울 나기에는 부족할 성싶다. 다행히 나무는 지천에 널려 있다. 기름 때는 집이 많은 덕이다. 태성이네 밤밭에서 지난여름 폭우 때 뿌리 뽑힌 나무 몇 개를 지게에 올린다. 하룻밤 땔감으로는 너끈하다.

대문 앞에서 그는 발길을 멈춘다. 아내의 울먹이는 소리가 담장을 넘어온다.

"아가, 워찌 워찌 잘 넘게보믄 안 되겠냐? 우리가 보태줄 수만 있음사 월매나 좋겄냐만 니도 알잖애. 인자 암것도 안 남았어야."

그의 가슴이 덜컹 내려앉는다. 앙상하게 마른 맏이의 날갯죽지 옆에 주먹이 닿았을 때 그는 이미 짐작하고 있었다. 맏이는 친구와 함께 빚을 얻어 카센터를 시작했다. 그 일에 무슨 문제가 생긴 것이리라.

"월등 바위산 있잖소. 돌밭이라 몇 푼 나가진 않겠지만 그거라도 쫌 팔아주믄 안 되겄소? 그냥 돌라는 게 아니요. 나가 꼭 갚으께. 가차운 데 큰 카센타가 생겨가꼬 시방 쪼깐 힘들어졌는디, 우리도 쫌 키우믄 해볼만 하단 말이요. 3000이면 돼요, 3000. 월등 산 폴믄 그 정도야 안 나오겠소."

그 산이 남의 손에 넘어간 건 벌써 오래전이다. 무거운 등짐을 진 채 그는 차마 대문 안으로 들어서지 못한다.

"그 산이 아즉 우리 수중에 있는 중 아냐? 폴세 팔아묵었제. 인자 암것도 없어야. 아부지헌티는 암말도 허지 말고 그냥 올라가그라. 들어봐야 속만 시끄럽제 니 아부지라고 먼 수가 있겄냐."

"아, 씨발 진짜……."

맏이의 시끄러운 마음인 양 스테인리스 대야가 마당을 구르는 요란한 소리가 이어진다. 그가 발길로 대문을 박찬다. 그는 쾅 소리가 나도록 시멘트 마당에 마른 밤나무를 부려놓는다. 그러고는 있는 힘껏 도끼를 내리친다.

"아부지! 겡우만 자석이요? 나는 자석도 아니요?"

장승처럼 마당에 붙박여 있던 맏이가 3년 묵은 김장김치 같은 울분을 처음으로 토해놓는다.

"니는 사지육신 멀쩡한 놈이 아니냐? 사지육신 멀쩡허니께 멋을 해도 살기는 살겄제."

그는 애써 목청을 낮춘다. 카센터를 하겠다며 도움을 요청했다가 일언지하에 거절당했을 때도 군소리 없이 어깨를 축 늘어뜨린 채 돌아갔던 맏이다. 몸이 바싹바싹 마를 만큼 가게가 힘든 상황일 것이다.

"말이 나왔응게 말인디, 아부지가 나헌티 해준 것이 뭐요? 겡우는 대학이라도 다녔제라. 나는 대학물도 못 묵어봤소. 내가 카센타 한다고 쪼깨만 보태돌라고 했을 적에도 아부지 뭐라갰소? 그때도 니는 사지육신 멀쩡헝게 니 알아서 허라고 그랬지라? 그래놓고는 있는 땅 다 폴아 갱우 밑구녕으로 다 쏟아 부었지라. 사지육신만 멀쩡하면 산 것이요? 숨만 붙어 있다고 산 것이요? 살아 있는 것맨치 살아야제라."

맏이의 말이 가슴을 후빈다. 그는 묵묵히 도끼를 놀린다. 퍽, 퍽, 나무 쪼개지는 소리에 겨울 햇살이 시들어간다.

"아부지는 시방도 갱우 쟈가 사람노릇 허고 살 것 같소? 꿈 깨씨요. 23년 만에 지 팔도 보듬씨 움직이는디 쟈가 지 발로 걷는 꼴을 아부지 살아생전에 볼 수나 있을 것 같소? 행운의 사나이 좋아하시네. 그놈의 행운 개나 주라고 허씨요. 저놈 명운(命運)이 어매아배 다 잡아묵고 인자 나꺼정 잡아묵게 생겼단 말이요."

도끼가 갈 자리를 잃고 받침대에 꽂힌다. 한 치만 어긋났으면 그의 정강이에 꽂혔을 것이다.

"주뎅이 못 닥치냐!"

순간, 우어, 우어어, 기이한 비명 소리가 그의 일갈을 눌러 앉힌다. 그의 귀가 경우 방을 향해 곤두선다. 어어. 분명 경우 방에서 흘러나오는 소리다. 도끼를 집어던지고 신발을 벗을 겨를도 없이 아들 방으로 내달린다. 경우가 자신의 머리를 침대 머리맡에 박으며 우어어, 비명을 지르고 있다. 놀란 그가 아들의 머리를 두 팔로 감싸 안는다. 지난 23년간 제대로 움직이지 않았던 아들의 목이 그의 팔 안에서 버둥거린다. 아들의 볼은 눈물로 온통 흥건하다.

"씨발! 벵신 자석만 끼고돌다가 인자 산 자석 죽는 꼴 보게 생겼네. 조오컸소!"

콰당, 대문이 거칠게 닫히고 아내의 곡소리가 늦가을 바람처럼 어지러이 집 안을 휘돈다.

"아이고오! 우리 겡우가 그때게, 사고 났을 때게, 팍 죽어부렀으면, 그랬으면 좋았을랑가……."

울음 끝에 아내가 탄식한다. 아직도 경우는 그의 품 안에서 버둥거린다. 버둥거림이 점점 힘차지는 것을 그는 온몸으로 느낀다. 이것은 기적이다. 경우는 또 기적을 만들어냈다. 그의 가슴이 벅차오른다. 시들어가는 햇살이 눈물로 번들거리는 아들의 뺨 위로 힘없이 내려앉는다. 벌써 짧은 겨울 낮이 저물고 있다.

핏줄

왕시루봉이 구름 한 점 없이 말갛다. 오늘도 비 오기는 글렀다. 장마철이 열흘 남짓 지났는데도 뜨거운 뙤약볕만 내리쪼인다. 60년 경력의 농사꾼인 그도 철을 종잡을 수 없게 된 지 오래다. 매화와 동백이 시들 무렵 연노란 산수유가 들판에 봄빛을 불러오고, 아련한 연노랑 빛이 성에 차지 않는다 싶을 즈음 진달래가 산등성을 벌겋게 물들이고, 그 꽃들이 죄 사라진 뒤에야 봄볕에 지친 보랏빛 오동이 숨을 헐떡이며 커다란 꽃잎을 축 늘어뜨려 여름을 알렸는데 요즘은 온갖 꽃들이 동시다발로 피어난다. 지난겨울에는 제가 무슨 고결한 매화나 되는 양 한겨울 눈 속에 움튼 버들강아지를 보기도 했다. 농사일에도 철이 사라진 지 오래다. 철따라 농사를 지었다가는 빚더미에 올라앉기 십상이다.

입덧 하는 아내를 위해 한겨울에 수박 찾아 길을 나선 남편의 이야기는 그야말로 까마득한 옛날이야기다. 한겨울 마트에 가면 수박도 있고 딸기도 있고 없는 게 없다. 철을 앞선 과일이 노지에서 키운 것들보다 연하고 당도도 높아 서울 사람들에게 인기인 모양인데 그의 입맛에는 도무지 맞질 않는다. 씹기도 전에 맥없이 이 사이에서 뭉그러지는 딸기가 무슨 딸기인가 싶지만 서울 사람이 좋다니 별수 없다. 세월이 변했다.

집 뒤안의 축사까지 고작 열댓 걸음 움직였을 뿐인데 식전 댓바람부터 등이 꿉꿉하다. 그는 하릴없이 뒷짐을 진 채 서성거린다. 새로 깐 볏짚 위에 몸을 뉘고 소들은 한가로이 되새김질을 하고 있다. 보송보송 햇볕에 잘 마른 짚단 냄새가 구수하다. 얼마 전까지 축사 일은 죄 그의 몫이었다. 걸리기만 해보라는 심정으로 꼼꼼히 훑어보지만 축사는 그의 손길이 닿았을 때보다 말끔하고 쾌적하다.

부연 흙먼지가 길을 따라 집 쪽으로 다가온다. 임진왜란 때 생겼다는 신작로가 고욕의 긴 세월을 털어내고 승천하기 위해 꿈틀거리는 것 같다. 뒤뚱거리며 스쿠터에서 내리는 것은 배가 남산만 한 며느리다. 며느리는… 까맣다. 더 타고 자시고 할 것도 없이 새까맣건만 며느리는 이른 아침부터 커다란 밀짚모자를 쓰고, 팔에는 긴 토시를 차고 있다.

해가 지기 전까지 며느리는 모자와 토시를 제 몸의 일부인 양 절대로 떼지 않는다. 며느리가 화생방 훈련하는 군인처럼 중무장을 하고 처음 밭일에 나서던 날 그는, 헹, 더 탈 것이 어딨다고 유난시럽기는… 고로코롬 타는 것이 싫으면 요론 촌으로 시집은 왜 왔디야, 저도 모르게 불퉁거리고 말았다. 그러지 말아야겠다 마음을 다잡아도 새까만 며느리의 얼굴을 보면 그는 괜스레 심사가 뒤틀려 저도 모르게 한마디 쏘아붙이고 마는 것이었다.

"배가 남산만 해가꼬 식전 댓바람부터 워디를 고로코롬 쏘다니는 것이여!"

허구한 날 양념처럼 듣는 타박이라 며느리는 싱긋 웃고는 그만이었으나 수돗가에서 얼갈이배추를 씻던 아내가 그를 향해 눈을 부라렸다. 처음 시집와서는 고분고분 눈도 제대로 맞추지 못하던 아내가 나이 들면서 쇠심줄처럼 질겨져서는 걸핏하면 눈을 부라리고 악다구니를 썼다. 김치 묵은 것은 물에 헹궈 쌈이라도 싸먹지 여자 묵은 것은 천하에 쓸 데가 없다던 옛말 하나도 그른 것 없다.

"쟈가 워디 갔겄소? 식전 댓바람부터 뭣을 잘못 묵었가니 또 삐딱선을 탄다냐 참말로. 곱게 늙어도 모자랄 판에 늙을수록 워쩌자고 영감은 심술만 는다요?"

"지 아니면 헐 사램이 없간디, 낼모레 험시로 무담씨 나

댕기냔 말이여! 나댕기다가 길바닥서 아라도 나와불먼 워쩔라고!"

"아따! 메느리 사랑은 시압씨라등만 워지간히도 메느리를 사랑한갑소이. 영감보담 열 배는 나숭게 염려 붙들어 매고 영감 일이나 잘 허씨요이. 아이, 쑤언아. 워쩔드냐?"

제 남편에게는 찬바람 씽씽 불던 아내가 며느리를 보고는 봄바람처럼 해살거리며 웃어댄다.

"괜찮아요. 다 살았어요."

시집온 지 2년, 하는 말은 대충 알아듣는 눈치지만 아직도 며느리는 말이 짧다. 한국말도 제대로 못 하는 저것이 한산 이씨 27대 종부다.

"느그들이 고로코롬 애를 썼는디 그래야제, 암만. 인자 됐응게 지발 논에 좀 그만 가그라. 일 잠 허지 말라고 내동 일렀는디 또 새복부텀……. 니는 일이 징그럽도 않냐?"

지난주 내내 아들 내외는 가문 논에 물을 댔다. 그가 한 마지기 한 마지기 청춘을 팔아 사 모은 논 옆에는 자그마한 구덩이가 있다. 젊은 날의 그와 아내가 가뭄에 대비해 준비한 이를테면 개인 저수지인 셈이다. 어지간한 가뭄은 그 구덩이에 모인 물만으로 너끈히 넘길 수 있었다. 그러나 올봄은 유난히 가물어 구덩이도 말랐고, 아들 내외는 양수기를 빌려다 계곡의 물을 댄 모양이었다. 집안일을 남의 동네 불구경하듯 하던 아들이 웬일로 턱하니 앞장선 것은 순전히 며느리 때문이었다. 만삭의 며느리는 뒤뚱뒤뚱 스쿠터를 몰고 하루에도 열댓 번씩 논에 들락거렸다. 물 많은 베트남에서 온 며느리는 논바닥이 쩍쩍 갈라지고 벼 끝이 타들어가는 가뭄을 처음 본 모양이었다. 어느 날 며느리가 대성통곡을 하며 대문간으로 들어섰다.

"죽어요! 다 죽어요!"

놀란 가족들은 일단 제 주위부터 살펴보았다. 가족 중의 누군가가 죽는다는 말이려니 했던 것이다. 그러나 빈자리는 없었다. 가족들은 멀뚱멀뚱 대성통곡하는 며느리를 바라보았다.

"아이 누가 죽는단 말이냐?"

며느리는 어깨를 들먹이며 먼 데를 손으로 가리켰다.

"아따 참말로! 긍게 누가 죽는단 말이여?"

보다 못한 아내가 연거푸 며느리를 다그쳤다.

"벼……."

며느리는 목이 메어 겨우 대답했고, 곁에 섰던 아들놈은 며느리 말끝에 푸, 하고 어이없는 웃음을 터뜨렸다. 그러나 그는 웃지 못했다. 그는 가뭄에 벼 끝이 타들어가면 제 마음도 바짝바짝 타들어가는 농사꾼이었다. 사시사철 밀짚모자에 토시를 벗지 않는 며느리도 농사꾼이었던 것이다.

그 며느리, 쑤언을 고른 것은 아들이 아니라 그였다. 일주일 동안 아들은 무려 열 번의 선을 보았다. 결혼소개업체 직원의 만류에도 불구하고 맞선 장소까지 따라 나간 그는 매번 이렇게 물었다.

"처녀는 지 고향 납두고 왜 하필 천리만리 낯선 촌구석으로 시집을 올라는가?"

한국 여자든 베트남 여자든 여자란 드라마 없으면 죽고 못 사는 족속인지, 그의 아내가 쏟아지는 잠을 쫓아가며 보았던 바로 그 드라마를 들먹이며 한국에 너무 가고 싶다는 대답이 열에 일곱이었고, 둘은 긴장하여 우물쭈물 말을 사렸다. 그는 열에 일곱은 더 이상 묻지도 않고 잘랐다. 옷 사달라 화장품 사달라 순진한 촌놈들 마음만 들쑤셔놓고 기어이 밤도망 친 여자가 그의 동네만 해도 한둘이 아니었다. 대답하지 못하는 나머지 둘은 그래도 양심은 있는 축이었다. 외국으로 시집오기가 쉬우랴. 가난한 집안을 먹여 살리기 위해 힘든 결심을 했을 것이고, 그 결심이 허점으로 보일까 싶어 말을 아꼈을 터였다. 집안을 위해 제 한 몸 희생하기로 했을 때는 어지간한 결심도 했을 터, 그는 어찌 됐든 그 둘을 마음에 챙겨놓았다. 쑤언은 맨 마지막으로 만난 처녀였다. 아홉 번 단련된 통역이 왜 천리만리 촌구석으로 시집오려냐는 그의 질문을 깜냥껏 알아서 던졌을 때 쑤언은 느닷없이 제 손을 그와 아들 앞으로 쑥 내밀었다. 스무 살 쑤언의 손은 야들야들 처녀다운 맛이라고는 손톱만큼도 없이 두툼하고 거칠었다. 그 손만으로도 쑤언의 20년이 눈앞에 삼삼하게 그려질 정도였다.

"죽어라고 일을 해도 여기서는 배가 고파요."

예쁘장한 처녀들과 노닥거리기나 하던 통역이 제법 숙연하게 통역한 쑤언의 대답이었다. 말은 속여도 손은 못 속이는 법, 그는 쑤언의 농사꾼 손이 마음에 들었다. 더는 궁금한 것도 없었다. 어찌 됐든 대만 이으면 된다. 그것이 외국 처녀를 며느리로 받아들인 그의 심정이었다. 쑤언이 첫 타자는 아니었다.

아들이 훌쩍 서른을 넘겼을 때만 해도 그는 별로 걱정하지 않았다. 짚신도 짝이 있다는데 병신도 아니겠다, 집안 살림도 이만하면 먹고 살만 하겠다 어디 짝이 있겠거니 여겼다. 서른다섯을 넘겨도 그 흔한 선 자리 한 번 들어오지 않았고 그제야 그는 애가 달았다. 서울 사는 딸들을 닦달했지만 되레 핀잔만 돌아왔다.

"그러니까 논 팔아서 읍내에다 가게라도 하나 얻어주라고 그렇게 말씀을 드렸잖아요. 요즘 세상에 누가 그 촌구석 가서 농사짓고 살려고 하겠어요? 나라도 싫겠네. 영수 총각 귀신 만들고 싶지 않으면 당장 땅부터 파세요."

헹, 논 팔아 누구 존 일 시킬라고, 구시렁거리며 전화를 끊었지만 독한 청자 한 갑을 통째로 피우고 난 듯 입맛이 썼다. 영수를 고향에 꿇어앉힌 것은 그였다. 중학 때까지 영수는 공부를 제법 잘했다. 순천이나 광주로 고등학교를 보냈더라면 판검사까지는 몰라도 제 밥벌이는 하고 살았을 것이다. 그러나 줄줄이 딸 셋을 낳고 서른 넘어 본 외아들을 그는 도무지 객지로 보낼 엄두가 나지 않았다. 큰형도 작은형도 셋째형도 철이 들자 객지로 나갔고, 아버지는 논을 팔아 학비를 댔으며, 그렇게 배운 공부가 화근이 되어 셋 다 객지에서 목숨을 잃었다. 학식 높은 할아버지도 아버지 말에 따르면 그놈의 공부 때문에 인생을 망쳤다. 한일합방이 되자 친구이자 스승이었던 매천 황현이 스스로 목숨을 끊었는데, 할아버지는 제 목숨 제가 끊을 용기가 나지 않아 사랑방에 틀어박혔다. 할아버지는 술과 담배를 벗 삼아 오욕의 세월을 잘 견뎠지만 할아버지의 간은 주인과 달리 잘 견뎌주지 않았다. 푸르딩딩 온몸에 독이 오른 채 안방에 누워 3.1 만세운동 소식을 전해 들은 할아버지는 해방이나 된 듯 감격에 겨워 눈을 감았다. 할아버지가 말아먹은 집안을 일으키느라 세상에는 눈 돌릴 겨를도 없이 일만 해온 아버지는 생떼 같은 아들 셋이 해방 후부터 전쟁 무렵까지 앞서거니 뒤서거니 세상을 뜬 후 나라를 잃은 할아버지가 그랬듯 몸껴누웠다.

"아이 필두야, 니는 땅만 파묵고 살그라. 나라가 망해묵거나 말거나, 시상이 뻘겋거나 퍼렇거나 워찌 되든동 니는 땅만 파고 삼시로 대를 잇어라. 대를 잇고 살다 봉게 나라를 찾는 날도 오드라. 존 일에 애비 말 새게 듣고 책 곁에는 얼씬도 말그라이. 공부가 웬수다, 공부가 웬수여……."

그 말이 아버지의 유언이었다. 아버지의 유언을 심장에 새겨 이렇게 산 것은 아니었다. 아버지가 기껏 일군 재산은 피지도 못하고 간 형들 뒷바라지로 다 날아갔고, 마지막 남은 재산은 아버지 화병 다스리느라 끝장이 났다. 공부고 뭐고 당장 몸뚱이를 움직이지 않으면 산 입에 거미줄 칠 판이었다. 무슨 세월이 어떻게 흘렀는지 죽기 살기로 일을 했고 덕분에 먹고살 만해졌다. 영수 고등학교 보낼 때가 되어서야 아스라이 멀어졌던 아버지의 유언이 불쑥 떠올랐다. 그 무렵 국립 서울대학에 합격했다 하여 마을 어귀에 떡하니 플래카드까지 붙은 바 있던 이장 아들이 민주화라나 뭐라나, 지 딴에는 나라 살리겠다고 헛짓거리를 하다 반 주검이 되어 돌아왔다. 간간이 귀가 째질 듯한 비명 소리가 적막한 시골 마을을 뒤흔들었다. 이장 아들이 낯선 손님만 보면 저를 고문한 경찰로 착각하여 죽을 동 살 동 비명을 질러대는 것이었다. 먹고살 만하여 잠시 아들 출세를 고민했던 그는 번쩍 정신이

들었다. 땅만 파고 삼시로 대를 잇어라. 아버지의 유언도 생생히 되살아났다. 영수는 한산 이씨 대를 이을 외아들, 그런 아들을 세상의 격랑 속으로 내보낼 수는 없었다. 그래 주저앉힌 것인데, 농촌 산다고 장가조차 못 가는 날이 오리라고는 꿈에도 생각지 못했었다. 설마 설마 하다가 설마가 사람 잡는다고 기어이 아들은 마흔 줄에 들어서고 말았다.

외국 처녀를 며느리로 들이면 어떻겠냐고 은근히 옆구리를 집적인 것은 아내였다. 까무잡잡한 아이들이 서너 집 걸러 하나씩 태어나기 시작한 즈음이었다. 그는 분이 솟구쳐 냅다 목침을 집어던졌다.

"썩을… 니가 한산 이씨 우리 문중을 멋으로 보고 시방……."

어찌나 분이 올랐는지 그는 제대로 말도 잇지 못했다. 시집와 난생처음 남편의 폭력에 놀라 어리둥절 눈을 껌벅인 것도 잠시, 아내는 코웃음을 치며 야무지게 쏘아붙였다.

"그놈의 족보로 뒤를 닦을라요? 코를 풀라요? 귀허디귀헌 내 자석을 총각귀신으로 늙힘시로 문중 좋아허시네. 외국 각시 아니면 그놈의 한산 이씨 대가 끊기겄다 그 말이요, 시방 내 말이!"

그는 할 말을 잃었다. 대를 잇기 위해 아들놈을 고향에 붙들어 앉힌 것인데, 바로 그 때문에 대가 끊기게 된 것이

부인할 수 없는 현실이었다. 말하자면 제 손으로 수백 년 가문의 역사를 싹둑 잘라버린 것이다.

"멀쩡한 자석을 총각귀신으로 늙힐라요? 외국 메느리를 볼라요? 오늘은 기언치 끝을 봐야겄응게 양단간에 결단을 내리씨요이."

망연자실한 그 앞에 아내는 종주먹을 들이대며 다그쳤다.

"조선족 처녀로다 혀!"

이것이 한산이씨 26대 손 이필두 씨의 마지막 자존심이었다. 아무리 그래도 수백 년 순결하게 지켜온 한산 이씨 핏줄에 외국 피가 섞이는 것만은 그가 두 눈 시퍼렇게 뜨고 살아 있는 한 두고 볼 수 없었다.

마흔 넘도록 힘들었던 아들의 결혼은 순식간에 진행이 되었다. 마흔 되던 해 봄, 농사도 미루고 마누라감을 고르기 위해 연변에 간 아들은, 아들에게도 저런 웃음이 있었나 싶게 싱글벙글, 다른 사람이 되어 돌아왔다. 아들은 밤마다 사진 한 장으로 아내에 대한 그리움을 달래는 눈치였는데, 우연히 담배를 찾기 위해 아들 서랍을 뒤지던 그는 지문이 덕지덕지 묻은 사진 한 장을 보고는 그만 기함을 하고 말았다. 까만 속옷만 걸친 어여쁜 처녀가 비스듬히 누운 채 배시시 웃음을 흘리고 있었던 것이다. 시집도 오기 전에 홀랑 벗은 사진을 남부끄러운 줄도 모르고 버젓이 들이민 낯짝

두꺼운 이 여자가 한산 이씨 27대 종부라니, 그는 몇 날 며칠 땅이 꺼져라 한숨만 쉬었다. 혼인신고까지 마쳤는데 여자는 아버지 병을 핑계로 차일피일 입국 날짜를 미뤘다. 애가 닳은 아들놈은 신장에 좋다는 온갖 약은 물론이고 그를 반 협박하여 적지 않은 돈까지 송금했다. 송금한 그날부터 여자의 연락이 뚝 끊겼다. 가을걷이를 내팽개친 채 아들은 연변으로 쫓아갔다. 여자는 물론 도망간 후였다. 드넓은 중국대륙 어디서 여자를 찾을 것인가.

두 차례의 중국 여행 경비에 결혼 비용까지 포함하여 근 3000 가까운 돈이 날아갔지만 그는 차라리 다행이다 싶었다. 그로부터 두 해나 아들은 일손을 놓고 술독에 빠져 살았다. 그런 아들을 태국으로 등 떠밀어 보낸 것은 아내였다. 그것만은 안 된다고 말려도 보고 심지어 밥상까지 엎었건만 아내는 요지부동, 뜻을 굽히지 않았다. 하나밖에 없는 아들을 술주정뱅이로 만들 수는 없다는 것이었다. 아내의 처방이 즉효였다. 마누라감을 찾아 태국에 갔던 아들은 보름 만에 떡하니 여자를 데리고 돌아왔다. 새까맣긴 해도 오목조목 예쁜 여자였다. 여자의 손을 꼭 붙잡고 대문을 들어선 아들은 이번에는 술독 대신 아내 치마폭에 푹 빠졌다. 그러나 그는 새까맣고 오종종한 며느리의 얼굴을 암만 들여다봐도 정이 붙지 않았다. 한국말을 할 줄 아나 한국 음식을 할 줄 아나, 게다가 바닷가에 살았다는 며느리는 농사일도 젬병이었다. 거기까지였다면 한국 여자도 오기 싫다는 촌으로 시집을 와준 것이 어디랴, 꾹 참고 넘겼을지 모른다. 반반한 얼굴 하나 믿고 인물값을 해대는데 이건 도무지 목불인견이었다. 제 서방을 머슴 부리듯 하는 것이야 기본이고, 조막손이라도 아쉬운 판에 고향 맛이 그리워 죽겠다며 일하는 제 남편 불러 내 이름도 모르는 태국 음식을 사오라는 데는 그는 물론 어지간만 하면 예뻐해줄 만반의 준비가 되어 있던 아내마저 혀를 내두르고 말았다. 그뿐이랴. 이게 얼굴만 반반했지 머릿속은 텅 비어 석 달 열흘 가르쳐도 된장찌개 하나 제대로 끓여내지 못했다. 된장 맛이 어지간하니 멸치만 제대로 우렸어도 먹을 만했을 된장찌개가 며느리의 손이 닿으면 도무지 손을 댈 수 없는 지경이었다. 그 된장찌개를 한 숟갈 떠먹고는 그의 머릿속이 아득했다. 제 어미 똑 닮아 꺼면 데다 머리까지 텅텅 빈 놈이 태어나면 그 노릇을 어쩐단 말인가. 할아버지 대부터 조선의 몰락과 함께 내리막길을 걷긴 했어도 그의 집안은 판서를 일곱이나 배출한, 뜨르르한 명문가였다. 공부까지 멀리해가며 대를 이어온 그의 인생이 그놈의 태국 며느리 때문에 한바탕 헛놀음이 되고 말게 생긴 터였다.

  이듬해 봄, 그는 입이 한 발이나 나온 며느리를 등 떠밀어 매일 밭으로 보냈다. 그러고는 놉이나 다름없이 혹독하게 일을 시켰다. 밤마다 얼굴 예쁜 며느리의 방에서 코 고는 소리가 요란했다. 그렇지 않아도 마른 체격의 며느리는 그 봄이 끝나기 전에 얼굴이 반쪽이 됐다. 비싼 돈 들여 외국 며느리 들이더니 야물게 본전을 뽑는다고 동네방네 소문이 자자했다. 그러거나 말거나 그는 잠시도 며느리를 쉬게 하지 않았다. 아들놈이 일주일 동안 광주에서 영농후계자 교육받을 날짜가 잡혔다. 그는 그 날짜에 맞춰 태국행 편도 비행기 표를 끊었다. 아들이 길을 나서자마자 그는 말없이 며느리에게 이혼서류와 비행기 표와 돈 봉투를 내밀었다. 1000만 원이면 그 나라에서 그럭저럭 뭐라도 하나 시작할 만한 돈이라고 했다. 미련하든 게으르든 멀쩡한 처녀 데려다 흠을 냈으니 돈이 아깝지는 않았다. 며느리는 군소리 없이 서류에 도장을 찍은 후 봉투를 챙기고 가방을 꾸렸다. 이름도 가물가물한 태국 처녀는 꼭 열 달을 한산 이씨 종부로 살다 그렇게 떠났다.

볼멘소리를 하긴 했으나 뜻밖에 아들은 그리 아쉬운 눈치가 아니었다. 머지않아 새 며느리가 들어왔다. 이번에는 필리핀 처녀였다. 역시 얼굴은 반반했다. 필리핀 처녀는 그만하면 눈치도 있는 편이고 일솜씨도 좋았다. 제 입맛에 맞지 않을 한국 음식도 제법 흉내를 낼 줄 알았다. 이만하면 되겠다, 쓴 입맛을 다실 즈음, 며느리가 아들에게 헛바람을 불어넣기 시작했다. 태국 마누라든 필리핀 마누라든 마누라 말이라면 껌뻑 죽는 팔불출 아들 녀석이 서울 가서 장사하게 당장 돈 내놓으라며 생떼를 썼다. 어째 고분고분 말을 잘 듣는다 싶었더니 그런 속셈이 있었던 것이다. 내보낼 생각이 있었다면 진작 내보내 한국 처녀를 얻었지 저를 얻었겠는가. 이번에도 그는 아들 몰래 며느리를 불렀다. 그러고는 이혼서류와 비행기 표와 돈 봉투를 내밀었다. 영악한 필리핀 며느리는 돈 봉투부터 열었다. 역시 1000만 원이었다. 필리핀 며느리는 1000만 원짜리 수표를 들고 서툰 한국어로 이렇게 말했다.

"이거 또."

실소를 흘리며 그가 고개를 흔들자 필리핀 며느리는 아무렇지도 않은 얼굴로 자리에서 일어났다. 그날 밤 어떻게 구워삶았는지 아들 녀석은 날이 밝자마자 짐을 꾸리기 시작했다. 빈손으로라도 나가겠다는 것이었다. 결국 그는 피눈물을 흘리며 논 닷 마지기를 팔았다. 악착같이 사 모으기만 했을 뿐 땅을 팔아보기는 처음이었다. 필리핀 며느리는 돈 2000만 원을 들고 예의바르게 작별인사까지 한 뒤 제 나라로 돌아갔다.

외국인 며느리를 셋이나 들였다가 번번이 파토를 내자 한산 이씨 가문이 드디어 국제적으로다 이름을 알렸으니 선조들 볼 낯이 서겠다는 비아냥에서부터 국제적으로다 여자를 바꿔보니 어떻더냐는 호기심 섞인 질문은 물론이요, 이참에 며느리 말고 마누라도 국제적으로다 바꿔볼 생각은 없느냐는 낯 뜨거운 농에 이르기까지, 나가기면 하면 한 소리씩 해대는 통에 그는 한동안 마실 나갈 엄두조차 나지 않았다. 생각할수록 한심했다. 남들 말, 하나 그르지 않았다. 가문의 대를 이으려다 가문을 국제적으로 망신시킨 꼴이 아닌가. 기왕지사 이렇게 된 것 어떻게든 끝은 보아야 했다. 첫 걸음을 내딛기 어려웠을 뿐 하다 보니 이력이 붙어 그도 아들도 별 어려움 없이 착착 다음 일을 준비했다. 이번 목적지는 베트남이었다. 그는 아들의 만류에도 불구하고 기어이 노구를 끌고 난생처음 비행기를 탔다. 더 이상은 팔불출 아들 녀석에게 맡겨둘 수 없었다. 아니나 다를까, 아들이 마음에 둔 여자는 어른 앞에서 껌을 짝짝 씹어대는 데다 행동거지가 경박하기 짝이 없어 그가 맨 처음으로 젖혀둔 여자였다. 그가 쑤언을 들이밀자 아들은 그깟 놈의 장가 안 가고 말겠다며 낯선 이국에서 패악을 부렸다.

"장가를 몇 번을 가야 정신을 챙기겄냐 이놈아! 반반헌 것들헌티 고로코롬 당허고도 시방꺼정 얼굴 타령이냐? 마누래 얼굴 뜯어묵고 살라냐?"

그는 마흔 줄 넘어선 아들의 등짝을 손바닥이 아프도록 내리쳤다. 읍내 농고를 가랄 때도 고향에서 농사나 지으랄 때도 묵묵부답, 아버지 말이니 따라야 되는 줄만 알던 아들이 송아지 같은 눈망울을 희번덕이며 바락바락 대들었다.

"아부지 마누래 고르요? 왜 아부지 맘대로요? 반반한 것들이 워째서라? 아부지가 쫓아내지만 않았어도 깨를 볶아 감시로 살고 있을 것인디……."

"깨? 아나 깨! 고 영악한 필리핀 시약시가 펭상 니 곁에 붙어 있을 성싶으디야?"

그는 손에 들고 있던 원숭이 바나나라나 뭐라나 손가락만 한 바나나 뭉치를 휙 집어던졌다. 아들은 꿋꿋이 서서 피하지 않고 얼굴로 받아냈다. 기어이 제 뜻대로 하겠다는 결연한 의지의 표현이었다. 저야 결연하든 말든 그래 봤자 자식이 애비를 이길까, 그는 기어이 쑤언을 데리고 돌아왔다. 속창아리 없기로는 그의 아내도 아들 녀석 못지않았다. 장바닥서 물건 고르듯이 쑤언을 꼼꼼하게 뜯어본 아내는,

"아따, 기왕지사 월남꺼정 갔으면 쓸 만헌 것을 줏어오제 워디서 생기다 만 땅깨비 겉은 것을 줏어왔다요? 물릅시다. 기왕지사 물르는 디 이골이 났는디 한 번 더 물린다고 먼 일이 있겠소? 호적에 시 번 줄 긋으나 니 번 줄 긋으나 도친 게친이제 머."

말귀 못 알아듣는다고 아예 면전에서 콩닥콩닥 입방아를 찧었다. 아내는 무르자던 그 입으로 바로 다음날 아침부터

아가 아가, 호들갑을 떨었다. 아내가 눈을 뜨기도 전 쑤언이 아침상을 떡하니 차려놓았던 것이다.

"월남 사램들도 된장찌개를 묵는갑소이."

쑤언의 된장찌개를 맛본 아내의 말이었다.

"한국 사람한테 배웠어요. 맛있어요?"

"이, 맛나다. 영 맛나그마."

무심코 대답했던 아내는 이내 눈이 휘둥그레졌다.

"웜마! 아가, 니 한국말 헐 줄 아냐?"

"쫌. 한국 사람한테 배웠어요."

자그만 눈을 반짝이며 쑤언이 생긋 웃었다. 두 명의 며느리가 한솥밥을 먹다 떠났으나 말이 통해보기는 처음이었다. 그동안 말 안 통하는 며느리들에게 말을 붙이느라 하루에도 골백번씩 속에서 열불이 치솟았던 아내의 얼굴에 화색이 돌았다.

"원제는 물르잠서? 워째? 참말로 물르까?"

"아따 영감은……. 뚝배기보담 장맛이라고 안 합디여?"

오랜만에 밥상머리에서 웃음꽃이 피었다. 아들의 얼굴도 한결 밝아졌다. 저도 말 안 통하는 여자들과 사느라 어지간히 속을 끓였던 것이다. 쑤언은 어디 하나 나무랄 데가 없었다. 부지런하고 정직하겠다 싶어 골랐던 그마저 감탄할 정도였다. 쑤언은 잠시도 몸을 쉬지 않았다. 딱히 할 일이 없으면 찬장의 그릇이라도 죄 꺼내 반짝반짝 윤을 냈다. 아내가 환갑 지난 뒤로 만사가 시들하다며 게으름을 피우는 통에 먼지 켜켜이 앉았던 집 안이 다시 예전의 윤기를 되찾았다.

"아이 아가, 쉬어감시로 해라이. 글다가 탈이라도 나면 워쩔라고 그냐. 젊을수록에 몸을 애껴야 쓰는 법이다."

워낙 정 많은 성품이긴 하지만 아내는 쑤언을 친딸보다 끔찍이 여겼다. 시외통화료 비싸다고 아무리 소식이 궁금해도 딸들이 전화를 걸어올 때까지 절대 먼저 전화하는 법이 없는 아내가 일주일에 꼭 한 번은 베트남으로 국제전화를 하게 했고, 딸들이 제 어미에게 다달이 보내는 용돈도 베트남에 보내라고 고스란히 쑤언에게 주는 눈치였다. 아내만큼 끔찍하진 않지만 아들 또한 쑤언에게 이내 정을 붙였다. 동네에서는 유난을 떨어쌓듯만 며느리 하나는 똑 부러지게 잘 골랐다고 칭찬이 자자했다. 그가 생각해도 이만하면 됐다 싶었다. 내남없이 게을러터져서 일이라면 체머리를 흔드는 요즘 세상에 한국 며느리를 들였던들 이만할까. 그런데도 쑤언의 얼굴만 보면 그는 어쩐지 억울하고 분통이 터졌다. 아내와 달리 쑤언에게 따뜻한 말 한 번 건네지 않은 것은 그 때문이었다. 쑤언이 시집온 지 1년 조금 지나 떡하니 임신을 한 뒤로는 그 증상이 더 심해졌다. 까맣고 오종종한 쑤언을 꼭 빼닮은 아이가 세상에 나올 생각을

하면 자다가도 벌떡 일어나지 않고는 배길 수 없이 열불이
치솟았다. 그것이 어디 쑤언의 죄이겠는가. 알면서도 그 화
풀이는 고스란히 쑤언에게로 향했다.

눈에 띄게 배가 불러온 후로 아내는 쑤언에게 논일 밭일
은 물론이고 집안일도 하지 못하게 했다. 그런데도 쑤언은
새벽부터 축사 청소를 끝내고 논까지 둘러보고 온 것이다.
그게 또 그의 부아를 돋웠다.

"밥 차레! 시방이 멫 신디……."

그는 괜히 아내에게 버럭 고함을 질렀다. 그러거나 말거
나 아내는 느릿느릿 얼갈이배추를 씻으며 콩닥콩닥 한마디
도 지지 않고 말대답이었다.

"넘들은 나이가 들먼 둥글둥글 부처를 닮아간당만 우리
집 영감은 먼 영문으로 늙을수록에 심통만 늘어강가 모리
겄네. 묏자리를 잘못 썼능가, 집터가 안 좋응가……."

제발 사근사근 말 좀 했으면 싶던 젊은 날에는 꿀 먹은
벙어리마냥 입을 꽉 다물어 애를 태우더니 뒤늦게 말문이
터졌는지 요즘에는 그가 한 마디 하면 백 마디로 돌아왔다.
늙은이 살가죽처럼 질긴 아내의 잔소리는 피하는 게 상책
중 상책이었다. 아침부터 뭘 볶는지 온 집 안에 기름내가
진동했다. 아침 밥상 위에 떡하니 올라온 것은 모양도 요상
한 샛노란 부침개였다.

"아침부텀 먼 지짐이여, 지짐은!"

그는 기름지고 단 음식이 질색이었다.

"누가 영감 묵으라요! 아이, 쑤언아. 니가 갈체준 대로 숭내는 냈는디 맛은 워쩔랑가……. 아나, 맛이나 보그라."

요즘 들어 끼니마다 베트남 음식이 밥상 위에 올라왔다. 아내가 베트남 요리를 배우기 시작한 것은 지난봄, 쑤언의 생일이 지난 뒤였다. 한국에서 맞는 첫 번째 생일이라고 아내는 오랜만에 옛 실력을 발휘하여 백설기에 약밥까지 한국식으로 떡 벌어진 한 상을 차렸다. 쑤언은 눈물을 글썽이며 고맙게 그 상을 받았다. 그날 밤 화장실에 다니러 간 아내가 찬바람을 몰고 혀를 차며 돌아왔다. 초봄이라 쌀쌀한 밤공기에 잠이 깬 것인지 한참 뒤척이던 아내가 넌지시 말을 건넸다.

"영감, 쑤언이 봄이라요. 봄에 태어났다고 쑤언이랑마."

봄이. 그렇게 예쁜 이름인 줄 그도 몰랐다. 그러고 보니 쑤언은 베트남 얘기를 단 한 번도 입에 올린 적이 없었다.

"초승달을 봄시로 울고 있어라. 월남이 그리운갑서. 하기사 여우도 죽을람시로 고향 쪽을 보고 죽는단디 워째 고향이 안 그립겄서. 짠하고 안됐어라."

그는 며느리가 늘 웃는 낯이라 물설고 낯설어도 제 고향보다는 먹고살 만한 한국이 좋은 모양이라고 지레짐작했다.

그런데 그립지 않아서 입을 다문 것이 아니라 너무 그리워 차마 입에 올리지 못한 모양이었다. 그런들 어쩔 것인가. 천리만리 바다 건너 베트남을 옮겨올 수도 없는 노릇이고 천생 몸 풀 때까지는 거기서나 여기서나 똑같은 달이나 보고 마음을 달랠 수밖에. 몸 풀고 움직일 만하면 친정 나들이를 시켜야겠다, 생각하고 보니 뭔 놈의 친정 나들이가 소 한 마리 값이었다. 하우스 오이를 출하하고 나면 그 돈이 나오려나 어쩌려나, 그는 아내와 앞서거니 뒤서거니 긴 한숨을 내쉬었다. 그 한숨의 결과가 아내에게는 베트남 요리였다.

쑤언이 샛노란 부침개를 얼갈이 배춧잎에 싸서 아내에게 건넸다. 처음에 이런 걸 어찌 먹는다냐고 쉽게 젓가락을 대지 않던 아내와 아들놈이 요즘에는 베트남 요리를 곧잘 먹었다.

"맛나?"

쑤언의 사투리가 나날이 는다. 베트남 며느리의 입에서 나온 전라도 사투리가 입안의 흙먼지처럼 서걱거렸다.

"이, 맛나다. 근디 맛보담은 참말로 곱다이. 글고 봉게 월남 음석은 알록달록허니 빛깔이 영 고와야."

"베트남 꽃 많아요. 여기보다 색깔이 더 고웅게 꽃 닮아 그라제. 아버지도."

쑤언이 부침개 쌈을 싸서 그에게 내밀었다. 그는 인상을 찌푸리며 휘휘 손사래를 쳤다. 기름진 것도 기름진 것이지만 무슨 부침개를 쌈에 싸 먹는단 말인가.

"납둬라. 느그 아부지 입맛은 촌놈 중에도 상촌놈이어가 꼬 스떼크도 못 묵응게. 나는 맛나기만 허등만."

"맛나면 자네나 실컨 묵소."

그는 탁 소리가 나게 숟가락을 내려놓았다. 반쎄오라나 뭐라나 베트남 음식과 된장찌개가 어울린 밥상이 그는 영 마음에 들지 않았다. 그는 난생처음 제주도에 가서도 다들 환장하는 회 대신 기어이 된장찌개를 찾아 먹은 그런 사람이었다. 그가 밥을 반이나 남긴 채 일어서는데도 아내는 눈길 한 번 주지 않았다.

"요로코롬 묵으먼 됭가?"

아들놈 역시 제 마누라 따라 월남 쌈을 먹느라 정신이 없었다.

몇 년 전까지 우체부나 띄엄띄엄 오가던 고적한 고샅길에 댓 명의 아이들이 팬티로 아랫도리만 겨우 가린 채 부산하게 뛰어다니고 있었다. 다섯 중 셋은 까무잡잡한 피부에 이목구비가 남달랐다. 그놈들을 보고 있으려니 여기가 지리산 골짜기 맞나 싶었다.

"할배, 안녕하싱게라?"

그중 머리 굵은 놈 하나가 깍듯이 허리를 숙여 알은체를 했다. 그는 인사도 받지 않은 채 걸음을 서둘렀다. 저놈들을 볼 때마다 마음이 심란했다. 곧 저런 놈 하나가 그의 집에도 떡하니 꿰차고 들앉아 상전노릇을 할 것이다.

그는 마실을 돌며 넬모레 고추 딸 놉을 얻었다. 놉이래야 쑤언 같은 외국인 며느리가 대부분이었다. 그중 태반은 말도 통하지 않았다. 말이 안 통하는 놉은 놉이 아니라 상전이나 다름없었다. 쑤언을 고른 자신의 탁월한 안목이 그는 내심 자랑스러웠다. 쑤언만큼 말 잘하고 손끝 야무진 여자는 찾기 힘들었다. 손끝 야물기로 따지자면 농사일에 이골이 난 할망구들을 통틀어도 쑤언 따라올 여자가 없었다.

비료 신청 문제로 이장 집에 들렀다 나오는데 쑤언이 호박 넝쿨 흐드러진 돌담을 붙잡은 채 숨을 몰아쉬고 있었다. 양수가 터졌는지 발밑이 흥건했다. 한산 이씨 28대손이 길바닥서 탄생할 참이었다. 황급히 달려가는 그의 입에서 또가시 돋친 말이 튀어나왔다.

"내 이럴 중 알았다. 긍게 가만있으라고 안 허디야! 징글징글허게도 말을 안 들어묵어야."

그래도 가족이라고 쑤언의 일그러진 얼굴에 안도의 빛이 완연했다. 때마침 택시 한 대가 흙먼지를 날리며 달려왔다. 그는 다짜고짜 신작로 한가운데로 뛰어들어 차를 멈춰 세웠다. 다행히 윗말 사는 김씨가 손님이었다.

"김 센, 우리 집 가서 아들놈헌터 오토바이 좀 태워달라소. 나가 택시 쪼깐 써야겄네. 메누리가 아를 날란갑서."

차를 돌려 읍내를 향해 달린 후에야 그는 자신보다 아내가 따라가야 할 자리임을 깨달았다. 김씨에게 소식을 듣고 아내가 곧 뒤따라오긴 할 터였다. 오른손에 힘이 쥐어졌다. 며느리가 그의 손을 꼭 잡은 채 산통에 따라 간간히 힘을 주고 있었다. 거칠고 투박한 두 손으로 서로의 체온과 고통이 고스란히 전해졌다. 잠시 고통이 가셨는지 찌푸린 낯을 펴던 며느리가 제 빈손을 돌아보고는 낭패라는 듯 소리쳤다.

"아부지, 푸대!"

아내 몰래 빈 부대를 들고 고추밭으로 향하다 양수가 터진 것일 터였다.

"시방 푸대가 문제냐? 그깟 푸대가 멫 푼이나 헌다고!"

그깟 깨가 멫 푼이나 헌다고! 아내가 아들놈을 낳았을 때 그는 그렇게 면박을 주었다. 아내는 참깨를 털다 아들을 낳았다. 아내는 아이를 낳는 내내 마당에 쏟아버린 참깨가 아까워 울상을 짓다가 기어이 마당을 쓸라고 그를 내보냈다.

"그래도……."

며느리는 그때의 아내처럼 부대자루가 끝끝내 마음에 걸리는 모양이었다. 분명히 제 서방 오면 가서 부대자루 찾아놓으라고 할 게 뻔했다. 마당을 쓸며 그가 그랬듯 아들은 구시렁구시렁 고샅길을 뒤지며 그깟 부대자루 하나 버리지 못하게 만든 옹색한 살림이 죄스러워 천근만근 돌덩이를 가슴에 얹게 될 것이다. 돌덩이 얹힌 그 마음이 지아비의 마음이요, 애비의 마음이었다.

분만실 앞에서 그는 초조하게 서성였다. 지발 존 일에 지앱씨 닮은 놈이 나오게 해주씨요. 누구에게랄 것 없이 그는 기도했다. 소식을 들은 건지 만 건지 아내와 아들은 함흥차사였다. 간간히 쑤언의 억눌린 신음 소리가 흘러나왔다. 비명조차 마음껏 지르지 못하게 만든 것은 비명을 질러봐야 무용지물인 오랜 세월이었으리라. 으앙! 어미 대신 우렁찬 비명을 지르며 아이가 나왔다. 잠시 후 분만실 문이 열렸다.

"사내아입니다."

간호사가 얇은 천에 둘둘 말린 아이를 그의 품에 안겨주었다. 저도 모르게 움찔 그는 눈을 감았고, 심호흡을 하며 지발, 간절한 기도와 함께 천천히 눈을 떴다. 순간, 눈앞이 캄캄했다. 까맸다! 어미를 쏙 빼닮아 새까맣고 오종종한 아이가 벌써 눈을 뜨고 그를 빤히 바라보고 있었다. 유난히 눈동자 검은 이 아이가 한산 이씨 28대손 이강호였다. 울어야 할지 웃어야 할지 그는 엉거주춤 아이를 안은 채 화석처럼 굳었다. 아이고, 아가! 우당탕 문이 열리며 저만치 아내의 고함 소리가 아득하게 멀었다.

혜화동
로터리

"얘, 켈로(Korea Liaison Office). 배고프다. 밥이나 먹으러 가자."

최가 옆에 세워둔 지팡이를 짚으며 몸을 일으킨다. 몇 해 전 중풍을 앓은 데다 얼마 전 낙상까지 한 후유증이다. 뼈도 내장도 유통기한이 낼모레다.

"이 애는 산에서 썬 밥 귀신이 아직도 붙었나. 늘상 배고 프다지."

구시렁대면서도 박 역시 지팡이를 찾아 든다. 그냥 지나 갈 최가 아니다.

"흥, 삼류 빨치산이라 낙상이라더니? 그러는 너는 삼류 켈로라 낙상이니?"

"형님들은 처음 만난 날부터 시비더니 가실 때까지 아웅다웅하시려고요?"

　아직 사지육신 멀쩡한 김이 두 사람의 입을 막는다. 켈로와 빨치산을 연결시킨 장본인이다. 제가 연결시키려고 시킨 게 아니다. 인연이 복잡하다. 박은 전쟁 전 김의 입주 가정교사였다. 원래부터 입주할 생각은 아니었다. 김의 아버지는 은행장에 어머니는 시인으로 먹고살 만한 데다 둘 다 사람을 좋아하여 김의 집은 허구한 날 술 찾는 지인들로 붐볐다. 돈 없는 문청들이 갈 데 없으면 기어드는 데가 김의 집이었다. 고등학교 때부터 술 좋아하고 문학 좋아하던 박은 문청들의 잡소리 듣는 재미에 빠져 그냥저냥 식객으로 눌러앉았다. 그러다 전쟁이 터졌고, 경기고에 다니던 박은 영어 좀 안다는 죄로 선배 따라 켈로 부대원이 되었다. 전쟁이 끝나고 사람들은 잘도 일상으로 복귀했다. 박은 그게 쉽지 않았다. 전쟁은 박에게 술로 남았다. 술 없이는 도무지 시간이 흘러가질 않았다. 술을 마시면 시간이 휠휠 날아갔다. 술과 더불어 한평생을 하룻밤처럼 흘려보내는 것이 스물둘 박의 소원이었다. 그래도 평생이 하룻밤과 같지는 않았다. 술에서 깨고 보면 또 지루한 시간들이 막막하게 놓여 있었고 하여 다시 술잔을 잡았다. 취하면 만만한 게 김이었다. 좋은 부모 밑에서 잘 자란 김은 취한 박이 모시러 오라고 호통을 치면 술값을 쥔 채 명륜동에서 종로까지 한달음에 달려왔다.

그날도 박은 술이 떡이 되어 저보다 두어 뼘은 작은 김의
목덜미에 척하니 팔을 걸친 채 제 집으로 가는 양 보무도
당당하게 명륜동 골목을 갈지자로 누비고 있었다. 뭔가가
툭 차였다. 발길에 차인 사람이 그대로 모로 쓰러졌다. 술이
확 깼다. 전쟁의 악몽이 순식간에 되살아났던 것이다. 혹시
나 싶어 몇 번 더 걷어찼더니 취객이 추위에 진저리를 치며
깨어났다.

"얘, 너는 어디서 빌어먹니?"

발로 걷어차인 데다 곤한 잠을 깨웠는데도 취객은 성을
내지 않았다. 나? 하고 반문하더니 가만히 제가 기대앉은
집을 가리켰다. 그곳은 전쟁 전 최의 집이었다. 최의 가족
은 죄 월북하고 남도부 부대원이었던 최는 홀로 남에 남았
다. 복역을 마치고 돌아와 보니 집은 백부가 차지하고 있었
다. 자기 집에서 최는 더부살이를 하는 셈이었다. 최의 백
부는 집안 말아먹은 좌익이라면 치를 떨었고, 하여 빨치산
이었던 최에게 더 엄격했다. 늦잠을 자도 술을 마셔도 저놈
이 저러니 빨갱이지, 귀에 딱지가 앉았다. 취한 최는 그놈의
빨갱이 소리 또 들을까 싶어 통금 가까운 야밤에 집을 지고
앉아 노숙을 하고 있었던 것이다. 잠자는 동안 취기가 걷혔
는지 최는 또랑또랑 되물었다.

"너는?"

"나는 이 집에서 빌어먹지."

박이 가리킨 곳은 바로 옆집이었다.

"빌어먹는 자들끼리 한잔 더 하자."

"조오치!"

최가 분연히 잠자리를 떨치고 일어났다. 최와 박은 십년 지기나 되는 양 어깨동무를 하고 오던 길을 되짚어 나갔다. 모범생 김이 안절부절 뒤를 따랐다. 침묵 속에 몇 잔 술이 오간 후 박이 물었다.

"너는 뭐하던 놈이니?"

최가 무서운 속도로 술잔만 비우기에 김이 대신 받았다.

"저, 최 자 형 자 윤 자 쓰시는 양반이 형님 부친 되세요."

최형윤이라면 장안에 모르는 사람이 없었다. 합천 만석 꾼 자식이었던 그는 일찌감치 동경 유학을 하여 공산당 물이 들었고 그 재산을 다 말아먹은 뒤 월북했다.

"그럼 네가 그 유명한 놈이니?"

박이 박장대소하며 물었다. 경기중학을 나온 자라면 다 아는 유명한 전설이 있었다. 최형윤의 아들이 경기중 입학 시험에 합격하고 면접을 보았다. 미소공동위원회에 대해서 어떻게 생각하느냐, 이게 면접관의 질문이었다.

"그게 왜 미소공동위원흽니까? 소미공동위원회지."

그 말 한마디 탓에 그 어려운 시험에 합격하고도 최형윤의 아들은 경기중에 입학하지 못했다.

"부친께서 빨갱이 교육 하나는 제대로 시켰구나."

"시키긴 뭘 시켜. 집에 드나드는 사람마다 소미공동위원회라기에 그냥 그런 줄 알았지. 그런다고 덜컥 떨어뜨릴 줄 어떻게 알았겠어, 어린애가?"

"그렇게 눈치가 없으니까 빨치산 나부랭이나 했던 게지. 얘, 부잣집 아들이 그런 짓을 왜 하니? 나 같으면 그냥 한량으로 한 평생 놀고먹겠다. 그 많은 재산을 저희 같은 자본가 처부수자는 빨갱이들한테 갖다 바칠 건 뭐니?"

"그러는 너는 눈치 빨라서 뭐 해먹고 살았니?"

"나? 눈치 빨라서 영어 공부 좀 해놨더니 켈로에서 부르더라."

"눈치 빠른 놈이 그 길로 잘 나갈 것이지 뭐하는 짓이래?"

"흥! 눈치가 빨라도 문제, 없어도 문제. 수상한 시절에는 낚싯대 잡고 세월이나 낚는 게 최고지."

허무를 술로 달래던 최와 박은 서로의 바닥을 순식간에 꿰뚫어보았고, 그날 이후 시쳇말로 절친이 되어 김은 뒷전이요, 둘이 어울려 다녔다. 반세기 전의 어느 날이 어제인 듯 선연하다.

박과 최는 마루 끝에 주저앉아 겨우 신발을 꿰신는다. 엉덩이 일으키기가 천근만근이다. 엉덩이가 점점 더 무거워져 땅에 들러붙으면 지겨운 세상과도 이별이다. 그날이 기다려지기도 하고 아직은 아쉽기도 하다.

"형님, 손칼국수집 예약해놨어요."

키 작은 김이 마루에 선 채 두 병신을 내려다보며 친절하게 일러준다. 셋이 즐겨 찾던 집이다. 한창 때는 일품인 그 집 빈대떡을 안주 삼아 세월을 보내기도 했었다.

"얘, 거긴 안 돼."

"형님들 거기 칼국수 좋아하셨잖아요?"

고생 안 하고 잘 자란 놈들은 눈치가 없다. 이래서 세상은 공평하다.

"얘는 어쩌면 늙어도 철이 안 드니?"

박과 최가 동시에 지팡이를 흔든다. 다리가 성치 않아 의자 있는 집으로 가야 한다는 뜻이다.

"저렇게 주변머리가 없으니 아직도 이 집 지키고 사는 게지. 못난 놈이 고향 지킨다잖아."

박과 최가 콩닥콩닥 말을 주고받으며 정원에 깔린 자갈을 밟는다. 김이 태어났을 때 그 모습 그대로다. 김의 부모는 좌에도 우에도 친구가 많았다. 좌익 정권 하에서는 좌익 친구들이 이 집을 살렸고, 우익 정권 하에서는 우익 친구들이 이 집을 살렸다. 태풍의 눈인 듯 이 집만 전쟁을 피해갔다.

"이 집 영감이 처세를 잘한 거지."

"사람이 좋았던 거지."

"그게 그거지."

대문을 나서기 전 최가 뒤돌아서 물끄러미 고즈넉한 한옥집을 바라본다.

"영감 살아 있을 때가 좋았는데……."

"그랬지. 영감 살아 있을 때는 고급술부터 척 나왔는데 이놈은 국물도 없어. 숭늉 같은 커피가 뭐니 커피가? 우리 집에도 딸애가 보내준 미제 커피가 산더미로 쌓였다, 얘."

"그러게. 칼국수가 뭐니 칼국수가? 돈 많은 놈들이 더 무섭다니까."

뒤따라오던 김이 그 말에 피식 웃는다.

"웃지 마, 얘. 정든다. 안 그래도 가기 힘든데 이 나이에 정 붙여 어쩌라구. 아무튼 물색없는 놈이야."

박은 아직도 제가 가정교사인 줄 안다.

"아직도 정이 안 들었어요? 나는 진즉 든 줄 알았지."

"얘, 정은 술로 드는 거야. 뭘 알기나 하니?"

술 못 마신다고 구박당한 게 반세기라 김도 어지간히 이력이 났다. 그저 그러려니 웃어넘긴다.

"그렇지 않아도 챙겨 왔어요."

김이 손에 든 술병을 들어 보인다.

"그게 뭐니?"

"아버지가 남긴 술이 아직 몇 병 남았거든. 뭔지 몰라서 아무거나 하나 집어왔어요. 내가 술을 아나."

박이 재빨리 병을 낚아챈다. 고개를 쳐들고 다초점 렌즈의 돋보기로 뜯어보니 1950년산 데킬라다.

"소 뒷걸음질 치다 개구리 잡은 격이네. 이놈 환갑이다, 얘. 영감이 전쟁 기념으로 뒀나 보다."

전쟁이 터진 해 만들어진 술을 반주로 곁들일 생각을 하니 이른 아침부터 부산을 떨었던 힘든 외출의 노고가 말끔히 씻기는 기분이다. 제대로 걷지도 못하는 주제에 무슨 외출이냐고, 저 꼬부라진 줄은 추호도 모르는 마누라 잔소리를 한 사발은 얻어먹었다.

"알았으니 그만 갑시다. 배고프시다면서요?"

김의 재촉에도 최는 이곳저곳, 좁은 화단의 신우대에까지 처연한 시선을 보내고 있다. 최의 어머니가 고향 고령에서 공수해 김의 어머니에게 선물한 신우대다. 준 사람도 받은 사람도 이 세상에 없는데 신우대 홀로 싱싱하게 살아남았다. 최의 부모가 월북하기 전까지 김의 집과 최의 집은 다정한 이웃이었다. 김의 아버지는 남양주 만석꾼의 자식이요, 최의 아버지는 합천 만석꾼의 자식이었으나 행로는 서로 달랐다. 김의 아버지는 자본가라 해도 좋을 은행장이었고, 최의 아버지는 사회주의 운동가였다. 김과 최의 아버지는 김과 최처럼 술도 못 먹는 샌님이네, 저러다 공산당에게 숙청당할 속없는 사회사업가네, 서로 정답게 헐뜯어가며 월북하는 그날까지 친하게 지냈다. 김의 집이 무사한 데는 최의 아버지 덕도 적지 않았다. 사상이란 게 우정은 물론 혈육의 정까지 끊어놓는 무시무시한 괴물로 변하기 전의 이야기다.

"얘, 최가야. 작별인사는 짧을수록 좋은 거다. 얘가 이렇게 로망이 없어요."

"어디… 가세요?"

눈치 없는 김이 되묻는다. 박이 혀를 찬다.

"북망산천이 낼모레잖니? 저도 낼모레면서. 너는 천년만년 살 것 같니?"

"에이, 그래도 저는 아직 칠십대예요."

"얘, 오는 덴 순서가 있어도 가는 덴 순서가 없는 법이다. 내가 네 초상 치를지 어떻게 아니?"

"제발 그래 주세요. 두 형님들 초상 치를 생각하면 머리가 다 아파요. 장안의 허다한 술꾼들이 다 모여들 텐데. 제가 먼저 가면 그게 복이죠."

허다한 술꾼이라 봐야 이제 몇 남지 않았고, 남은 술꾼 중 몇은 건강상 이유로 술을 끊었다. 술꾼이 술을 끊으면 볼장 다 본 거라던 최마저 한 잔 이상은 마시지 않는다. 여전히 두주불사는 박뿐이다. 십대 때부터 가까이 지냈으나 김은 박이 전쟁에서 무슨 일을 경험했는지 알지 못한다. 최도 모른다. 독한 술을 퍼붓지 않고는 견뎌내지 못할 무엇을 경험했으려니 짐작할 따름이다.

최의 작별이 길어진다. 성미 급한 박이 다시 최를 채근한다.

"얘! 그러다 멀쩡히 살아서 또 오게 되면 민망해서 어쩌려고 그러니?"

돌아서는 최의 눈이 촉촉이 젖어 있다. 그걸 놓칠 박이 아니다.

"덩치는 산만 한 게 걸핏하면 질질 짜기는. 그러니 삼류 빨치산이래지."

"걸핏은 내가 무슨……."

"소련 갈 때 펑펑 울었다며?"

최가 송아지만 한 커다란 눈을 부라린다. 박을 향해 눈을 흘기던 김이 짐짓 최의 시선을 피한다. 박에게는 무슨 말을 해도 신랄한 조롱으로 돌아온다. 그때 김은 최의 눈물에 놀라 그걸 깜박하고는 박에게 다 털어놓았던 것이다.

"울기는 무슨… 안기부 돈 받는 게 억울해 그랬지."

김의 아버지가 살아 있었으니 15년 저쪽이었을 것이다. 그때는 사지육신 멀쩡했던 최가 늦은 밤 김의 아버지를 찾아와 다짜고짜 무릎을 꿇었다.

"안기부에서 소련에 보내준답니다. 어떻게 하지요?"

월북한 최의 부모는 이승엽과 함께 미제의 간첩으로 몰려 처형당했으나 여동생 둘이 살아 있었다. 그중 하나가 고위층의 아내였다. 안기부에서 그 동생을 만날 수 있도록 주선해준 모양이었다. 기력이 다해 죽을 날 받아놓은 처지였던 김의 아버지는 있는 힘껏 최의 등짝을 후려쳤다.

"야, 이놈아. 혈육을 만나는 데 누구 돈이든 따질 게 뭐야!"

그 말이 위로가 되었던 것일까, 변명이 되었던 것일까. 최는 철철 뜨거운 눈물을 쏟았다. 김이 본 처음이자 마지막 최의 눈물이었다.

"흐웅, 잘도 그랬겠다. 늙어 꼬부라진 게 청승맞게 피붙이 그리워 울었겠지. 맞지? 삼류 빨치산?"

"왜 이래? 토벌대 벌벌 떨던 남도부 부대에서 마지막까지 살아남은 몸이야."

"흥, 그러니 삼류지. 오죽 못났으면 살아남았겠니? 좌나 우나 잘난 놈들은 다 먼저 갔어. 몰라 물어?"

"그러는 너는 잘나 살아남았니?"

"누가 뭐래니? 나도 삼류지. 같은 삼류니까 평생 어울려 놀았지."

콩닥콩닥 말씨름을 주고받으며 박과 최는 느릿느릿 걸음을 옮긴다. 겨우 30미터 남짓 왔을까, 두 사람의 걸음은 옛

날 최의 집 앞에서 멈춘다. 최의 부모가 살다 백부가 차지했던 집은 이제 전혀 모르는 남의 손으로 넘어갔다. 집이 팔리기 직전 최는 뒷마당에서 부모가 비장해놓았던 남로당 비밀문서를 세 박스나 찾아냈다. 땅을 파고 비장해야 했던 기밀이었으나 안기부도 별 관심이 없었고, 거기 관심을 가진 자라고는 현대사 연구자들뿐이었다.

"왜? 여기서도 인사할려니?"

낯선 이의 문패를 물끄러미 바라보는 최를 박이 또 비아냥거린다.

"인사는 무슨. 다리 아파 쉬는 거지."

"네가 무슨 하필 가지밭에 넘어진 과부니? 하긴, 삼류들이 원래 말 많고 변명 많지."

최와 박은 늘 이런 식이다. 심술 난 아이처럼 불퉁불퉁 쏘아대기만 하는 박을, 성질로는 둘째가라면 서러워할 최가 성질 내지 않고 넙죽넙죽 잘도 받는다.

"하긴 인사는 해야지. 네 팔자를 이 모양 이 꼴로 만든 게 잘난 사회주의자 네 부모 아니니?"

"부모님이 뭘. 뭐하라 한 적 없어."

"흥, 뭘 해라 해야 배후조종이니? 네 부모가 쏘미 쏘미 하니 너두 쏘미 됐지? 그게 바로 배후조종이란 거란다, 얘."

"그래, 쏘미 쏘미 하다 나두 쏘미 됐다. 그러는 너는 헬로 헬로 하다 켈로 됐니?"

"흐응, 아주 삼류는 아닌가 부다. 하나를 가르치니 둘은 아네."

최와 박은 이승만 정권 때도 박정희 정권 때도 늘 이러고 시간을 보냈다. 김일성이니 소련이니 입에 담을 수도 없던 시절이었다. 그러나 최와 박 사이에서만큼은 어떠한 금기도 없었다. 최가 박의 신랄한 비아냥을 잘도 견딘 것은, 하필 가려운 데를 긁어주는, 하필 막힌 데를 뚫어주는, 통쾌함 때문이었는지도 모른다. 그러나 평생 들어온 말씨름이 김은 지루하기도 하다.

"고만 좀 하세요. 애들도 아니고 원."

"얘 봐라. 내가 니 선생이지 니가 내 선생이니? 일류는 역시 뭐가 달라도 달라. 지 선생도 가르치려 들거든."

일류라는 말을, 김은 소르본 유학 마치고 돌아와 박에게 처음 들었다. 정치학을 전공한 김은 좌는 물론 아니요, 체질상 그닥 진보도 아니었으나 그래도 유럽물을 먹어 독재정권 하에서 국립대학 교수 노릇하는 게 썩 내키지 않았다. 그런 마음을 슬쩍 내비쳤더니 박의 답은 명쾌했다.

"얘, 세계 일류대학 나왔으니 일류로 살아. 우리 같은 삼류를 거두려면 너라도 일류로 살아야지."

김은 피식 웃음을 터뜨렸고, 어찌 된 영문인지 고민도 희미해졌다. 그러고 보니 김이 평생 주기만 한 것은 아니었다.

박이 지팡이를 휘두르며 몇 걸음 앞서가던 김을 부른다.

"얘, 어디로 가니?"

"오랜만에 다보성이나 가볼까요?"

다보성은 일제 때부터 있던 중국집이다.

"거긴 안 돼. 아직 외상 청산 못 했을걸. 얘, 너는 그 집 외상 다 갚았니?"

박이 최를 기다리며 물었다. 풍을 맞았던 최는 박보다 걸음이 더 늦었다.

"웬걸, 아직 얼마 남아 있을걸."

외상이 많던 시절에 김과 최는 그 집을 피해 먼 길로 돌아다니곤 했다. 매일 명륜동을 드나들면서도 혜화동 로터리를 자주 다니지 않은 건 그 때문이다.

"참나, 그 양반 돌아가신 게 언제라구."

"그랬어? 하기는 그 양반이 너희 아버지보다 몇 해 위였지?"

흰소리를 주거니 받거니 더디기만 한 걸음이 2차선 도로에 다다른다. 길모퉁이 장면 생가를 한창 공사 중이다. 내널린 목재를 피해 걷던 박이 대문 앞에 놓여 있던 빈 페인트 통을 지팡이로 휙 걷어낸다.

"이 양반은 죽어서까지 길을 막네."

그 말에 최가 너털웃음을 터뜨린다.

"언제 장 박사가 길을 막았어요?"

김이 천진하게 묻는다.

"얘는 모르나?"

"그래, 우리 둘만 있었잖아."

그제야 김은 장난인 걸 눈치 챈다.

"또 무슨 사고를 치셨게요?"

"사고는 무슨. 그날도 우리 둘 다 거나하게 취해서 빌어 먹던 집으로 돌아가는 길인데 장 박사 차가 떡하니 길을 막고 있지 뭐야."

길을 막은 것이 어디 장 박사 차뿐이랴. 그러나 만만한 건 장 박사 차뿐이었다.

"우리 둘이 밀었지. 얘, 그랬더니 그 큰 차가 힘도 없이 죽 미끄러져서 개울로 곤두박질치는 거야."

"냅다 뛰었지."

최가 그날 밤을 떠올리는지 비죽 웃으며 냉큼 말을 받는다. 5.16 직후였다. 가슴에 쌓인 답답함이 괴력을 발휘하게 했을 것이다. 어쩌면 술의 힘이었을지도 모른다. 골목마다 CCTV가 즐비한 요즘에는 꿈도 못 꿀 일이다. 이래도 저래도 젊은 그때가 좋았다. 아니 좋았던 건 그때가 아니라 젊음이다. 허무의 바닥에서 나뒹구는 청춘일지라도 청춘은 청춘이었다.

장 박사 차가 추락했던 개울은 이제 4차선 도로다. 오가는 사람이 적지 않다. 이리저리 사람을 피하느라 걸음이 더 느려진다. 노인네들과 맞닥뜨릴 때마다 젊은이들이 짜증을 내며 피해간다. 저희들에게도 머지않아 닥칠 미래임을 젊은 것들은 상상조차 하지 않는다. 젊음은 늙음을 꿈꾸지 않는다. 늙음이 젊음을 꿈꿀 뿐이다. 저만치 오던 젊은이가 쓸데없는 미덕을 발휘하여 차도로 내려서 노인네들을 빙 둘러 잰걸음을 놀린다. 전철이나 버스 안에서 냉큼 자리를 비켜주는, 가정교육 잘 받은 젊은이들은 자신들의 양보가 때로는 노인네들을 더 쓸쓸하게 한다는 사실을 알 리가 없다. 박은 자신을 향해 따스한 미소까지 보내며 활달하게 걷는 청년의 걸음새를 눈여겨 바라본다. 가고 싶은 대로 내키는 대로 걸을 수 있었던 시절이 그에게도 있었다. 술에 절어 시간이 쏜살같이 흘러가기만을 바라던 그 시절에는 몸의 소중함을 몰랐다. 마음대로 걷는 것조차 힘들어진 다음에야 허무고 무엇이고 몸 건강할 때의 배부른 소리였음을 깨닫는다.

500미터 남짓한 길을 앞서거니 뒤서거니, 박과 최는 슬로우 비디오로 걷는다. 좁은 인도에서 걸음 더딘 그들을 바라보는 누구도, 그들이 한때 빨치산으로 혹은 켈로로 전장을 누비던 역전의 용사임을 상상하지 못한다. 그들은 그저 거치적거리는 노인네들일 뿐이다.

김은 가다 말고 멈춰 서서 박과 최를 기다린다. 김은 늘 그랬다. 파리에서 박사학위를 받고 돌아와 새벽녘 고속도로 같은 출세가도를 달릴 때에도, 저렇듯 멈춰 서서 낙오자인 박과 최를 보듬어주었다. 그것이 잘 자란 김의 미덕임을 알면서도 박과 최는 뭔지 모르게 심통이 나서, 선술집이 뭐니 선술집이. 그만치 벌었으면 기생집쯤 데려가야 하는 것 아니야, 볼멘소리를 하곤 했었다. 지금이라고 심술은 어디 가지 않는다.

"얘, 걸거치게 뭐하니. 우리가 그 집 못 찾을까 봐. 먼저 가서 기다리려무나."

김은 그저 웃어넘긴다. 이런 장면이 김은 낯설지 않다. 살아보니 인생은 쳇바퀴. 박이나 최가 그러라 한 것은 아니었으나 어쩌다 보니 뒤치다꺼리를 하게 되었고, 힘들게 시중을 들고서도 욕이나 얻어먹는 게 중학 시절부터 지금까지 낯익은 풍경이다.

끝물이긴 하지만 아직 점심시간인데 다보성은 한산하다. 화교 출신인 주인장의 짜장면 솜씨가 일품이라 예전에는 언제나 사람들로 북적거리던 곳이다. 흔쾌히 외상을 주던 바로 그 주인장인가 싶게 아버지를 빼닮은 아들이 주문을 받으러 온다.

"이 양반들, 아버님께 외상 먹은 게 한두 푼이 아니에요.

외상장부 없나? 지금이라도 챙겨 받아요."

김이 웬일로 시답잖은 농을 던진다.

"얘가 왜 이래? 우리가 팔아준 게 얼만데."

사장을 쏙 빼닮은 아들은 이 집을 즐겨 찾던 무렵의 사장 나이, 박과 최는 그 시절로 돌아간 듯 활달해진다.

"장부정리 하지 않을 테니 마음 놓고 드세요."

예전 주인장은 마음이 넉넉하여 일이 년씩 외상이 밀린 박과 최에게 눈치 한 번 준 적이 없었다. 그래도 얼굴 마주치기 미안하여 혜화동 로터리를 피해 다녔다. 박도 최도 대로(大路)와는 인연이 없다. 성정은 물론이요, 체격까지 아버지를 닮아 만삭의 아낙처럼 배가 둥실 솟아오른 주인장이 사람 좋게 웃어넘긴다. 아버지가 간 지 벌써 20년, 아직도 아버지를 추억하는 손님들이 반가운 탓이다. 외상 밀린 이 집을 빙 둘러 도망 다닌 게 엊그제 같은데 이 집을 찾지 않은 지 그러고 보니 30년 가까이 되었다. 엊그제인 듯 생생한 일이 말해놓고 보면 수십 년 전이기 일쑤다.

최는 울면을, 박은 짜장면을, 김은 잡탕밥을 주문한다. 인생의 대부분을 가까이 지냈으나 식성은 여전히 제각각이다. 단무지가 나오자마자 박은 1950년산 데킬라를 뜯는다. 이런 술을 여직 아껴놓다니, 아니 이런 술을 창고에 쟁여놓은 집이 그 살벌한 세상을 비켜 살아남다니, 세상은 참으로 요지경이다. 술동무이던 최가 술을 끊은 터라 박은 홀로 술을 따라 단숨에 비운다. 독한 술이 짜르르 목구멍을 타고 흐른다. 식도에서 위까지, 내장의 생김이 또렷이 느껴지는 이 맛이 첫잔의 맛이다. 인생의 첫잔은 가혹하도록 썼다. 어쩌면 박은 그 잔에 취해 평생을 비틀거린 것인지도 모른다. 춘장에 찍은 양파를 안주 삼아 박은 연거푸 잔을 비운다.

"걸음도 시원치 않은 분이 취하면 어쩌려고 그래요?"

김은 잔소리가 많다. 끊임없이 잔소리를 해대며 김은 위태로운 박과 최의 행로를 지켜보아 왔다. 바라는 바 없었으니 딱히 위태로울 것도 없기는 했다. 살아 견디는 것 자체가 그들에게는 위태로운 행보였다.

"술맛도 모르는 놈이 잔소리는. 니가 데려다주려무나."

"오늘은 안 돼요. 병원에 들러야 돼요."

죽을 날 가까우니 깨칠 법도 하건만 김은 언제나처럼 웃자고 한 농담을 죽자고 진심으로 받는다.

"병원은 왜?"

"선배가 암으로 입원했대요."

"선배 누구?"

경기고생 박의 과외를 받은 후 과외 덕이라기보다는 제 노력이 출중하여 김은 경기고에 입학했다. 박의 4년 후배다.

"장관 지낸 강 선배 있잖우?"

"열흘짜리 장관도 장관이래니?"

강은 박의 동기다. 전쟁이 끝난 후 동기 중 5분의 4 정도
가 살아남았다. 알게 모르게 좌익세도 강했는데 뜻밖에 성
한 자가 많았다. 전쟁에서 죽은 놈들이 빽 없어 죽는다고
빽 하며 죽었다더니 과히 틀린 말이 아니다. 좌익도 빽 있
는 좌익은 많이들 살아남았다. 엄밀히 말하면 빽 있고 배운
놈들은 세상의 흐름을 읽는 데 재빨랐다.

"빨치산 장관 말이니?"

"빨치산 못 하겠다고 도망친 것도 빨치산이니?"

"빨치산이라고 장관직에서 쫓겨났으니 빨치산이지 뭐니."

장관이 될 때까지 아무도 강의 전력을 알지 못했다. 집안
이 좋은 덕이었다. 그러나 세상에 비밀은 없었다. 장관이 되
자마자 과거 빨치산으로 백운산에 있었다는 경력이 밝혀졌
고, 열흘 만에 장관직을 그만두었다. 장관직에서는 미역국
을 먹었으나 덕분에 그 후로 강은 과거의 족쇄에서 벗어났
다. 백운산에서의 비겁한 제 행태를 떠벌린 것도 본인이다.

"춥고 배고프고 죽을 것 같더라. 사상이고 뭐고 굶어 죽
거나 얼어 죽게 생겼어. 도망칠 작정을 했는데 나만 믿고
따라온 동창들이 둘이나 있잖겠니? 그래, 몰래 불러서 같이
도망치자고 꼬드겼지. 두 놈 다 싫다더라. 나만 도망쳤어."

장관직에서 밀려난 후 강은 한동안 박, 최와 자주 어울려

다녔다. 박이나 최는 두주불사였으나 강은 두 사람이 이제 시작이다 싶으면 홀로 만취해 꼭 울었다. 자기가 끌어들였다가 백운산에 버리고 온 두 친구가 거기서 죽었다는 이야기를 백 번은 더 들었다. 무의식의 저편에 꽁꽁 숨겨둔 이야기를 술이 술술 풀어낸 것이다.

"너무 그럴 것 없어. 인생 복불복이야."

위로랍시고 한마디라도 내뱉는 것은 주로 최였다. 그 말을 끝으로 최도 박도 술맛을 잃었다. 강을 슬슬 피하게 된 것은 그 때문이었다. 마지막으로 강을 본 게 언제였던가. 정확하진 않지만 강에 대한 마지막 기억은 베를린 장벽이 무너진 그날이다. 마음이 심란하여 집 안에 틀어박혀 있는 박과 최를 강이 기어이 불러냈다. 그날도 강은 억병으로 취했다. 술집에 켜져 있는 텔레비전 뉴스를 물끄러미 보다가 강은 또 울었다. 이번에는 그 눈물을 설명하지 않았다. 예순 넘은 놈이 첫사랑을 떠나보낸 스무 살인 양 말없이 눈물만 흘렸다. 그 눈물의 의미를 박도 최도 묻지 않았다. 말하지 않아도 알았다. 울지 않았을 뿐 박도 최도 같은 심정이었다. 수많은 사람들의 운명을 짓밟은 사상이란 것이 눈앞에서 실감으로 무너지고 있었던 것이다. 박도 최도 강도 거기 짓밟힌 수많은 사람 중 하나였다. 울다가 지쳐 소파에 널브러진 강을 가만히 바라보던 최가,

"이 아이, 괜찮네."

밑도 끝도 없이 한마디 툭 던진 것이 강에 대한 마지막 기억이다.

"그 아이가 암이야? 무슨 암이래?"

박이 연거푸 들이켜는 데킬라에 시선을 던져둔 채 최가 묻는다.

"간암이래요."

주문한 음식이 도착하고, 셋은 말없이 먹는 데 열중한다. 먹는 데 열중하지 않으면 흘리는 게 많아진다. 젊어 깔끔하던 김도 일흔 넘으면서 밥 먹고 난 자리에 흔적이 남는다. 중풍을 앓고 난 뒤 오른쪽이 시원찮은 최는 더 심하다. 기를 쓰며 젓가락질을 하던 최가 신경질적으로 젓가락을 탁자에 탁 내려놓고, 술잔을 집어 든다.

"한잔 해야겠다. 다오."

김이 말리려 했으나 박이 이미 술잔을 가득 채우고 있다. 그걸 최는 단숨에 들이켠다. 오랜만에 마셔보는 술이다. 독한 데킬라가 속을 훈훈하게 데운다. 1994년의 모스크바에서 1950년에 헤어진 동생을 만났을 때, 둘이 보드카를 마셨다. 문밖에는 경비가 삼엄했다. 동생도 자기처럼 술이 세다는 것을 최는 그날 처음 알았다. 역시 핏줄은 핏줄이었다. 보드카 세 병을 비웠으나 둘 다 말똥말똥, 도무지 취하질 않았다. 오래된 나무 창틀이 외풍을 견디다 못해 덜컹덜컹 몸을 떨었고, 유리창 밖으로는 하염없이 눈이 퍼부었다. 하늘에 구멍이 뚫린 듯 쏟아져 내리는 눈은 이듬해 봄이면 흔적 없이 사라질 터였다. 최나 동생이나 그 한 송이의 눈과 다를 바 없었다. 인생이란 그런 것이다. 그러니 술잔이나 기울일밖에.

"형네 식구들이 모두 울면을 좋아했지요?"

짜장면을 먹다 말고 김이 불현듯 묻는다. 김은 이 다보성에서 최의 가족이 다 같이 울면을 시켜먹는 걸 여러 차례 본 적이 있다. 당시에 보기 드문 단란한 가족이었다. 경기중고생 여럿을 울린 아리따운 최의 여동생들이 있어 더욱 깊이 각인된 기억이다.

"울면 따위나 먹으니 인생이 그 모양이지."

박이 심드렁하게 쏘아붙인다. 최라고 지지 않는다.

"네 인생은 짜장면 먹어 그렇게 시커맸더랬니?"

"회색분자니 회색이면 회색이지 시커먼 건 또 뭐야?"

"게나 고동이나."

"게는 게고 고동은 고동이지. 그나저나 네 동생은 어찌 됐니?"

"낸들 아니?"

몇 해 전 동생의 남편은 설 자리를 잃었다. 그 후로 소식이 끊겼다. 권력을 지키고 있었단들 다시 보기 어려웠을 것이다. 기대도 없었으니 실망도 없다. 언제 다시 볼지 기약할 수 없는 이별을 하면서 최는 동생에게 시집 한 권을 건넸다. 우익의 대표적인 작가로 유명한 모윤숙은 어머니와 가까운 친구였다. 그이가 어느 날 시집 한 권을 들고 수소문하여 최를 찾아왔다. 출소한 지 얼마 되지 않아 술독에 빠져 살 때였다. 그이가 건넨 것은 월북한 후 당시로는 생사를 확인할 수 없던 어머니 앞으로 사인을 한 자신의 시집이었다. 그이는 최의 손을 잡은 채 한바탕 눈물을 쏟고는 두툼한 봉투 하나를 기어이 최의 남루한 외투 주머니에 찔러 넣었다. 이승만 정권 하에서의 그이의 행적을 놓고 왈가왈부하는 사람들이 많았으나 최는 일체 함구했다. 좌익 친구에 대한 사무친 그리움을 가슴에 간직하고 있는 사람이라면 우익이든 무엇이든 상관없었다. 그이의 시집을 동생에게 건넨 것은 뭐랄까, 의당 어머니에게 가야 할 것이기도 했지만, 그보다는, 사상 때문에 북을 선택했으나 결국 버림 받은 어머니의 묘 앞에 사상을 뛰어넘은 우정이라는 것을 디밀어보고 싶은, 그놈의 사상 때문에 이지러진 2대에 걸친 불운한 운명을 조롱해보고 싶은, 소소한 반항이었는지 몰랐다.

　셋은 걸음만큼 더디게 각자의 앞에 놓인 울면과 짜장면과 잡탕밥을 먹어치운다. 박이나 최에게는 먹어치운다는 게 꼭 맞는 표현이다. 빨치산은 빨치산 대로 켈로는 켈로 대로 살기 위해 먹었다. 먹어치우기로는 김도 다르지 않다. 김은 한때 미식가였으나 언젠가부터 맛있는 것을 먹어도 별 감흥이 없다. 평생 먹어왔으니 때 맞춰 앞에 놓인 것을 먹어치울 뿐이다. 이제는 먹어치우는 것도 힘에 부친다. 다들 음식을 반 넘게 남긴다. 박은 분 짜장면을 안주 삼아 연신 술잔을 비운다.

세 남자의 오후처럼 고즈넉하던 다보성으로 한 떼의 사람들이 우 몰려온다. 신부가 앞장선 것을 보니 근처 성당의 미사가 끝난 모양이다. 여자들도 대여섯 섞여 2층으로 올라간다.

"얘, 너 좋아하는 여자다."

2층으로 향하는 사람들을 보며 최가 객쩍은 농담을 날린다. 언젠가 박은 벌건 대낮, 선술집 여자의 가슴을 주무르다 최에게 딱 걸렸다. 그날의 인상이 강렬하게 남아 이제나 그제나 박은 최에게 여자 밝히는 놈으로 남았다. 여자를 딱히 욕망한 건 아니었다. 허무를 낭만으로 보아 지분거리는 여자들이 더러 있었고, 여자의 젖가슴이나 주무르면서 시간을 보내는 것도 나쁘지 않았을 뿐이다.

"얘, 안 가니?"

2층으로 따라가지 않느냐는 뜻이다.

"너나 가렴."

"하기야 서기나 하겠어?"

"무슨 소리. 볼래?"

"그럼 가보래두."

합석을 한 것도 아니건만 여자의 등장으로 남자 셋만의 자리가 돌연 활기를 띤다. 늙어도 남자는 남자다. 여자들의 모습이 시야에서 사라지고 농도 시들해진다. 박이 다시 술병을 든다. 김이 재빨리 낚아챈다. 박은 이내 아쉬운 시선을 거둔다. 젊어서라면 어림도 없는 일이다. 여자는 놓쳐도 술을 놓치는 법은 없던 박이다. 그러나 지금은 지팡이 짚고 돌아갈 길이 아득하다. 생각난 김에 박은 지팡이를 잡는다. 언제나처럼 김이 동작 빠르게 계산을 한다. 평생을 김에게 얻어먹었으나 박도 최도 미안한 기색조차 없다. 있는 놈이 겨우 짜장면으로 생색이야. 그런 지청구나 먹지 않으면 다행이다. 평생 마음 놓고 얻어먹을 친구가 있다는 것도 생각하면 복이다. 부모 잃고 형제 잃고 꿈도 잃고 대신 친구 등쳐먹을 복은 챙겼다.

따가운 햇살이 혜화동 로터리를 점령하고 있다. 입동이 낼모레다. 계절이 미쳐 날뛰거나 말거나 늙고 지친 몸뚱이는 따뜻한 햇볕이 반갑다.

"강한테나 가볼까?"

볕을 쬐며 불현듯 최가 묻는다.

"늙은이 몸에서는 암도 못 자란단다. 우리가 먼저 갈지 누가 알겠니?"

늙은이 병문안처럼 따분한 것도 없다. 계산을 마친 김이 뒤따라 나온다. 아버지 빼닮은 주인장도 배웅을 할 참인지 문을 나선다.

"어르신들, 또 오십시오. 잘 모시겠습니다."

아버지에게 외상 떼먹고 아들의 인사를 받는다.

혜화동 로터리에 차들만 분주하다. 로터리를 둘러싼 널찍한 인도에서 최와 박은 머뭇거린다. 택시를 잡을 곳이 마땅치 않다. 로터리를 돌아 나가는 차들이 대낮인데도 뒤엉켜 있다.

"여기서는 택시 잡기 어려워요. 성대 쪽으로 조금 올라가죠."

"흥, 너는 아는 것 많아 좋기도 하겠다. 예순 넘으면 잘난 놈이나 못난 놈이나 똑같고, 일흔 넘으면 배운 놈이나 못배운 놈이나 똑같고, 여든 넘으면 산 놈이나 죽은 놈이나 똑같다더라."

지팡이 짚고 김의 뒤를 따라 로터리를 돌아 나가며 박이 또 쏘아붙인다. 최도 한마디 거든다.

"하나 더 있다, 얘. 빨치산이나 켈로나."

"그놈의 흰소리는 언제까지 하시려우?"

최와 박의 뒤를 안절부절 뒤따르던 어린 김이 이제 늙어 유들유들, 제법 말을 받는다.

"또 니가 선생 노릇이니? 가당찮다. 니 선생이나 잘 모셔라. 저기 빈 택시다, 얘."

김이 택시를 잡고, 몸 제일 불편한 최가 먼저 오른다. 지팡이 한 손에 들고 겨우 차에 오른 최가 문을 닫기 전, 박과 김을 일별한다.

"간다."

김과 박은 고개를 끄덕인다. 작별은 평소처럼 무덤덤하다. 이내 문이 닫힌다. 멀어지는 차의 꽁무니를 박과 김이 물끄러미 바라본다. 또 보자, 라는 인사가 언젠가부터 간다, 로 바뀌었다. 그러고도 몇 번 또 보았다.

끊임없이 차들이 로터리를 돌아 나오고 그중에는 박 태울 빈 차도 있다. 박의 인사 또한 간결하다.

"간다."

언제나처럼 김이 마지막으로 남는다. 박과 최가 떠난 자리, 제 몸뚱이보다 더 무거운 한 삶을 지고 그 삶에 짓눌려 허덕이던 그들의 무게 따위 존재도 하지 않았던 듯, 거리는 평온하다.

인생 한 줌

땅은 파도 파도 끝이 없다. 일을 하는 순간에는 끝이 없다는 생각을 지워야 한다. 농사일과는 다르다. 아무리 넓은 논도 밭도 끝은 보인다. 끝까지 갈 일이 아득해도 하다 보면 어느 샌가 끝이 나 있곤 했다. 그는 고추 따기가 가장 싫었다. 계집처럼 쭈그려 앉아 고추를 따다 보면 허리가 끊어지거니와 무슨 놈의 고랑이 그렇게 긴지, 검푸른 고추 터널의 끝 부근에서 어룽거리는 빛 때문에 아득히 현기증이 일었다. 고추 딸 때가 다가오면 온종일 술에 취한 듯 세상이 어지러워 차일피일 핑계거리를 만들었고, 꼭지가 말라들 즈음에야 그는 아내의 성화에 못 이겨 집을 나섰다. 벼룩처럼 들러붙어 등골을 뽑아먹는 자식들만 아니라면 당장이라도 지게를 내던지고 훌훌 세상으로 날아가고 싶었다. 그러나 등골 뽑아먹는 자식들이 아부지, 혀 짧은 소리로 달려와 덥석 품에 안기면 바람 빠진 풍선 마냥 푸실푸실 실없는 웃음이 나왔고, 등골이 아니라 심장이라도 꺼내주고 싶었으므로 그는 별수 없이 소주 다섯 병 담긴 지게를 지고 터덜터덜 고추밭으로 향하지 않을 수 없었다. 그는 일을 시작하기 전에 고추밭 고랑마다 소주 한 병씩을 세워놓았다. 오직 소주를 마실 수 있다는 일념으로 그는 영원과도 같은 고추밭 고랑을 견뎌냈다. 고추밭 고랑마다 놓인 소주가 없었다면 자식들에게 심장을 던져주고라도 그는 늪과 같은 농사일에서 도망쳤을지 모른다.

땅을 파기 시작하면서 그는 그 좋아하던 술도 딱 끊었다. 참말 별일이시. 그놈의 바우가 멋이라고 좋아죽던 술꺼정 끊는가 몰러. 당신은 자석보담 마누래보담 그놈의 바우가 더 좋소? 하루 온종일 땅을 판 뒤 밥숟갈 놓자마자 병든 닭처럼 비르르 쓰러져 잠에 빠져드는 그를 보며 아내는 쯧쯧, 혀를 찼다. 아내가 잔소리를 퍼부으면서도 땅 파는 일을 죽자사자 말리지 않는 것은 당연히 술을 끊은 덕이었다.

무거운 발소리가 다가온다. 그제야 그는 허리를 들어 경사진 밭 아래쪽을 바라본다. 해가 아직 앞산에 걸려 있으니 10시나 되었을 것이다. 아내는 정오가 지나야 밥 먹으라고 저 아래, 뵈지도 않는 마당에서 고래고래 소리를 지른다. 그러니 아내는 아니다. 둥실, 해가 뜨듯 낯선 머리통이 시야에 들어온다. 밭이 워낙 경사진 탓이다. 처음 보는 사내가 오뉴월 염천의 개처럼 헐떡이며 기진맥진 비탈밭을 오른다. 그러고 보니 그의 얼굴도 땀 범벅이다. 아침 먹고 두 시간 넘게 허리 한 번 펼 틈도 없이 땅만 팠으니 그럴 만도 하다. 땅파는 일은 생각보다 강도 높은 노동이다. 그는 바위에 걸터앉아 사내를 기다리며 수건으로 땀을 훔친다. 아침에 새로 꺼낸 것인데도 벌써 찌든 땀냄새가 물큰 풍긴다. 낯선 사내가 멀리서 그를 발견하고 활짝 웃으며 손을 흔든다. 생전 본 적 없고 앞으로도 볼 일 없을 사내를 향해 그 역시 멋쩍은 웃음을 날린다. 그놈의 텔레비전에 나간 게 화근이다. 이윽고 사내가 웅장한 바위 앞에 서서 입을 쩍 벌린다. 경사가 급하다고 해봤자 큰길에서 불과 20여 분 거리, 사내는 등산복에 지팡이까지 무엇 하나 빠뜨린 게 없는 등산객 차림이다. 에베레스트를 올라도 아깝지 않을 차림새로 사내는 숨을 헐떡이며 감탄사를 연발한다.

"이야, 정말 대단하네!"

그는 내심 흐뭇하여 고개를 끄덕인다. 이 바위 앞에 서면 누구라도 감탄하지 않을 도리가 없다. 무려 높이 9미터에 너비 23미터의 거대한 바위, 아니 암반이다. 땅 밑에서 수천 년 은둔하던 이 녀석을 세상으로 끌어낸 것은 바로 그다.

"이걸 정말 할아버지 혼자 판 거예요?"

사내놈답지 않게 야들야들한 말본새를 보니 도시 사람이다. 방송에 나간 뒤 도시 사람들이 심심찮게 그를 찾아온다. 고작 바위 하나 보자고 그 먼 데서 여기까지 찾아오다니 참할 일 없는 사람들이다 싶으면서도 그들의 수다스런 감탄사가 싫지는 않다. 싫지 않다 뿐이랴. 이 산골에서 태어나 70년, 그는 단 한 번도 이런 주목을 받아본 적이 없다. 이름조차 제대로 불려본 기억이 까마득하다. 어려서 산골 간이학교에 다닐 적에는 그도 김옥성이라는 이름으로 불렸다. 졸업한 뒤 열세 살 나이에 남의 집 머슴을 살 때는 제일 어려 막둥이였고, 스물둘에 머슴을 그만둘 때까지 수염 거뭇거뭇한 총각인데도 그보다 어린 머슴이 없어 계속 막둥이였다. 결혼해 아이를 낳고 나자 큰애 이름을 따 성택이 아버지가 그의 이름을 대신했다. 오늘날까지 면사무소에서도 장터에서도 그는 성택이 아버지다. 텔레비전 자막에 또렷이 박힌 김옥성이라는 이름이 그조차 낯설었을 정도다. 구슬 옥(玉)에 이룰 성(成), 옥도 돌의 일종이니 그러고 보면 그의 이름은 돌로 이룬다는 뜻이요, 바위 덕분에 잊고 있던 제 이름을 찾고 세상에 얼굴까지 내비쳤으니 면사무소 주사가 대충 지었다는 이름이 신통방통 맞아떨어진 셈이다. 그가 세상에 나왔다는 소식을 들었을 때 늙은 주사 눈에는 땅속 깊이 묻혀 있던 이 거대한 바위가 언뜻 보였는지도 모를 일이다.

사내는 바위 주변을 돌며 연신 감탄사를 내뱉고 그는 무심한 척 삽을 놀린다. 자신의 감탄사가 삽질의 속도를 배나 높였다는 걸 사내는 모를 것이다. 사내가 그 삽을 경외스런 눈빛으로 바라본다.

"이 삽이 정말 열 번째 삽이에요?"

서울 것들은 무슨 의심이 그리 많은지 오는 족족 정말 혼자 팠느냐, 정말 삽을 열 개나 썼느냐, 정말에 강세를 두어 묻고 또 묻는다. 정말이지 그럼. 땅을 파기 시작한 뒤로 아홉 개의 삽을 버렸고 열 번째 삽날도 벌써 둥그스름 닳았다. 곡괭이 날도 반으로 줄어 세 번이나 바꿨다. 그런데도 아직 끝이 보이지 않는다. 대체 이놈의 바위는 얼마나 큰 것일까? 방송에 출연했을 때 방송국 사람들이 무슨 돌 전문가라는 사람을 데려왔다. 아는 척 하는 그자 말에 의하면 이것은 바위가 아니라 석회암반, 그중에서도 변성작용을 받은 대리암이며 그 끝은 알 수 없다. 100미터에서 끝날 수도 있고 수천 미터 이상 이어져 있을 수도 있다는 것이다. 전문가의 말에 아내와 큰놈은 한숨을 내쉬었지만 그는 그럴 줄 알았다는 듯 고개를 끄덕였을 뿐이다. 처음 볼 때부터 녀석은 뭔가 범상치 않았다. 그 범상치 않음이 그의 마음을 뒤흔든 것이다.

녀석을 처음 만난 건 5년 전 초봄이었다. 손자놈들 좋아하는 옥수수나 몇 고랑 심을 요량으로 잡초를 뽑던 그의 눈에 주먹만 한 돌 하나가 눈에 띄었다. 한평생 농사를 지으며 셀 수 없이 겪은 일이었다. 가파른 산비탈의 밭은 평생 돌을 골라도 어느 순간 하늘에서 뚝 떨어진 듯 미처 보지 못한 돌들이 불쑥 고개를 내밀곤 했다. 그러려니 하고 그는 가볍게 돌을 집었다. 그러나 뜻밖에 돌은 땅속 깊이 단단하게 뿌리를 박고 있었다. 조금 큰 놈인가 싶어 호미로 뿌리 근처를 팠다. 파면 팔수록 몸뚱아리가 커졌다. 주먹만 한 대가리는 그야말로 빙산의 일각이었던 셈이다. 옥수수 생각을 까맣게 잊은 채 그는 그날 하루 종일 돌부리를 팠다. 그렇게 판 게 사방 1미터, 손수레로 두 개 반 분량의 흙을 파헤쳤지만 돌은 정체를 드러내지 않았다. 산비탈에서 수십 년 돌을 골랐지만 처음 있는 일이었다. 다음 날 여명이 밝기도 전에 그는 해마다 옥수수를 심어먹던 비탈밭으로 달려갔다. 하루하루, 그는 끝을 기다리며 땅을 팠고, 돌은 나날이 거대해져 바위가 되었으며 마침내 암반이 되었다.

"어디가 처음 발견하신 곳이에요?"

바위 근처를 배회하던 사내의 말에 그는 허리를 펴고 오른쪽 끄트머리 맨 위쪽, 거북의 좁은 얼굴처럼 솟아 있는 뾰족한 곳을 가리킨다. 바로 그 주먹만 한 곳이 이 창대한 일의 시초였다. 처음에는 그것이 거북인 줄도 물론 알지 못했다. 거북바위가 제 모습을 드러낸 건 2년째 되던 겨울이었다. 평소라면 사방 1미터씩은 팠을 터인데 겨울이라 도무지 진도가 나가질 않았다. 언 땅을 파느라 얼어붙은 손만 쩍쩍 갈라졌다. 그런데도 돌덩이가 마약이나 되는 듯 그는 땅 파기를 멈출 수 없었다. 그날도 아내 잔소리를 배가 터지도록 얻어먹고 밭머리로 달려 나온 참이었다. 수레로 흙을 실어내고 뒤돌아선 찰나, 둥그스름한 등껍질의 형상이 완연한 거북 한 마리가 엎드려 있었다. 스물다섯의 나이로 첫아이를 품에 안았을 때, 핏물 불그스름한 아이를 보며 아내는 북받친 울음을 터뜨렸지만 그는 얼굴을 찡그렸다. 양수에 불어 허옇게 허물이 벗겨진 날것 그대로의 생명에 놀란 것인지, 아니면 앞으로 제 등골 빼먹을 자식의 미래에 짓눌린 것인지는 분명치 않다. 어쩌면 욕망의 분출로 씨만 뿌린 아비와 열 달 제 배에 품고 제 피와 살을 먹여 키운 어미의 입장이 그토록 선연히 다른 것인지도 모른다. 유전자를 물려받긴 했으나 자식들은 그의 의지와 상관없이 불쑥 그의 삶에 끼어든 낯선 존재였다. 그러나 거북바위는 달랐다. 거북바위는 손등이 갈라터지고 입술이 부르트고 발등이 곪아가며 그가 만들어낸 온전한 그의 작품이었다. 분명 존재하고 있긴 했으나 존재하지 않는 것이나 다름없던 거북바위를 이 세상에 불러낸 것은 바로 그의 의지였다. 그의 시선이 닿는 순간, 그의 시선이 생명의 젖줄이기나 한 듯 태곳적부터 거기 엎드려 있었을 거북은 최초의 호흡을 내쉬며 그의 밭머리로, 아니 세상으로, 엉금엉금 기어 나왔다. 그것은 일종의 탄생이었고, 그는 한 생명을 이 세상에 불러낸 어엿한 아비였다.

"저기가 바로 거북바위군요! 이야, 정말 거북이네!"

그는 사내의 호들갑이 내심 반가우면서도 못 들은 척 묵묵히 땅만 판다. 거북은 그의 눈에만 거북이 아니었다. 누구나 거북인 줄 한눈에 알아봤다. 거북이라는 말에 코웃음을 친 것은 큰아들뿐이었다. 거북이는 무슨…… 엎어논 확독같이 생겼구만은. 거북 등짝이나 엎어놓은 확독이나 거기서 거기라는 것을 큰놈이라고 모를 리 없었다. 큰놈이 어깃장을 놓는 데는 다른 이유가 있었다. 멀쩡한 밭을 왜 돌밭으로 만들어 값을 떨어뜨리냐는 게 놈의 본심이었다. 자기만 죽으면 기다렸다는 듯 땅을 팔아 피시방인지 뭔지를 차려 사장 똥폼 잡고 싶은 놈의 심사를 모르는 바 아니었으나 그는 평생의 땀과 눈물이 서린 자신의 땅을 놈의 밑닦이로 팔아치울 생각은, 바위가 아니었더라도 눈곱만큼도 없었다.

자식이라고 고작 셋, 어려서는 고물고물 귀여운 맛에 등골 휘는 줄 몰랐고, 그놈들이 슬슬 머리 굵어져 부모 품을 빠져나갈 때에는 제 핏줄, 저와 달리 이 세상에 떡하니 이름 석 자 내걸고 살았으면 싶어 밤마다 끙끙 앓으면서도 달빛이 채 사위기도 전에 어두컴컴한 논으로 내달렸다. 노력한 보람이 없지는 않아 큰놈을 빼고는 그럭저럭 제 앞가림할 처지는 되었다. 그러나 잘난 놈은 뭐가 그리 잘났는지 점점 얼굴 보기가 힘들었고, 모자란 놈은 풀방구리 쥐 드나들 듯 뻔질나게 찾아와 논을 팔아라 밭을 팔아라 제 어미를 들쑤셨다. 농사만도 못한 게 자식농사였다. 들판 가득 너울거리는 벼 이삭을 보는 뿌듯함도 잠시, 잘 말린 벼를 수매하고 돌아설 때면 빈 들판보다 더한 헛헛함이 밀려와 날밤을 새며 독한 소주로 달랬으나 품 떠난 자식 기다리는 심사는 제아무리 독한 술로도 달래지지 않았다. 자식이란 잠시 내 품에 품었다 때 되면 철새처럼 떠나보내야 하는, 본디 허망하디허망한 존재라고 헛헛한 가슴을 다독여도 그때뿐, 술이 깨고 나면 어느새 그는 동네 어귀 느티나무 밑을 하릴없이 서성이며 목을 늘이고 있었다. 각 세운 검은 교모가 배바위 옆으로 비죽 보이는 것 같아 벌떡 일어서면 그것은 바람에 휩쓸린 마른 상수리 잎이거나 누가 밭고랑에 함부로 버린 검은 비닐봉지곤 했다. 밥 먹으라는 아내의 고함 소리에 뒷덜미 잡혀 별수 없이 발길을 돌릴 때마다 그는 내 것이되 내 것이 아닌 자식에게 향한 마음을 모질게 짓밟겠노라 한 발 한 발 꾹꾹 눌러 디뎠다. 그 짓을 수십 년, 그러나 부정(父情)인지 무엇인지 자식 향한 마음은 아무리 짓밟아도 잡초처럼 싱싱하게 되살아났다. 기대하고 기다리고 실망하고, 도무지 끝날 것 같지 않은 이 질긴 순환의 부정(父情)을 죽기 전에는 꼭 끊고야 말겠노라, 그는 번번이 다짐하고 번번이 실패하는 것이었다.

그러나 거북바위는 달랐다. 그가 탄생시킨 거북은 그로 인해 존재하고 그를 위해 존재하며 그를 통해 빛이 났다. 거북이 태어나던 날, 그는 싸리비를 들고 5미터 남짓 되는 거북바위에 올라 태를 먹어치우고 새끼를 핥는 어미개처럼 구석구석 꼼꼼하게 태고의 흙을 털었다. 때마침 구름을 벗어난 청량한 겨울 햇빛이 거북의 등 위로 내리꽂혔다. 영원 속에 엎드려 있던 거북의 등이 순결한 소녀의 뺨처럼 말갛게 빛났다. 그의 눈에서도 한 줄기 눈물이 넘쳐 또르르, 깊은 주름고랑을 타고 흘러내렸다. 메마른 주름골을 적신 눈물은 한겨울, 몇 알 떨어진 알곡마저 새가 다 주워 먹어 텅 빈 논밭 같은 그의 심장으로 스며들었다. 놀랍게도 그 순간, 메마른 심장에서 한 떨기 꽃이 피어났다. 산골에 납죽 엎드려 한 그루 감나무인 듯, 제 몸을 배배 타고 기어오르는 담쟁이넝쿨에 휘감겨 숨 막혀 지나온 한평생, 이제야 겨우 그는 남이 보면 꽃 같지 않을지도 모르나 분명 감의 미래를 품은 감꽃 한 송이를 피운 것이었다. 거북을 탄생시킨 것이 그였다면 그를 꽃 피운 것은 거북이었다. 그와 거북은 뱃속의 아이와 어미처럼 탯줄로 연결된 둘이며 하나요, 하나이며 둘인 존재였다.

바위 주변을 서성거리던 사내가 탄성을 내지른다.

"봉황! 이게 봉황바위죠? 그죠?"

사내가 가리킨 곳에는 한쪽 날개를 활짝 편 봉황이 꿈틀거리고 있을 것이다. 높다란 하늘에서 방향을 트는 것처럼 왼쪽으로 살짝 기운 봉황은 오른쪽 날개만 완연히 드러나 있다. 그는 벌써 두 달째 봉황의 왼쪽 날개를 파내는 중이다. 그런데 어찌된 셈인지 반쯤 드러난 왼쪽 날개는 죽지가 꺾인 듯 뚝 끊어져 아직 땅속에 묻혀 있다. 대엿새 전부터는 각도가 안쪽으로 급히 기울었다. 꺾인 날개를 깔고 앉은 형상이었다. 어찌 됐든 하루 빨리 봉황의 양 날개를 보고 싶었다.

그는 먼 데서 찾아온 손님을 까맣게 잊고 부지런히 삽을 놀린다. 하루하루 흘러가는 시간이 아깝다. 목숨줄을 놓기 전, 이 녀석의 어디까지 볼 수 있을까. 그것이 요즘 그의 안타까움이요 기다림이다. 옅은 땅을 팔 때는 지렁이며 땅강아지며, 이름도 모르는 온갖 생명들이 꿈틀꿈틀, 때로는 그의 삽에 반 토막이 되어 나왔다. 그러나 어느 순간부터 땅은 오직 땅일 뿐이었다. 어디에나 존재하는 생명마저 품지 않은 땅 앞에서 그는 경건해졌다. 어떠한 생명도 닿지 못한 땅, 마치 그는 지구라는, 발 딛고 살면서도 전체를 알지 못하는 거대한 무엇의 깊은 본질에 가까워지는 기분이었다. 한 삽 한 삽, 그는 기도하듯 정신을 모아 땅을 팠다. 판 흙이 수북하게 곁에 쌓였다. 어둑어둑 산그림자가 내려앉으면 그는 하루 내 쌓인 흙을 위로 퍼올렸다. 그렇게 파낸 흙이 15톤 트럭 60여 대분은 되고도 남았다. 흙의 일부는 이웃들에게 팔기도 하고, 빗물에 씻겨 내린 산비탈 밭에 뿌리기도 했다. 태고의 생명과 신비를 간직한 흙의 품 안에서 감자며 고구마는 여느때보다 더 굵은 알을 조랑조랑 맺었으며, 수수며 차조는 모가지가 부러지도록 튼실한 이삭을 맺었다. 산비탈의 거대한 바위 또한 스스로 생긴 것이 아니라 저 기름진 흙이 무럭무럭 키워낸 듯했다.

"어르신, 여기 경치가 일품이네요. 공기도 끝내주네. 이런 데 집 짓고 살면 얼마나 좋을까? 여기 시세가 얼마나 해요?"

서울 손님이 아예 가까이 쭈그려 앉은 채 따박따박 말을 걸어온다. 자갈밭의 시세 따위 그는 알아본 적도 없다. 멀리서 찾아와 준 것이야 고맙지만 손님 말에 치여 일에 속도가 붙지 않는 게 점점 짜증스러워진다. 손님이 아니었더라면 사방 20센티는 더 팠을 것이다.

"어르신, 이 땅 안 파실래요? 후하게 쳐드릴게요."

균형이 흐트러지는 바람에 삽에 가득 찼던 흙이 도로 반 나마 흘러내린다.

"알아보니까 한 1억 2000 하는 모양인데 3000 더 쳐드릴 테니 저한테 파세요. 이 땅이 너무 좋아서 그래요. 텔레비전 에서 딱 한 번 봤는데 내 땅이다 싶더라니까요."

휘 둘러보고 급히 사라지던 다른 손님들과 달리 오래 머무른다 싶었더니 그런 속내가 있었던 모양이다. 그는 귀머거리마냥 묵묵히 땅만 판다. 아들놈이 들었으면 얼씨구나 제 어미를 들볶을 게 뻔하다. 3000을 더 쳐준다면 1억 5000, 그 돈이면 읍내에 아들 놈 소원인 피시방을 차리고도 남을지 모른다. 하지만 어림없는 소리, 기름진 땅이 키워낸 바위는 아직도 거대한 저를 흙 속에 숨기고 있다. 봉황이 날고 나면 늑대가, 늑대를 파고 나면 호랑이가, 태고의 정적을 깨뜨리고 포효하며 뛰쳐나올 것이다. 그가 죽고 난 뒤에야 아들놈이 땅을 팔아 피시방을 차리든 말든, 아직 그는 살아 있고, 숨이 붙어 있는 한 그는 땅을 팔 작정이다. 땅속의 생명들이 그의 손길을 기다리고 있다.

땅 파는 일에 집중하느라 그는 누군가의 발소리가 다가오는 것을 듣지 못한다. 흔한 일이다. 언젠가는 아내가 동네서 내로라는 목청으로 있는 힘껏 소리를 지르는데도 듣지 못했다. 뱀에 물려 쓰러졌나 일사병에 쓰러졌나 아내가 가슴을 벌렁거리며 산비탈을 단숨에 달려왔을 때 그는 떡 찌는 솥처럼 머리 위로 뜨거운 김을 뭉게뭉게 피워 올리며 정신없이 땅을 파고 있었다. 해가 지는 줄도 모르고 땅을 파다 엉금엉금 기어 내려간 적도 한두 번이 아니다. 아부지, 아부지, 큰아들이 몇 번이나 고함을 지른 뒤에야 그는 허리를 편다. 해가 서쪽에서 뜨려는지 요즘 큰놈의 발길이 부쩍 잦다.

"이거나 잡숫고 허씨요."

아들이 허리를 숙이고 땅 구덩이 속 그에게 내민 것은 얼음 동동 띄운 미숫가루다.

"웬 미숫가루다냐?"

해마다 거르지 않고 곡식을 말려 미숫가루를 만들었으나 먹을 것이 흔해진 뒤로 먹지 않은 지 오래다. 뜬금없는 미숫가루가 반갑기도 하다.

"나가 쪼까 해왔소. 서울 양반도 일루 와서 쫌 드씨요. 여 개꺼정 올라오니라 심들었을 것인디."

"마침 목이 마르던 찬데… 감사합니다."

바위 주변을 서성거리던 사내가 반가움이 역력한 얼굴로 냉큼 대접을 받아들더니 벌컥벌컥 들이켠다. 땡볕에 오르막을 10여 분 넘게 올랐으니 어지간히 목이 말랐을 것이다. 사내는 서울서는 아마 쳐다보지도 않았을 미숫가루를 달게 마신다. 그는 불안한 시선으로 사내와 아들을 번갈아 살피며,

"미싯가리는 뭘라고. 집에 남아돈 것이 음료순디."

불퉁거린다.

서울사람들이 무슨 관광명소나 되는 양 그의 작업장을 찾게 된 후로 그들이 사온 음료수가 집 안 여기저기 굴러다닌다. 집집마다 한 꾸러미씩 나눠주고도 그 모양이다. 석류니 오렌지니 무슨 놈의 물이 벌겋고 노랗고, 들쩍지근하기만 한 게 버릴 수도 없고 먹을 수도 없고 처치곤란이다.

"칠순 노인이 하루 왼종일 땀 뻘뻘 흘림시로 용을 쓰는디 그깟 음료수로 되간디요? 왼갖 곡식에다 멜치가리, 시금치가리, 귀하단 귀한 것은 다 넣어가꼬 만든 것잉게 꼬박꼬박 챙겨드세라."

그는 멀뚱멀뚱 큰놈을 바라본다. 사근사근, 봄바람에 휘적이는 수양버들 여린 가지 같은 녀석의 말이 낯설고 신기하다. 하기야 머리 굵기 전까지 큰놈도 장날이면 마을 어귀 느티나무 앞에 나와 일없이 깨금발을 뛰며 그를 기다리곤 했다. 배바위를 돌아 그의 모습이 나타나면 녀석은 피난길에 헤어져 석삼년 못 본 듯이 아부지, 외치며 와락 품에 안기곤 했다. 어찌나 애타게 기다렸는지 녀석의 눈에는 반가

운 눈물이 그렁그렁 맺혀 있었다. 그런 시절도, 있기는 했다. 언제부터 녀석과 어긋났는지는 분명치 않다. 대처로 중학 가겠다는 녀석을 호되게 매질하여 꿇어앉힌 다음이었는지, 잠방이에 지게 매고 학교로 찾아간 다음이었는지…….
제 어미가 전하라는, 저 좋아하는 쑥개떡 싸들고 교문 앞에 쭈그려 앉아 있는 그를, 녀석은 제 애비가 아닌 듯 싸늘한 눈매로 스쳐갔다. 서너 걸음 지나쳤을까, 녀석의 일행 중한 놈이 워미 촌 냄새, 라며 키들거렸고, 녀석의 웃음소리가 가장 크게 그의 뇌리에 박혔다. 땅이 바위를 키워내듯 죽을 둥 살 둥 키워냈건만 자식놈은 저 스스로 자란 줄 아는 모양이었다. 그 뒤로 그도 녀석도 서로를 구태여 찾지 않았다. 그와 녀석의 중개자는 아내였다. 아내가 쓰잘데기 없는 산비탈 밭을 팔아 큰놈 사업밑천이나 대주면 어떻겠냐고 은근히 운을 떼면 그건 십중팔구, 큰놈이 사업하고 싶다며 제어미를 닦달한 결과였다. 그랬던 녀석이 달라지기 시작한 것은 그의 이야기가 텔레비전에 방송되고 난 뒤였다.

방송국에서 촬영을 나왔을 때만 해도 녀석은 코빼기도 보이지 않았다. 그깟 바위 뭐 볼 게 있다고 방송국에서 찾아오냐, 왔다가도 그냥 갈 것이다, 아내를 통해 전해 들은 바에 의하면 대충 그러했다. 하기야 그도 그럴 줄 알았다. 동네 사람 하나가 방송국에 제보를 한 모양인데 그에게는 큰일이었으나 그것이 세상 사람들 모두에게 주목을 받을 만한 일이라고는 그도 짐작하지 못했다. 방송국에서 오겠다는 말을 듣자마자 올 것 없다고, 별것 아니라고, 극구 사양했던 것도 그 때문이었다. 아침 6시에 눈 뜨자마자 산비탈로 달려와 땅을 파고, 흙을 나르고, 돌을 털고, 5년째 반복되고 있는 그의 평범한 일상이 무슨 방송거리가 될까 싶었으나 기어이 방송이 되었고, 찾아가도 되겠냐는 사람들로 한동안 그의 집 전화통은 불이 날 지경이었다.

방송이 나가고 며칠 뒤, 새벽 댓바람부터 큰아들이 집으로 찾아왔다. 녀석의 손에는 그 비싼 한우가 세 근이나 들려 있었다. 무슨 말을 하려는 듯 입술을 움찔거리던 녀석은 제 어미에게, 아부지 굽어주씨요, 이가 시원찮다 그래서 안심으로 샀소, 쑥 내밀고 도망치듯 돌아섰다. 똥구멍에 털 날 노릇이다 싶었는데 그날 이후 틈만 나면 불쑥불쑥 찾아오더니 얼마 전부터는 작업장에까지 슬금슬금 머리를 디밀었다. 그가 말리지 않으면 삽을 들고 같이 땅이라도 팔 기세였다. 녀석의 변화가 그는 달갑지 않다. 무슨 꿍꿍이속이 있음이 분명하다. 녀석의 꿍꿍이속이라면 필시 돈일 것이다. 녀석은 돈 없는 아비를 한으로 알고 떼돈 버는 것을 원으로 아는 놈이다. 그러나 방송에 나왔다고 논이 하늘에서 뚝 떨어지는 것도 아닐 터, 대체 무슨 속셈인지 알 도리가 없다.

빨리 가라는 뜻으로 그는 급히 미숫가루를 들이켜고 빈 대
접을 내민다. 뭉그적거리다 서울 사람 속내를 알기라도 하
면 그렇지 않아도 돈에 환장한 아들놈의 눈이 번쩍 뜨일 것
이다.

"참 대단하십니다. 삽 한 자루로 이 어마어마한 바위를
캐다니……."

사내가 빈 대접을 내려놓으며 인사치레인지 뭔지 한마디
건넨다. 그만 갔으면 싶은데 아들 녀석이 넙죽 그 말을 받
는다.

"글지요이? 우리 아부지 끈기 하나는 알아줘야제라. 비가
오나 눈이 오나 쉰 적이 없당게요. 퍼낸 흙을 다 쌓아놨으
면 어지간한 산 하나는 생기고도 남았을 것이요."

곁눈으로 힐긋 본 아들의 얼굴에 발그레 홍조가 돈다. 머
리 위로 따갑게 내리쬐는 햇볕 때문만은 아닌 듯한, 감출
수 없는 자랑스러움이 역력하다. 머리 굵어진 뒤로 큰놈 아
니라 어떤 자식에게서도 보지 못했던 표정이다. 쑥개떡을
들고 교문 앞으로 찾아간 그날 어쩌면 그는 저런 얼굴을 기
대했을지 모른다. 그는 아들의 얼굴을 똑바로 보고 싶은 욕
망을 간신히 억누르고 삽날을 꾹꾹 땅속 깊이 박아 넣는다.
옥성이, 자신의 이름을 그는 몇 번 마음속으로 되뇌인다. 돌
로 이룬다……. 자신의 이름을 지어준 김 주사가 아직 살아

있다면 넙죽 절이라도 올리고 싶은 심정이다. 괜스레 코끝이 찡하다. 이 바위는 그에게 아들까지 돌려준 셈이다.

"이 산이 3000평이라구요? 밭은 얼마 안 되고 그냥 산이네요."

"이 밭도 원래는 산이었는디 우리 아부지가 다 만든 것이지라."

"아버님이 자랑스러우시겠어요."

아들놈이 헤벌쭉 웃으며 곁눈질로 그를 흘끔거린다. 뭔지 모르게 뒤통수가 당기고 뒷덜미가 후끈거린다.

"아버님 뜻을 훼손하지 않을 테니까 아버님 좀 설득해주세요."

"예?"

"1억 5000에 파시라고 했는데 들은 척도 안 하시네요."

코끝이 찡하면서 곧 나오려던 눈물이 쑥 들어간다. 눈치 빠른 아들놈은 이런 일이 있을 것까지 예견했음이 분명하다. 그래 야살을 떤 것이다. 그의 뒤통수를 응시하는 아들의 시선이 느껴진다. 빌어먹을 놈. 그는 아들 들으라는 듯 부러 돌 있는 데를 골라 탕탕 소리 나게 삽을 박아 넣는다. 제 놈이 아무리 돈에 환장을 했어도 이 산은 버젓이 그의 명의로 된 그의 땅이다.

"내 말을 들으시가니요."

그는 삽질을 멈춘다. 예상했던 대답이 아니다. 평소의 큰
놈이라면 이만한 조건 없다며 낯선 사내의 말에 얼씨구나
박자를 맞췄을 것이다. 서울 사람이 끈덕지게 붙들고 늘어
진다.

"동네서 알아봤는데 이 땅은 순 돌산이라 1억에도 살 사
람이 없다고 하던데, 좋은 기회니까 어지간하면 파시지요."

서울 사람 말은 들리지도 않고 아들 말만 나풀나풀 귀에
닿는다.

"아부지 산잉게 아부지하고 해결허씨요."

아들 녀석은 빈 대접과 주전자를 챙겨 든 채 뒤도 돌아보
지 않고 산비탈을 내려간다. 그의 시선이 아들의 뒤를 좇는
다. 아들의 걸음이 빈 주전자처럼 가볍다.

"어르신! 어르신 살아 계신 동안에는 얼마든지 그 바위
캐도 괜찮아요. 저는 그냥 경치가 좋고 바위도 마음에 들어
서 옆에다 집이나 한 채 짓고 왔다 갔다 했으면 싶어서요."

그래도 미련이 남았는지 사내가 흙구덩이 속에 우두커
니 서 있는 그를 졸라댄다. 그는 아무 말 없이 옆에 쌓아놓
은 흙을 구덩이 위로 휙 집어던진다. 때마침 불어온 바람을
타고 흙먼지가 사방으로 휘날린다. 서울 사람이 입과 코를
틀어쥐고 두어 걸음 물러난다. 바로 그 지점에다 그는 흙을
몇 삽 더 집어던진다. 나중에 흙을 실어 나르기에 가장 편

한 자리다. 흙먼지 뒤집어쓴 사내가 주춤주춤 뒤로 물러나더니 잠시 후 다시 구덩이 쪽으로 빼끔 고개를 내민다.

"어르신, 여기는 개발도 안 돼서 땅값 오를 일도 없어요. 어르신 일을 못 하는 것도 아니고 손해볼 것 없잖아요? 농사도 맘대로 지으셔도 돼요. 우리야 뭐 무농약 채소나 좀 얻어먹으면 되죠. 제가 정말 후하게 쳐드리는 거니까 잘 생각해보세요. 담에 또 들를게요."

고급일 것 같은 등산복에 부옇게 쌓인 흙먼지를 툭툭 털며 사내는 정중한 인사를 잊지 않는다. 인사를 하고도 뭐가 아쉬운지 미적거리던 사내가 이윽고 산비탈을 내려가기 시작한다. 고급 등산화에 등산 스틱까지 들고도 사내는 몇 번이나 흙에 쓸려 휘청거린다. 인사라도 하듯 소쩍소쩍, 어디선가 소쩍새가 운다. 대낮에 소쩍새 울음이라니, 땅 안 팔겠다는 아들만큼이나 기이한 일이다. 이 땅 팔아 피시방 사장 되는 게 큰놈의 소원인 것을 아내도 알고 그도 안다. 환청인 듯 소쩍새 울음이 뚝 끊긴다. 적막 사이로 따가운 햇볕이 내리쬔다. 한 줄기 바람이 소슬히 일고 산비탈 나무들이 솨아 푸른 몸을 흔든다. 서울 사내의 방문이 꿈이었던 듯 바람에 쓸려 사라진다. 바람이 한바탕 흙먼지를 안은 채 산 아래로 달려가고 산비탈은 다시 청량하다.

그는 힘주어 삽을 쥔다. 날갯죽지는 땅에 박힌 채 좀처럼 모습을 드러내지 않는다. 오늘쯤은 비록 꺾여 있다 해도 온전한 날개가 모습을 드러낼 것이다. 할 수만 있다면 그 날개를 활짝 펼쳐 훨훨 날게 해주고 싶다. 대처 중학에 가겠다며 닭의 똥 같은 눈물을 뚝뚝 흘리던 아들에게 그는 호된 매질을 했다. 그날 아들은 이 봉황처럼 날개가 꺾인 것인지도 모른다. 1억 5000이면 아들이 다시 날개를 펴고 훨훨 날아오를 수 있을까. 아니, 어쩌면 아들도 기나긴 세월 잠들어 있던 봉황의 비상을 더욱 간절히 바라는지 모른다. 아비라는 존재의 무거움을 아들은 이 바위를 통해 처음으로 느꼈음이 분명하다. 아들을 위해서도 봉황은 날아야 한다.

그는 부지런히 땅을 판다. 비 오듯 땀이 흘러 등짝이 축축하게 젖는다. 그의 몸에서 흘러내린 땀방울이 긴 세월을 털고 막 세상에 나온 늙디늙은 흙을 적신다. 하늘 높이 솟아오른 태양이 정수리를 쪼아댄다. 어느새 옆으로 아이 키만 한 흙더미가 쌓인다. 날갯죽지의 꺾인 경사가 점점 가팔라지고 작업도 그만큼 힘들어진다. 그는 삽을 내던지고 쭈그려 앉은 채 곡괭이로 경사진 바위 옆의 흙을 찍어낸다. 바위가 평평해진다. 바위 밑을 수평으로 한참 파들어가던 그는 곡괭이를 놓고 멀찌감치 떨어져 봉황의 형상을 살핀다. 왼쪽 날갯죽지에서 파들어간 것이 어느새 오른쪽 날갯죽지의 절반 부근까지 닿아 있다. 오른쪽은 분명 활짝 펼쳐진 날개의 형상인데 왼쪽 날개는 절반만 펼쳐진 채 뚝 끊기고 만 것이다. 몸통도 꼬리도 없이 봉황은 활짝 펼친 오른쪽 날개와 반쪽짜리 왼쪽 날개로 위태롭게 비상하는 모습이다. 아니, 엄밀하게 그것은 봉황이 아니다.

순간 이상한 예감이 머리를 스친다. 그는 흙구덩이 속으로 훌쩍 뛰어내려 거대한 암반의 오른편에 위치한 거북바위 쪽으로 달려간다. 거북바위의 오른쪽 밑도 수평으로 2미터 남짓 파들어간 상태다. 더 이상 바위가 나오지 않기에 자리를 옮겨 봉황바위 쪽을 파기 시작했던 것이다. 그는 거북바위 밑으로 기어든다. 쭈그려 앉아도 머리가 바위에 닿을 정도다. 그는 곡괭이를 옆으로 뉘여 날 가까이 잡고 힘겹게 땅을 파기 시작한다. 쩽 하는 돌 소리를 기대했으나 푸슬푸슬 흙이 떨어져 나온다. 괭이질이 빨라진다. 괭이 끝에서 젖은 흙이 부서진다. 아무리 괭이질을 해도 돌 소리는 들리지 않는다.

"아부지! 아부지! 점심 잡수씨요!"

환청처럼 아들의 목소리가 들린다. 들은 척도 않고 그는 곡괭이를 휘두른다. 날에서 튄 흙이 얼굴에 부딪고 그것이 땀에 섞여 목덜미로 흘러내린다.

"아따 아부지, 하루이틀 허고 말라요? 죽을 때꺼정 할라먼 뭘 잡숫고 심을 내야 헐 것 아니요."

어느새 곁으로 다가온 아들이 그의 팔을 붙잡는다. 그런 줄도 모르고 곡괭이를 휘두르던 그의 팔이 휘청, 바위에 부딪친다. 하필 팔꿈치가 닿아 찌르르 전기가 오르며 눈물샘이 찡 하더니 눈물이 터진다. 이게 아니다. 이곳은 거북과 봉황과 곰과 호랑이가 뛰어노는, 그가 창조한 별세계여야 한다. 거북 한 마리와 반쪽짜리 봉황으로 끝나서는 안 된다.

"왜 그요? 워디 다쳤소?"

놀란 아들이 그의 몸을 샅샅이 살핀다.

"다친 디는 없그마. 하도 일을 헝게 몸살이 났능갑소. 아따 긍게 쫌 쉬었다 하라고 안 합디여.

아들이 그의 팔을 잡아끈다. 아들에게 끌려 산비탈을 내려가며 그는 자꾸만 뒤돌아본다. 멋대가리 없이 커다란 바위가 밭 한 가운데 우뚝 버티고 서 있다. 그가 생명을 주었다고 믿었던 거대한 거북과 봉황은 몇 번을 보아도 그저 기이하게 생긴 거대한 돌덩어리일 뿐이다. 거북의 뾰족한 입 부근에서 튕겨 나온 초여름의 햇살이 그의 눈을 찌른다. 태곳적의 흙덩이를 뒤집어쓴 채 그는 급속히 늙어 한 줌의 흙이 된다.

즐거운
나의 집

비라도 한 줄금 퍼붓기를 바랐건만 햇볕은 쨍쨍, 바람은 살랑, 일하기에 딱 좋은 날씨다. 무슨 바람이 불었는지 요 며칠 황씨가 새벽 댓바람부터 일을 시작했다. 허구한 날 방구들 지고 누웠던 황씨가 일에 맛을 들였으니 황씨 모친, 그러니까 함안댁이 살아 있었더라면 싱글벙글, 이 다 빠진 합죽한 입매에 웃음이 떠나질 않았겠지만, 그는 제발이지 황씨가 어두침침한 안방으로 다시 기어들어가기를 며칠째 기도하는 중이다. 그는 예전 담이 있었던 자리 부근에 우두커니 서서 등줄기에 척 달라붙은 황씨의 누런 러닝셔츠를 바라보며 눈살을 찌푸린다. 또 뭘 만드는지 그의 집 벽에까지 긴 목재들이 즐비하게 쌓여 있다. 자기 일감이 남의 집을 침범했다는 미안함 따위 황씨가 느낄 리 만무하다. 음량 좀 줄여달라고 다시 한 번 부탁해보나 어쩌나, 한참 망설이던 그는 쓴 입맛을 다시며 돌아선다. 뭐라고 한들 쇠귀에 경 읽기다. 엊그제 주문한 엠피스리나 도착하길 기다리는 편이 나을 것이다. 어머나, 어머나, 이러지 마세요. 몇 년 묵은 낯익은 뽕짝 가락이 돌아서는 그의 등을 쓰나미처럼 강타한다.

써야 할 원고가 산더미처럼 쌓여 있건만 그는 서재로 들어갈 엄두가 나지 않는다. 뒷집을 담도 없이 마주한 서재는 뽕짝 소리로 벽이 다 흔들릴 지경이다. 혹 시골에 가면 써질까 싶어 이리로 내려온 게 실수다. 원고 마감이 다음 주 월요일, 겨우 닷새 남았다. 작년 가을걷이가 끝난 후 하루가 멀다고 벌어지는 술판에 지쳐 도망치듯 이곳을 떠난 이래, 그는 며칠 전까지 얼굴 한 번 비치지 않았다. 여기만 생각하면 골머리가 지끈거렸다. 그는 귀를 틀어막은 채 시멘트로 뒤덮인 마당을 초조하게 서성인다.

봄 내내 돌보지 않은 화단엔 잡초가 무성하다. 몇 해 전 봄, 집을 짓자마자 꿈에 부푼 그와 아내가 자외선 차단제를 듬뿍 바른 채 휘파람을 불며 뿌려놓은 10여 종의 꽃이 섞여 있을 테지만 서울서 나고 자란 그는 그것들을 잡초와 구별해낼 재간이 없다. 벌써 어른 팔뚝 높이로 자란 풀잎들이 뽕짝 리듬을 타듯 야속하게 나풀거린다. 결국 잡초밭이 되고 말 화단을 만드느라 건축업자와 언성까지 높인 걸 생각하니 울화가 치민다.

공사가 끝났다는 전화를 받고 그는 오는 길에 화원에 들렀다. 아내가 좋아하는 봄꽃들을 이사 오기 전 심어놓을 작정이었다. 아내는 수수한 들꽃보다 화려한 열대성 꽃을 더 좋아했다. 폭스글로브와 가자니아, 헬리오트로프를 한 아름 사들고 하얀 페인트가 칠해진 낮은 대문을 열고 들어섰을 때 그는 질끈 부신 눈을 감았다. 시멘트 마당이 5월의 눈부신 햇살을 반사하고 있었다.

"특별히 서비스해 드렸습니다. 보통 3센치 정도 바르는데 특별히 10센치나 덮었으니까 어지간해서는 깨지는 일도 없을 겁니다."

이장에게 소개받은 읍내 건축업자는 인심 썼다는 듯 공치사를 해댔다. 고운 황토를 바르고 다져 햇살이 팝콘처럼 톡톡 튀는 마당을 만들겠다는 것이 그의 야심찬 계획이었다. 늦가을이면 맨들맨들 잘 다져진 마당에 참깨도 말리고 고추도 말려 양념거리는 다 자체 조달하겠노라 아내에게 큰소리친 바도 있었다. 뭐니 뭐니 해도 전원생활의 별미는 집 안의 텃밭과 눈길만 주어도 온갖 꽃들이 시샘하듯 앞 다투어 피어나는 화단 아닌가. 주인에게 묻지도 않고 턱하니 흙 한 줌 보이지 않게 시멘트로 덮어버린 건축업자의 처사를 그는 도무지 이해할 수가 없었다.

"시멘트로 도배를 할 거면 서울서 살지 뭣하러 시골로 내려왔겠어요? 번거롭겠지만 원상복귀합시다."

건축업자는 울상을 지은 채 구원을 바라는 간절한 눈빛으로 이장을 바라보았다.

"작가 선생이 몰라도 한참 모르는구만. 마당은 시멘트로 확 덮어야 하는겨. 서울 사람이라 시골 장마를 안 겪어봐서 모르는 모양인데, 흙 묻힐 일도 없고 시멘트 마당이 최고라니까!"

이장이 뭐라든 그가 시골생활을 꿈꾼 건 흙을 밟으며 자연과 더불어 살기 위해서였다. 결국 인부들은 못마땅한 얼굴로 해머드릴을 집어 들었다. 어지간해서 깨지는 일 없을 거라던 건축업자의 말은 사실이었다. 얼마나 두껍게 시멘트를 처발랐는지 인부들 댓이 미친 듯 온몸을 흔들며 시멘트를 깼지만 반나절이 지나도록 드러난 땅은 고작 댓 평 남짓이었다. 그는 건축업자를 설득하고 윽박질러 기어이 굴착기를 불렀다. 그러나 굴착기는 좁은 골목으로 진입조차 하지 못했다. 건축업자는 안도의 한숨을 내쉬었고 그는 좌절의 한숨을 내쉬었다. 어쩔 수 없이 해머드릴로 화단만 확보하기로 합의를 봤다. 그렇게 해서 만들어진 열 평짜리 작은 화단이었다. 고난은 화단에서 끝나지 않았다. 내 집 한 칸 짓는 게 가나안을 향한 모세의 행군 그 이상이었다. 마침내 공사가 끝났을 즈음에는 직장 다닐 때도 생기지 않았던 원형탈모로 정수리가 휑하게 비었다. 모름지기 꿈을 이루기 위해서는 역경이 따르는 법이라고, 그는 애써 마음을 다잡았다.

그때까지만 해도 그는 집의 완성이 곧 꿈의 완성이라고 철석같이 믿고 있었다. 시골에서 살고 싶다는 꿈이 언제부터 그의 마음속에 똬리를 틀었는지는 분명치 않다. 내로라는 일간지에 입사한 무렵은 분명 아니었다. 일간지가 아닌 여성지로 발령이 났을 때만 해도 언젠가는 일간지로 옮길 수 있을 거라는 희망이 있었다. 2년 만에 전보발령이 났다. 이번에는 주간지였다. 그 뒤 시사 월간지로, 단행본 팀으로, 과학 월간지로, 끊임없이 옮겨 다녔다. 그사이 일간지 기자라는 희망마저 사라졌다. 일간지로 갈 수 없었다는 뜻이 아니다. 갈 수 없기도 했지만 일간지가 자기 인생의 희망일 수 없다는 것을 깨달은 게 먼저였다. 여성지와 월간지, 단행본을 오가는 동안 그는 한 번도 특종을 내지 못했다. 데스크들은 능력 부족이라고 생각했겠지만 그가 판단컨대 가치관의 차이였다. 연예인의 섹스 동영상이나 재벌가로 시집간 여배우의 일상 따위가 어떻게 특종일 수 있단 말인가. 시사 월간지라고 나을 것도 없었다. 거기서 중요한 것은 진실이 아니라 권력의 의도였다. 언젠가 시사 월간지에 있을 때 독하게 마음먹고 한 국회의원의 뇌물 수수 사건을 파헤친 적이 있었다. 곧 대통령 선거를 앞두고 있었던 터라 세상을 뒤집어놓을 게 분명한 사건이었다. 원고를 넘긴 후 데스크가 그를 불렀다.

"자네, 이걸 왜 썼어?"

그 국회의원은 여당의 실세였다. 염려하지 않은 것은 아니었지만 분명한 증거를 제시하면 신문사에서 그 정도의 모험은 할 줄 알았다. 게다가 대선의 흐름도 야당에게 유리하게 돌아가고 있었다.

"국민의 아…….""

말이 끝나기도 전에 데스크는 그의 원고를 집어던졌다. 발품을 팔고 밤잠을 설쳐가며 세 달 만에 완성한 원고가 나풀거리며 한 점 꽃잎인 양 그의 발등 위로 사뿐 내려앉았다.

"국민의 알 권리? 놀고 있네. 재벌이야? 때려치울 생각 없으면 깝죽거리지 말고 국으로 엎어져 있어. 니가 철딱서니 없는 이팔청춘이냐?"

기자를 꿈꾼 것은 괜찮은 밥벌이의 수단이라는 점 또한 배제할 수 없었겠지만 사회정의든 뭐든 공동체의 발전을 위해 일조할 수 있을 거라는 나름 거국적인 고민의 결과기도 했다. 데스크는 그의 삶 자체를 짓밟은 것이나 다름없었다. 그날 이후 잘 먹고 잘 살기 위해서라면 양심조차 팽개

칠 만반의 준비가 되어 있는, 위로부터 아래까지 썩지 않은
데 없는 이 땅의 인간들에게 넌덜머리가 났다. 일간지 기자
의 꿈 대신 봄이 되면 봄비 머금어 촉촉한 땅에 씨를 뿌리
고, 가을이 되면 장마와 가뭄과 태풍 속에서도 옹골차게 자
란 곡식을 수확하고, 메마른 땅이 다시 생명을 품을 때까지
숨죽여 기다리는 무욕의 삶이 그리워지기 시작했다. 그럼
에도 불구하고 당장 때려치우지 못하고 기다린 것은 목구
멍이 포도청이라는, 유사 이래 가장 뼈아픈, 그러나 가장 근
본적인 진리 때문이었다.

　외환위기와 동시에 사표를 내던지고 위로조의 두둑한 퇴
직금을 손에 쥔 그는 몇 년간 전국을 돌아다니며 마땅한 집
터를 찾았다. 서울 근교는 너무 비쌌고 먼 데도 경치가 수
려하다 싶으면 이미 땅값이 천정부지로 솟은 뒤였다. 십수
년 전 용인에 땅을 사두자던 동생의 권유를 너마저 생명의
대상을 투기의 대상으로 삼기로 작정했냐고 비아냥거리며
야멸차게 내쳤던 게 못내 후회스러웠다. 포기할 즈음 이 집
터가 나섰다. 마을 한복판에 있는 200평, 다소 좁긴 했지만
정사각형의 터인 데다 다 무너져가는 기와집이라 철거도
손쉽고 안성맞춤이었다. 마을을 감싸 안은 나지막한 산자
락도 마음에 들었다. 경관이 뛰어난 깃은 아니지만 50여 호
남짓한 마을은 안정감이 있었고, 무엇보다 서울에서 한 시

간 거리에 그 가격이면 괜찮은 편이었다.

집을 짓기 전에 그는 이틀이 멀다고 마을에 들러 동네 사람들과 친분을 쌓았다. 몇 년 전 귀농한 친구에 의하면 귀농의 성공 여부는 동네 사람들과 어울릴 수 있느냐 없느냐에 달려 있었다. 서울 근교라 별장들이 많은 탓인지 다행히 마을 사람들은 별다른 거부감 없이 그를 받아들였다. 그는 시골에 정착한다고 해도 본격적으로 농사를 지을 생각은 없었다. 집에서 먹을 정도의 텃밭이나 가꾸면서 이전 동료들에게 부탁받은 인터뷰 원고나 쓰고, 할 수 있으면 소설이나 써볼 생각이었다. 하루가 다르게 무르익어갈 봄의 정취, 서재 통유리 너머 하루하루 스러지고 차오를 달의 변신, 장엄하게 천지를 두드릴 빗줄기 등이 인간인 이상 그의 마음 깊은 곳에도 내재해 있을 문학적 감성을 일깨워줄 것이라는 은밀한 기대도 없지 않았다. 조심스레 속내를 털어놓자 동네 사람들은 작가 선생이 우리 마을에 왔으니 마을의 경사라며 호들갑을 떨었다. 그제야 그는 결심을 굳히고 집을 짓기 시작했다. 숱한 시행착오 끝에 집을 완성했을 때 몸도 마음도 만신창이였으나 이제야 비로소 자연의 순리에 따른 아름다운 삶이 시작될 거라는 희망만은 밤바다의 등대처럼 환하게 빛나고 있었다.

아름다운 삶에 대한 희망은 이사 온 첫날, 날벌레에 의해

박살이 났다. 벌레의 종류가 많은 것은 둘째치고, 그 어마어마한 양에 그는 혀를 내둘렀다. 방충망을 했는데도 벌레들은 어디론가 끊임없이 침입했다. 술잔에도 반찬에도 국그릇에도 고작 하루를 산 목숨의 잔해가 양념처럼 곁들여졌다. 아침이면 마당과 현관은 물론이고 방방마다 날벌레의 시체가 융단처럼 깔려 있었다. 그야말로 죽음의 상재였다. 하루를 산, 수만 목숨을 치우는 것으로 전원생활의 하루가 시작되었다. 시멘트 마당에 내널린 가볍디가벼운 날벌레의 시신은 바람을 타고 공중으로 솟구쳐 그의 입과 코가 무덤인 양 날아들었다. 다시 밤이 오는 게 두려웠다. 그는 이장네로 달려갔다. 평생 날벌레와 함께 살아온 시골 사람들에게는 나름의 묘책이 있을 터였다. 모깃불을 피워놓고 평상에 앉아 막걸리 잔을 기울이는, 어디서 본 것인지 분명치 않은 영상이 선명하게 떠올랐다. 아니나 다를까, 이장네는 자욱한 연기에 감싸인 채 평상에 앉아 새참인지 점심인지를 먹고 있었다.

"이장님, 뭘로 모깃불을 피우나요? 아무 풀이나 태우면 되나요?"

"아무 걸로나 되나. 쑥대에다 보릿대를 섞으면 더 좋은데 보릿대는 구하기 어려우니 그냥 쑥대만 태우게. 서울 양반이 쑥이나 아는지 모르겠네. 임자, 남은 쑥대 있거든 좀 드리지.”

잠깐 서 있었을 뿐인데도 매캐한 쑥 냄새가 코를 자극했다. 눈에서는 눈물이 줄줄 흘렀다.

“아이고, 서울 사람이라 모기가 알아보는구만.”

이장이 손마디 하나 크기로 큼직하게 부푼 그의 모기 물린 자국을 가리키며 혀를 찼다.

“작가 선생, 시골에서 살자면 그것들하고 먼저 친해져야 돼. 자꾸 물리다 보면 면역이 생겨서 부풀지도 않고 별로 가렵지도 않거든.”

이장이 발가락을 북북 긁으며 말했다. 가만 보니 이장의 다리도 모기 물린 자국이 즐비했다. 그는 이장 마누라가 한 아름 들려준 쑥대를 집에 돌아와 화단에 내던졌다. 모기나 날벌레와 평생 씨름해온 시골 사람들에게도 묘책 따위는 없었다. 친해져야 한다는 이장의 조언이 묘책이라면 묘책인 셈이었다. 그러나 이장의 친절한 조언에도 불구하고 그는 그것들과 좀처럼 가까워질 수 없었다. 벌레들과 전쟁을 치르며 그는 전원생활이 만만치 않을 것임을 막연히 예감했다. 그러나 그것은 장차 펼쳐질 황씨네와의 전쟁에 비하면 가벼운 몸 풀기에 지나지 않았다.

탈탈거리는 경운기가 그의 집 앞에서 멈춰 선다. 옆옆집 사는 이장이 나지막한 장미 울타리 사이로 쑥 고개를 내민다. 오전 일을 끝내고 돌아가는 모양이다. 이제 곧 환갑을 맞는 이장은 마을 부녀회장과 그렇고 그런 사이다. 애당초 눈이 맞은 것은 아니고 부녀회장이 처녀 시절 이장에게 겁간을 당한 모양인데 부끄러워 누구에게 말도 못 하고 몇 번 반복되는 사이 육정이 들었는지 자포자기했는지 어쨌든 지금은 공공연한 연인이다. 부녀회장은 이장 마누라 동생, 그러니까 처제다. 부녀회장 역시 어엿한 유부녀고, 자식까지 둘이나 있다. 뿐이랴. 부녀회장 부부의 중신애비가 바로 이장이다. 부녀회장 맏이는 툭 불거진 광대뼈에 메기를 닮은 두툼한 입술하며 둥글납작한 코까지 이장을 쏙 빼닮았다. 눈 달린 자라면 의심의 눈초리를 보내지 않을 수 없이 판박이다. 이장 마누라도 부녀회장 남편도 배우자의 외도를 모르지 않는다. 이장 마누라의 속은 짐작할 길이 없으나, 부녀회장 남편은 걸핏하면 이장을 쫓아와 한바탕 눈물을 쏟아낸 끝에 용돈을 받아내는 것으로 고쟁이 진 설움을 달래고 있다. 바람 피운 아내가 제 발 저려 설설 기며 알아 모시고, 오쟁이 진 설움을 무기 삼아 한평생 손에 흙 묻히지 않고 떵떵거리며 살았으니 따져보면 젤 팔자 좋은 사람이라고, 마을 사내들은 술 몇 잔 들어가면 못내 부러움을 감추지 않았다. 술자리마다 안줏감으로 빠지지 않는 이장과 부녀회장의 러브 스토리를 듣고도 그는 한동안 믿지 않았다. 뒷산으로 산책 갔다가 우연히 등에 마른 풀을 묻힌 채 바삐 걸어가는 두 사람을 목격하기 전까지는. 소문의 주인공들뿐만 아니라 호기심과 부러움을 담아 두 사람의 이야기를 은밀히 주고받는 마을 사람들 전체가 그로서는 충격이었다. 흙이나 만지며 사는 시골 사람들은 그 땅과 하늘을 닮아 맑디맑고 순하디순할 줄 알았다. 시골 출신 친구들이 걸핏하면 들먹이는 고향의 풍경 어디에도 야동에나 나올 법한 이장의 러브 스토리 따위는 존재하지 않았다. 이른 봄 낙숫물 듣는 소리, 한여름 여인네들의 미역 감는 소리, 긴긴 겨울밤 싸그락싸그락 눈 쌓이는 소리 따위로 시골에 대한 환상을 심어놓은 친구 녀석들이나 작가 나부랭이들에게 욕이라도 한 바가지 퍼붓고 싶은 심정이었다.

"작가 선생, 이따 저녁에 우리 집에 와서 밥이나 잡숫지."

쿵쾅거리는 뽕짝 소리와 낡은 경운기 엔진음 사이로 이장은 바락바락 고함을 지른다. 부디 그놈의 라디오 좀 끄라는 이장다운 참견을 기대했으나 자못 신이 난 듯 어깨를 들썩이는 꼴을 보니 견딜 수 없는 이 소음이 흥겹기만 한 모양이다. 무한반복 되는 마누라의 잔소리를 견디다 못해 발이라도 몇 번 굴렀다가는 곧장 아래층에서 쪼르르 달려오는, 한때 떠나고 싶게 만들었던, 프라이버시라는 이름의 그 세련된 이기심마저 그리워진다.

"할 일이 있는데요."

그 역시 목청을 키운다.

"할 일은 할 일이고 아무튼지 밥은 먹어야 할 것 아녀. 저녁에 오라고."

이곳에서는 도무지 거절이라는 것이 통하지 않는다. 돼지를 잡았으니 술이나 한잔 하자던가, 제사 음식을 나눠 먹자던가 하는 초대를 의례적인 초대로 생각해서 두어 번 참석하지 않았다가 그는 이장에게 점잖은 훈계를 들었다. 사람이 그렇게 모나게 행동하면 안 된다는 것이었다. 어쩔 수 없이 저녁은 이장 집에서 해결해야 할 모양이다. 혼자 사는 처지에 한 끼 해결하게 된 것은 고마우나 몇 시간 붙잡혀 되지도 않는 이런저런 얘기에 맞장구칠 생각을 하니 골머리가 지끈거린다. 한창 바쁜 철이니 식사만으로 끝나길 기도할밖에. 그러나 굳이 밥 먹자고 부르는 걸 보니 무슨 날 일 테고, 아무래도 일찍 끝나지는 않을 듯하다. 낮에는 저놈의 뽕짝 소리에 원고 쓰기 글렀고 밤에는 이장 덕에 원고 쓰기 글렀고 이래저래 일하기는 그른 날이다. 하기야 여기 이사 온 이래 맘 편히 일에 몰두해본 적이 없다. 고작 50여 호 남짓한 마을에 무슨 일은 그리 많고, 사람들은 왜 또 그리 오지랖이 넓은지, 이장이 새 김치 담았다며 들고 와 그걸 안주 삼아 막걸리 몇 잔 먹고 돌아가면 옆집 김씨가 애

호박이 벌써 컸다며 호박전을 들고 찾아왔고, 고추 모종이 남았으니 가져가라 고구마가 잘됐으니 가져가라, 가져가라는 것도 많았으며, 이장에게 얻은 작은 텃밭에 들깨가 너무 배게 심어졌네, 오이 지줏대를 세워야 하네, 가지가 세었으니 빨리 따야 하네, 참견도 가지가지로 많았다. 마구잡이로 침입하는 것은 날벌레만이 아니었다. 최소한의 방어막도 없이 행해지는 그놈의 친절 때문에 오늘 밤도 일을 접어야 할 모양이다.

하늘 아래 인간들이 걱정과 시름으로 머리를 쥐어뜯든 가슴을 쥐어뜯든 태양은 점점 높이 솟는다. 5월 초인데도 볕이 뜨겁다. 1분 1초도 쉬지 않는 황씨의 라디오 정보에 따르면 오늘 대구는 29도까지 치솟았다. 사람만 도리를 잃은 게 아니다. 하늘도 도리를 잃어간다. 그러거나 말거나 지금 당장은 제발 저놈의 뽕짝 소리만 사라져도 한숨 돌릴 것 같다.

그는 하릴없이 짜증스러운 걸음으로 마당을 서성인다. 세상에 말이 통하지 않는 것만큼 속 터지는 일도 없다. 황씨를 대면할 때마다 그는 그를 향해 원고를 날렸던, 파도타기하듯 잘도 시류를 타던 데스크가 그리울 지경이다. 이사한 직후, 집들이 삼아 동네 사람들과 막걸리로 목을 축이는 판인데 새 집을 눈에 주워 담을 듯 샅샅이 훑어보던 황씨 아버지가 슬몃 입을 연 게 황씨 부자와의 악연의 시작이었다.

"제대로 하자면 여기까지가 우리 땅인데……."

황씨 아버지가 가리키는 곳은 그의 집 장미 울타리를 한참 넘어 서재 벽까지였다. 노친네의 주장이 맞다면 그의 집이 스무 평은 족히 황씨네 땅을 침범하고 있는 셈이었다. 그가 다음 날 굳이 측량사를 부른 것은 남에게는 땡전 한 푼 빚지고 살지 못하는, 마누라의 표현에 따르자면 사람 되다 만 쫌팽이 기질 때문이었다. 황씨 아버지의 주장과 달리 땅을 침범한 것은 외려 황씨네였다. 어떻게 말을 전해야 할지 그는 몇 날 며칠 골머리를 앓았다. 강산도 수차례 변할 세월이 흘렀건만 주변머리 없고 속 좁기로는 땅에 떨어진 5원짜리를 차마 줍지는 못하고 혹 남이 주워가면 어쩌나 싶어 흙으로 살짝 묻어놓고 틈나는 대로 들여다보던 어린 시절 그대로였다. 결국 폭우가 내린 다음날, 5원 짜리 동전은 비에 쓸려 온데간데없이 사라졌고, 일곱 살이었던가 여덟 살이었던가, 그는 제 것도 아니었던 5원이 안타까워 끝내 서러운 울음을 터뜨리고야 말았다. 사내자식이 이렇게 심약해서 이 험한 세상을 어찌 살아갈꺼나. 어머니는 한숨을 내쉬며 그의 등을 토닥였다. 오래전 세상을 떠난 어머니의 한숨이 떠오른 순간 그는 씩씩하게 벌떡 몸을 일으켰다. 그러나 곧장 황씨네로 향할 배짱은 없었다. 그는 부엌에 들러 막걸리로 할까 소주로 할까 맥주로 할까 몇 번이나 이 병 저 병 옮겨 잡았다가 결국 맥주 두 병을 집어 들었다. 안주가 없을까 봐 오징어와 땅콩도 잊지 않았다. 그보다 맥주를 더 반기는 황씨 아버지와 술을 다 비운 후에야 그는 쭈뼛쭈뼛 용건을 꺼냈다.

"저, 어르신. 며칠 전에 측량기사 부른 거 보셨지요? 측량 해보니, 여기까지가 저희 땅이랍니다."

그는 사람 사는 집보다 으리으리한 개집 문을 가리켰다. 장미 울타리로부터 여남은 뼘 떨어진 자리였다. 그의 말이 끝나기 무섭게 황씨 아버지의 얼굴이 벌겋게 달아올랐다.

"뭔 씨알도 안 먹힐 소리여! 살다 살다 별 소리를 다 듣는구만! 우리 아버지 때부텀 당신네 벽까지가 우리 땅이여! 측량? 아나 측량. 누가 이기나 한번 해보자 이 거지! 요씨, 한번 해보드라고! 우리 아들이 뭐하는 사람인 줄 알아?"

경찰 나부랭이겠지, 어디 공권력을 행사하기만 해봐라, 비위가 상하다 말고 그는 이어진 황씨 아버지 말에 헛웃음을 흘리고 말았다.

"우리 아들이 읍내서 전기 기술자야 이 사람아! 돈을 얼마나 잘 버는지 알아? 우리 아들이 오기만 해보라지!"

황씨 아버지는 문살 비틀어진 문을 부서져라 쾅 닫고 들어갔다. 낡은 흙벽에서 흙이 부스스 한 줌이나 떨어져 흩

날렸다. 전기 기술자가 떼돈 번다는 말도 금시초문이요, 경찰도 아닌 전기 기술자가 이 일과 무슨 상관인지도 모르겠지만, 확실히 하자는 것일 뿐 땅을 돌려달라는 것도 아닌데 난데없는 선전포고라니, 그로서는 이런 날벼락이 없었다.

"어르신 말대로 우리 벽까지가 어르신네 땅일 수도 있고 해서 측량을 해본 겁니다. 그런데 결과가 이렇게 나와서 사실을 알려드린 것뿐이지 뭘 어떻게 하자는 게 아닙니다. 그냥 지금까지처럼 살던 대로 살면 됩니다."

자초지종을 알아듣게 몇 번이나 설명했지만 한 번 닫힌 문은 다시 열리지 않았다. 좀이 슬어 구멍 숭숭 뚫린 마루 기둥에나 기대앉았다가 별수 없이 돌아서야 했다.

다음 날 그는 난데없는 망치 소리에 잠이 깼다. 창밖이 푸르스름한 걸 보니 이제 막 여명이 밝아오는 참이었다. 시골 사람이 아무리 부지런하다지만 꼭두새벽부터 웬 경우 없는 짓인가 짜증이 치밀었으나 몸을 움직일 엄두 나지 않고 망치 소리가 댓 번 만에 그쳤으므로 그는 다시 곤한 잠에 빠져들었다. 서재 외벽 땅에 박힌 나무 기둥을 발견한 건 점심나절이었다. 보나마나 황씨 아버지 소행이 분명했다. 기둥을 박은 것보다 허락도 없이 남의 집에 침입했다는 사실이 그의 화를 돋웠다. 꼭지가 돈 그는 며칠 전 아는 이가 사온 케이크 상자에 묶여 있던 빨간 리본을 집어들고 황씨네 집으로 달려갔다. 마침 집은 비어 있었다. 꼬리를 흔들어대는 개를 본 체 만 체 그는 개집 위에 빨간 리본을 묶었다. 영역 표시하는 개새끼도 아니고 살 만큼 산 인간이 대체 뭐하는 짓인가 일순간 뜨끔하지 않은 건 아니었다. 하지만 밀리기 시작하면 이 마을에서 버틸 수 없을 것 같았다. 자고로 돼먹지 않은 종자들은 말없이 받아줄수록 더 그악을 부리는 법이었다. 게다가 제 땅도 아닌 것을 제 땅이라고 바락바락 우기는, 저 양심의 실종을 그는 도무지 참아줄 수가 없었다.

며칠 뒤, 낯선 사내가 노크도 없이 보무도 당당하게 그의 서재로 침입했다. 원고에 집중하느라 노크 소리를 못 들었을 수도 있지만 어쨌든 그는 난데없이 벌컥 열린 문에 소스라치게 놀랐다. 자기 신원도 밝히지 않은 채 제 집인 듯 턱하니 아랫목에 자리를 잡은 사내는 대낮부터 한잔 걸쳤는지 불콰한 얼굴로 말없이 그를 노려보았다. 말은 없었으나 누르튀튀한 눈자위에서 느껴지는 것은 분명 적의였다. 누구냐, 무슨 일로 왔느냐, 거듭 물어도 가타부타 말이 없던 사내는 한참만에야 뜬금없는 말로 입을 열었다.

"우리 집 개 봤지? 그게 도베르만 순종이야."

시골로 이사 가면 개를 키워볼까 싶어 한동안 관심이 많았던 터라 이름도 촌스런 옆집 검둥이가 제법 족보 있는 도베르만이라는 것은 그도 알고 있었다. 그제야 그는 사내가 읍내서 전기 기술자로 떼돈 벌고 있다는 황씨임을 알아차렸다. 순종 도베르만이 어떻게 여기까지 굴러와 똥개 취급을 받고 있는 것인지, 그는 하마터면 해묵은 호기심을 불쑥 드러낼 뻔했다. 희번덕거리는 황씨의 눈자위가 주책없는 그의 호기심을 겨우 가라앉혔다.

"도베르만 순종이라 내가 휘파람만 불면 달려올걸. 그놈이 일단 물었다 하면 절대 놓는 법이 없거든."

그냥 웃어넘겼으면 될 걸, 무시당하고는 못 사는 좁쌀만 한 자존심이 그 순간 아내를 처음 만난 날의 아랫도리처럼 불끈, 일어서고야 말았다. 코미디에 가까운 협박 때문이라기보다는 기본적인 예의도 없이 그만의 공간을 침입한 데 대한, 그만큼이나 자신을 우습게 본 데 대한 분노였다.

"그래서 지금, 협박하는 겁니까?

그의 말이 끝나기도 전에 황씨는 휘익, 휘파람을 불었다. 잠시 침묵이 흘렀다. 그날따라 경운기 한 대 지나지 않아 한낮의 적요가 마을을 감돌고 있었다. 1분, 2분, 3분, 참새만 날아와도 사납게 짖던 검둥이가 그날따라 조용했다. 5분이 지났다. 당황한 기색이 역력한 황씨가 처음보다 더 크고 길게 휘파람을 불었다. 드디어 컹컹, 검둥이가 짖었다. 순간 그는 당황했다. 정말로 검둥이가 다리라도 물고 늘어지면 이 사태를 어찌해야 하나. 부디 광견병 예방주사나 맞혔기를 그는 기도했다. 황씨의 입가에 미소가 번지는 찰나 쩍쩍 참새가 우짖었다. 다시 마을은 정적에 휩싸였다. 검둥이가 바람을 가르며 달려오는 소리 따위는 들리지 않았고, 마침내 황씨가 욕지거리를 내뱉으며 벌떡 일어났다.

"씨발놈의 개새끼!"

잠시 후 숨이 넘어갈 듯한 검둥이의 비명 소리가 한낮의 적요를 깨뜨렸다. 아무 죄 없는 검둥이의 처절한 비명 소리를 그는 속수무책 듣고 있을 수밖에 없었다. 족보 있는 도베르만이 저녁 밥상 위의 탕으로 일생을 마감하는 일이 없기를 기도할 뿐이었다.

다음날 새벽 4시, 그는 요란한 경운기 소리 때문에 잠에서 깼다. 경운기 소음은 30분이 지나도록 멀어지지 않았다. 결국 그는 잠옷만 걸친 채 밖으로 나갔다. 집 앞에 경운기가 멈춰서 있었다. 시동이 켜진 채 사람은 보이지 않았다. 가만 보니 황씨네 경운기였다. 잠옷 바람으로 황씨네로 달려갔다. 몇 번 문을 두드렸지만 전날 죽도록 두드려 맞은 검둥이만 낑낑거릴 뿐 아무도 나오지 않았다. 황씨가 나타난 것은 해가 중천에 솟은 뒤였다. 잠도 못 자고 밥도 못 먹고 사람이 나타날 때까지 마당을 서성거리던 그가 황씨를 불러 세웠다.

"새벽부터 남의 집 앞에 경운기 시동을 켜놓으면 어떡합니까?"

"집에 두고 온 게 있어서 들렀다 깜빡 잠이 든 걸 어쩌라고?"

똥 싼 놈이 성낸다고 되레 큰소리였다. 비위 좀 상했다고 잠을 안 잤는지 혹은 난생처음 부지런을 떨며 일어났는지, 아무튼 새벽 댓바람에 몸을 일으켜 남의 집 앞에 경운기 시동을 걸어두는 황씨의 심리를 그는 도무지 이해할 수 없었다. 이해할 수 없는 것은 묘한 공포를 불러오는 법이다. 그는 황씨의 말을 받아치지 못했다. 다음 날 새벽 4시, 경운기 소리가 또다시 그의 잠을 깨웠다. 신새벽의 신경전은 일주일이나 계속되었다. 견디다 못한 그가 일주일 만에 짐을 꾸려 떠나지 않았다면 몇 달이고 계속되었을지도 모를 일이다.

전원생활은 그만의 꿈이 아니었다. 천생 여자인 아내는 반질반질한 장독들이 즐비하게 늘어선 장독대를 갖는 게 소원이었다. 땅을 계약한 날 아내는 자기가 손수 가꾼 무농약 콩으로 메주를 쑤고, 그 메주로 고추장 된장을 담가 친구들에게 안심할 수 있는 먹거리를 제공하겠다는 꿈을 꾸었고, 몇 시간 뒤에는 그걸 돈벌이 삼아도 쏠쏠하겠다, 가당찮은 사업계획까지 완성했었다. 막내만 대학에 입학하면 자기도 아예 시골로 옮기겠다던 아내는 이장이 빌려준 텃

밭을 일구던 첫날, 한 시간 만에 인간의 성대에서 나올 수 있는 온갖 비명을 선보인 후 두 손 두 발 들고 말았다. '생명을 품은 땅'이라는 표현은 상징이 아니었던 것이다. 호미질을 할 때마다 지렁이 외에는 이름도 알지 못하는, 평생 본 적도 없는 벌레들이 꾸물꾸물 기어 나왔다. 땅이 품은 것은 추상의 생명이 아니라 실체의 생명이었다. 이름 모를 생명들의 습격 앞에서 아내의 꿈은 물거품이 되었다. 그걸 몇 차례 비아냥거린 바 있었다.

"왜? 자기도 역시 나약한 도시 사람인 걸 이제야 확인했나 보지?"

아내는 그의 짐을 받아 들며 그렇게 복수의 화살을 날렸다. 그 역시 자기처럼 항복했다고 생각한 아내는 집 팔 생각에 골머리를 앓았다. 그러나 그는 1년 가까이 원형탈모를 앓아가며 완성한 집을 쉽사리 놓아버릴 수가 없었다. 고작 황씨 따위에게 질 수 없다는 묘한 자존심도 한몫 했다.

한 달 만에 그가 돌아왔을 때, 장미 울타리가 뿌리째 뽑혀 아무 데나 던져져 있었다. 말없이 참고 지나기에는 분이 삭혀지질 않았다. 그는 또다시 맥주 몇 병을 들고 황씨네를 찾아갔다. 황씨 부자는 보이지 않았고, 함안댁이 마루에 앉아 눈물을 찍고 있었다. 함안댁은 그를 보자 눈물을 뚝 그치더니 다짜고짜 바짓가랑이를 붙잡고 늘어졌다.

"작가 선생, 우리 아들 좀 살려줘. 작가 선생은 대학도 나왔으니 판검사도 잘 알 것 아녀. 한 마을 사람이 감옥에 가게 생겼는데 두 손 놓고 가만히 있어서야 쓰겠는가."

시시비비를 가리러 왔던 그는 난데없는 청탁을 받고 어리둥절했다. 가만 듣고 보니 청탁도 아니었다. 이건 숫제 도와주지 않으면 인간도 아니라는 협박이었다. 내 울타리나 돌려달라는 말이 목구멍까지 치밀었으나 그는 함안댁의 나이와 상황을 고려해 겨우 삼켰다. 어찌 됐든 급한 상황이기는 한 듯했다. 황씨가 동네 뒷산에서 허가도 받지 않은 엽총으로 사냥을 하다가 경찰을 쏘고 입건된 모양이었다. 울타리는 울타리요, 애끓는 모정을 외면할 수 없었다. 그는 아는 변호사를 꼬드겨 무료변론을 맡긴 뒤, 동네 사람들과 함께 탄원서를 작성했다. 경찰과 승강이를 하던 끝에 조준해서 쏜 터라 평소 품행이 방정했다든가 하는 따위의 말은 통할 리 없었다. 변호사의 충고대로 그는 황씨가 평소 감정 조절에 심각한 문제가 있었고 늙은 부모와 어린 딸 둘을 부양하고 있으니 정상을 참작해 달라는 내용으로 탄원서를 작성했다. 덕분에 교도소에 수감되는 대신 보호치료를 받는 것으로 사건은 일단락되었다. 황씨의 교도소 수감을 막기 위해 그는 한 달 가까이 할 일도 젖혀둔 채 동분서주 뛰어다녔다. 허락도 없이 남의 집 담장을 없앤 인간을 위해 이렇게까지 해야 하나 울화가 치밀 때도 있었지만, 자신의 선행이 황씨네와의 불화를 극복하는 계기가 되리라는, 쥐 꼬리보다는 굵직한 희망도 없지 않았다. 그의 희망은 황씨가 집으로 돌아온 바로 그날 막을 내렸다. 술에 만취한 황씨가 찾아와 무슨 억하심정이 있어 자기를 정신병자로 만들었냐며 한바탕 소동을 피웠던 것이다. 물에 빠진 놈 건져 났더니 보따리 내놓으란다는 옛말도 그의 심정을 대변하기에는 부족했다. 전원생활이고 뭐고 오만 정이 떨어졌다. 그날 밤 그는 다시 집을 떠났다. 집을 팔고 다시는 돌아오지 않을 작정이었다. 그러나 1년이 지나도록 집은 팔리지 않았다. 두엇 보러 온 사람이 있었지만 황씨 부자가 이 집 사려거든 자기네 땅을 도로 물려야 하고, 그러려면 집을 새로 지어야 한다고 어깃장을 놓았다. 인간답게 살아보겠다는 전원생활의 꿈은 팔아치울 수도 살아낼 수도 없는 뜨거운 감자 꼴이 되고 말았다.

봉고차 한 대가 대문 앞에서 멈춘다. 드디어 엠피스리가 도착한 것이다. 이것만이 유일한 해결책이다. 그는 상자를 열어 꼼꼼히 사용방법을 숙지한다. 미운 놈 떡 하나 더 준다더니 꼭 그 짝이다. 그는 뇌물을 들고 뒤안으로 간다. 에라 모르겠다 질끈 눈을 감고 라디오를 끈다. 황씨의 사나운 눈매가 그를 향한다. 황씨의 입에서 거친 말이 쏟아지기 전에 그는 얼른 엠피스리를 내민다.

"이게 뭐요?"

"혼자서 음악이나 라디오를 들을 수 있는 최신형 기계예요. 누가 선물로 줬는데 나는 이미 있어서 혹 황 선생이 쓸까 하고⋯⋯."

솔깃한 눈치다. 그는 행여 황씨 마음이 바뀔 새라 재빨리 사용방법을 알려주고 이어폰을 황씨 귀에 꽂는다.

"쥑이는데!"

이어폰을 꽂은 황씨는 제 목소리가 얼마나 큰지도 모르고 버럭 고함을 지른다. 황씨가 그를 향해 환하게 웃으며 엄지를 곧추세운다. 3년 만에 처음 보는 웃음과 함께 비로소 시골마을은 시골다운 고요에 잠긴다.

나흘 만에 그는 책상 앞에 앉는다. 컴퓨터 화면 위로 어른거리는 황씨의 검붉은 웃음을 지우고 그는 일에 몰두한다. 차츰 일에 속도가 붙기 시작한다. 이 속도대로라면 기한 안에 원고를 넘길 수 있다. 석 장쯤 끝낸 원고를 다시 읽기 시작한 순간, 사랑밖엔 난 몰라, 간드러진 목소리가 벽을 울린다. 장미 울타리가 뽑혀 나간 이후 한 번도 열린 적 없는 두꺼운 커튼이 진동하듯 부르르 몸을 떤다. 달빛을 보기 위해 뚫어놓은 통유리창은 달빛은커녕 햇빛조차 투과시킨 기억이 까마득하다. 그대 내 곁에 선 순간, 이어지는 뽕짝의

리듬 사이사이 오만 가지 추측이 머리를 스친다. 결론은 배터리다. 배터리 잔량을 확인하지 않은 게 실수다. 충전기까지 구입했어야 하는데 생각이 짧았다. 충전기를 사려면 차로 30분 거리의 읍내까지 나가야 한다. 그래도 오후 내내 저 소음을 견디는 것보다는 낫다. 집을 뒤흔드는 노랫가락 사이로 그는 귀를 가리키며 소리친다.

"엠피스리는 어쩌구요?"

"씨발 귓구멍이 아파서 못 듣겠어!"

황씨의 대답은 간결하고 분명하다. 말문이 막힌다. 차라리 배터리 문제였다면 해결할 방법이라도 있으련만 귓구멍이 아파서 못 듣겠다는 데는 답도 없다. 그러면서도 돌려줄 생각은 추호도 없는 눈치다. 7만 원만 날린 셈이다. 9만 5000원짜리로 할까, 7만 원짜리로 할까 세 시간이나 고민한 끝에 싼 걸로 결정하기를 천만다행이다.

두 시간째 커서는 4페이지 첫줄에 멈춰 있다. 흘러간 트로트 프로그램인지 이번에는 배호에 이미자에 은방울 자매가 이어진다. 어머니는 일할 때마다 배호의 노래를 흥얼거렸다. 그러나 아무리 좋은 노래도 최대 볼륨으로 들으면 소음이 된다. 술이라도 하지 않고는 도무지 분을 삭일 수가 없다. 맥주병을 따던 그는 쟁반에 술과 안주를 담는다. 저놈의 소음부터 어떻게든 해결해야 한다.

"시원하게 한잔 하시죠?"

핏대까지 세우며 외친 후에야 황씨는 라디오 볼륨을 줄인다. 끄기를 바랐으나 귀청을 울리는 소리가 줄어든 것만으로도 벌렁거리던 심장이 제 박동을 찾는다. 황씨는 기다렸다는 듯 맥주 한 잔을 벌컥벌컥 들이킨다. 꿀꺽 하는 소리와 함께 목울대가 요란하게 오르내린다. 뒤안 빼곡히 쌓여 있는 사람 키만 한 목재를 보는 순간 불길한 예감이 스친다.

"뭘 만드는데요?"

"아, 개를 키워볼까 해서."

황씨는 나이도 어린 게 여차하면 말끝을 잘라먹는다. 하지만 지금은 반말이 문제가 아니다. 마을에서 서너 사람 개를 키워본 모양이지만 돈 번 사람은 아무도 없다. 것도 몇 년 전 얘기다. 갈수록 시골서도 보신탕을 덜 먹는다. 개 사육이 사양업종이 된 지 오래다. 그러나 그의 가슴이 덜컹 내려앉는 건 번번이 돈 까먹는 짓만 골라 하는 황씨가 안타까워서가 아니라 불길한 예감 탓이다.

"개를요?"

최대한 조심스레 그는 한마디 덧붙인다. 황씨 기분을 건드렸다가는 또 무슨 봉변을 당할지 모른다.

"개 키울 만한 땅이 어디 있나 보죠?"

"내가 땅이 어딨어? 집에서 키우는 거지."

불길한 예감은 빗나가는 법이 없다. 황씨 집을 그는 곁눈질로 살펴본다. 개장을 둘 곳이라고는, 황씨에게는 이미 자기 집일지도 모르는 그의 집 뒤안뿐이다. 서재 통유리창 바로 앞에 개장이 들어선다는 얘기다. 소음을 막을 길 없듯 개 사육 또한 막을 길이 없을 것이다. 이건 소음 이상이다. 시도 때도 없는 소음에 악취를 동반할 게 분명하다.

"몇 마리나 키울 생각인데요?"

댓 마리라면 어떻게든 참아보리라, 그는 벌써부터 각오를 다진다.

"대량생산을 해야 돈도 대량으로 들어올 것 아뇨?"

기껏 다잡은 굳은 각오가 와르르 무너진다.

"대량생산이라면……."

"한 100마리는 키워야 수지타산이 맞지."

100마리 개가 무시로 짖어댄다? 눈앞이 노래진다. 내 몸 괴로운 것도 괴로운 것이지만 집 팔 길도 더욱 요원하다. 뒷집에서 개를 키우면 황씨가 굳이 어깃장을 놓지 않아도 이 집을 살 작자가 나설 리 없다.

"사료비도 만만치 않을 텐데……."

무기력한 반격이나마 시도하지 않을 도리가 없다.

"사료 먹여서 뭐 남는 게 있나? 읍내 식당에 미리 다 말해

놨지."

짬밥을 먹이겠다는 건 음식 악취까지 덤으로 따라온다는 뜻이다. 장마철의 개 냄새, 한여름의 음식 썩는 냄새가 벌써부터 코끝에 맴도는 듯하다. 혹 떼러 갔다가 혹 하나 붙여 온 혹부리 영감 신세다.

저녁 시간도 되기 전에 그는 일찌감치 이장 집으로 걸음을 옮긴다. 마침 이장은 수돗가에서 발을 씻고 있다.

"술이나 한잔 주십시오."

"할 일이 있다더니 왜? 황가 놈 때문에 일이 안 되나?"

교활한 늙은이. 다 알고 있었던 것이다. 하긴 자기들이라고 그 시끄러운 라디오 소리를 밤낮 흥겹게 들었을 리 없다. 그러면서도 모른 척한 것에 또 화가 치민다. 그러나 지금은 이장의 도움이 필요하다. 지금 라디오 소음이 문제가 아니다. 그는 이장 마누라가 서둘러 내온 소주를 맹물인 양 들이킨다.

"마을 한가운데서 개를 키워도 됩니까?"

"왜? 황가 놈이 개를 키우겠대?"

그는 다시 소주를 들이키는 것으로 대답을 대신한다. 수돗가에서 상추를 씻던 이장 마누라가 냉큼 끼어든다.

"아유, 동네 한복판에서 개를 키우면 어떡해. 시끄러운 것도 시끄러운 거지만 여름이면 파리가 득시글거릴 텐데⋯⋯."

파리까지는 생각을 못 했다. 첩첩산중이다. 이장 마누라라도 그의 편이 되어준 게 고마울 따름이다.

"시끄러! 그 집 사정 뻔히 알면서 그런 소리가 나와! 빨리 밥이나 차려."

그 집 사정이야 그도 안다. 황씨가 보호치료를 받고 돌아온 직후 쌍둥이 딸 중의 하나가 교통사고로 목숨을 잃었다. 다른 딸 하나는 갈비뼈가 부러져 간을 찌르는 중상을 입고 다섯 달이나 병원신세를 졌다. 그 와중에 손녀 잃은 함안댁이 충격을 받아 세상을 떴고, 졸지에 마누라 잃고 손녀 잃은 황씨 아버지는 날이면 날마다 술에 젖어 살았다. 돌볼 이 없는 손녀는 퇴원한 후 시설로 보내졌다. 그가 이사 온 3년 사이 황씨 집을 찾아온 운명은 가혹하다 해도 이토록 가혹할까 싶을 정도였다. 측은한 마음이 든 적도 있었다. 그러나 그 가혹한 운명에 한풀이라도 하듯 그를 향해 쏟아지는 행패를 감당하다 보면 측은지심은 어느새 분노로 변하곤 했다.

"작가 선생이 이해해야지 어쩌겠어. 술집 색시긴 해도 황가 놈이 새장가 들어 이제 겨우 살아보겠다는데 그걸 어찌 막겠나. 생각하면 안됐잖아. 황가 놈, 가진 것이라곤 달랑 붕알 두 쪽뿐이야."

"집 있잖아요?"

황씨네 집은 300평 남짓 되었다. 그가 이사 온 후 땅값이 제법 뛰었으니 적어도 1억 5000은 넘게 받을 터였다. 집을 팔아 읍내에 작은 방이라도 전세 얻고 남은 돈으로 뭐라도 해보는 게 낫지 싶었다. 황씨의 미래를 위해서도 그의 미래를 위해서도.

"그 집 팔린 게 언젠데."

체면이고 뭐고 땅바닥에 내던진 3년간의 전쟁이 있지도 않은 것에 목숨을 건 헛짓이었다니. 말문이 막힌다. 신기루로 비친 오아시스를 찾아 헤매는 사막의 표류자라도 된 느낌이다. 남의 땅에 목숨 건 그 속내를 그는 도무지 짐작할 길이 없다.

"이 동네, 자기 집에서 사는 사람 몇 안 돼. 땅값 뛰기 전에 서울 사람들이 우 몰려와 몇 푼 더 얹어주니까 죄 팔아치웠지. 자기 집 팔아먹고 지금 다 공짜로 사는 거야. 이 동네만 그런 것도 아니야. 서울 근교 다 그럴걸."

그는 안주도 없이 연거푸 술잔을 비운다. 남의 땅 지키려고 자기를 원수 삼은 황씨도, 그걸 알면서 지금까지 입 꾹 다문 동네 사람들도 그는 이해가 되지 않는다. 엄연한 불륜을 해결할 생각도 없이 수십 년 이어온 당사자들이나 동네 사람들 또한 이해되지 않기로는 마찬가지다. 이성으로는 도무지 이해할 수 없는 작자들이다.

"서로 사정 봐주며 살아야지. 안 그래, 작가 선생?"

가진 것도 없는 주제에 오지랖 넓은 것 또한 그는 이해할
수가 없다. 땅을 닮아 넉넉한 품성을 가졌거든 없는 설움을
애먼 남에게 풀지를 말든가, 마누라 동생을 건드리지 말든
가. 기본적인 예의도 윤리도 없으면서 웬 돼먹지 않은 훈계
란 말인가. 그러면서 그는 뭔가 억울하다. 내 사정은 누가
봐주나.

선명한 초승달이 밤길을 밝힌다. 어둡지만 눈여겨보면
보일 건 다 보인다. 그는 비틀거리며 골목길을 걷는다. 즐거
운 곳에서는 날 오라 하여도 내 쉬일 곳은 작은 집 내 집뿐
이리, 어쩐지 풀 죽은 어린아이의 노랫가락이 자박자박 골
목길을 적신다. 와장창 그릇 깨지는 소리에 노랫가락이 뚝
그친다. 야, 이 개 같은 년아. 술 갖고 와! 보나마나 황씨다.
개집이 다 지어지면 술 대신 개에게라도 마음을 붙일 수 있
을까? 비 젖은 개 냄새와 짬밥 썩는 악취와 들끓는 파리 떼
가 동시에 그의 머릿속을 습격한다. 즐거운 곳에서는 날 오
라 하여도, 눈치를 보듯 속삭이는 노랫가락이 다시 이어진
다. 초승달이 말간 눈으로 마을을 굽어본다. 마을은 꿈인 듯
달빛에 젖어 있다. 전원의 밤이 깊어간다.

나의
아름다운
날들

반짝, 김 여사는 눈을 뜬다. 전면 창으로 스며든 첫 햇살이 뺨을 간질인 탓이다. 상쾌한 웃음이 번진다. 꿈도 없는 깊은 잠에서 깨어나는 아침은 갓 태어난 것처럼 새롭다. 인생이란 얼마나 경이로운가. 매일 잠을 통해 인간은 죽음과 탄생을 반복한다. 죽음과 친숙해져야 할 나이지만 김 여사는 햇살과 더불어 새로 탄생하는 이런 날들이 영원히 지속되지 않는다는 게 내심 억울하고 섭섭하다. 뜨겁지도 부시지도 않은 첫 햇살에 눈 뜨는 기분, 게으른 자들은 절대 알지 못하는 김 여사만의 작은 행복이다. 사실 이런 행복을 맛보기 시작한 게 아주 오래된 것은 아니다. 남편이 현직에 있던 시절, 김 여사는 캄캄한 새벽에 일어나 몸단장 끝내고 식사 준비까지 다 마쳤다. 남들은 김 여사가 팔자 늘어져 물에 손 한 번 안 담그고 산 줄 안다. 하지만 하루 세 끼 식사 준비야 일하는 아줌마가 했어도 매일 아침 남편이 마시는 주스는 김 여사의 손을 거치지 않은 날이 없다. 믹서로 그냥 갈기만 한 것도 아니다. 요즘이야 유기농 코너가 따로 있지만 그것도 없던 시절, 김 여사는 농약 범벅일 토마토나 딸기를 세제에 담근 후 흐르는 물에 열 차례 이상, 귀하디귀한 남편 먹을 것이니 농약 한 점 남지 않도록 오래오래 정성 들여 씻었다. 믹서에 갈면 행여 영양소가 파괴될까, 김 여사는 손수 강판에 간 뒤 고운 삼베 보자기로 즙을 짰다. 그뿐이랴, 영양소 골고루 가늠하여 가족의 식단도 직접 짰고 행여 일하는 아줌마가 대충 씻고 화학조미료 듬뿍 뿌릴까 봐 손에 물 묻히진 않았어도 식사 준비하는 아줌마 곁을 절대 떠나지 않았다. 워낙 있는 집이라 남편이나 자식, 절로 잘된 줄 알지만 김 여사의 지극한 정성이 아니었더라면 지금과는 사뭇 달랐을 것이다.

몸을 뒤척이자 팔베개를 하고 있던 남편이 김 여사를 제 쪽으로 가만 끌어당긴다. 아침잠 많은 남편이 벌써 깼을 리는 없다. 그저 잠결에도 기척을 느끼고 본능적으로 끌어안는 것이다. 타고나길 다정한 사람이다. 무남독녀 외동딸로 저 혼자 방 쓰고 고이 자란 김 여사는 결혼하고 처음 얼마간 남편과 함께 자는 게 불편해서 죽을 맛이었다. 게다가 남편은 기어이 팔베개를 고집했다. 살정이 들어야 진짜 부부가 된다는 것이었다. 남편이 아무리 배려해준다고 해도 다 커서 만난 잘 모르는 사람 살을 베고 자는 게 편할 리 없었다. 예민한 그녀는 남편이 뒤채기만 해도 설핏 잠이 깼고, 자는 둥 마는 둥 뜬눈으로 밤을 새다시피 했다. 어른들 말대로 세월이 무서워서 팔베개에도 그럭저럭 이력이 붙었고, 언제부턴가는 남편의 팔베개가 아니면 깊은 잠을 잘 수 없게 되었다. 김 여사는 조심조심 몸을 빼고 그 자리에 저인 듯 베개를 밀어 넣는다. 베개를 김 여사인 양 끌어안고 남편은 둘둘 말린 이불 위로 척하니 다리를 올린다. 성품이 다정해 그런가 남편은 그녀가 곁에 있어야 겨우 잠이 들고, 그녀의 몸을 뱀처럼 칭칭 감고서야 깊은 잠에 빠졌다. 언젠가 잠자다 숨 막혀 죽겠다고 푸념을 했더니 친정어머니는 벙실벙실 웃음을 감추지 못하며 얼른 그녀의 입을 막았다.

"아이고 이것아. 복 날아간다. 얼른 입 닫지 못해! 네가 복에 겨웠구나. 곁 안 주는 남편 땜에 속 끓이고 사는 여자가 얼마나 많은데…… 그것도 다 네 복이야. 우리 영감이 사윗감 하나는 일품으로 골랐네그려."

밀려 올라간 잠옷 사이로 듬성듬성, 성근 다리털이 훤히 드러난다. 마음이 짠하다. 늙으면 머리카락만 빠지는 게 아니다. 온몸의 털이 병든 닭처럼 시들시들 죽어 나간다. 세상만사 무서운 것 두려운 것 하나 없이 떠르르 세상 흔들고 살았던 남편도 세월을 비켜갈 수는 없는 모양이다. 젊은 시절 남편은 다리털이 유독 무성했다. 무성하긴 해도 두서없이 뻣뻣한 게 아니요, 질서정연하게 돈은 데다 가늘고 부드러워서 어루만지기에 제격이었다. 남자 형제 없이 자라 그런지 남편의 다리털을 머릿속에 떠올리기만 해도 김 여사는 발그레 볼이 달아올랐다. 볼 붉힌 그녀를 보면 남편은 불끈 힘이 솟아 앞뒤 가리지 않고 덤벼들었다. 그래 봐야 5분을 넘긴 적이 없지만 일을 끝낸 남편이 자신을 꼭 끌어안고 머리칼을 천천히 쓰다듬는 게 그녀는 너무 좋았다. 식지 않은 몸의 열기쯤이야 견딜 만했다. 천국과 다름없다는 그 경지가 진짜로 존재하는지 어쩐지 이 나이 되도록 경험한 바는 없다. 허나 그런 말 입에 담는 자치고 반듯한 사람 못 봤고, 그런 것 밝혀 인생 멀쩡한 사람 못 봤다. 허니 있다 해도 없는 듯이 사는 게 제일이라고 김 여사는, 몸 헛헛할 때마다 제 몸과 마음 다독이며 잘 견뎌왔다. 넘치기만 하는 인생이 어디 있으랴. 부부관계의 열락을 알려주진 않았어도 남편만큼 자상하고 다정한 사람은 찾기 어려웠다. 친구들 남편은 저 볼일 끝나자마자 냉큼 등 돌리고 드르렁 코 곤다고 했다. 무슨 일이 있든 잘 때까지 머리 쓰다듬어주고, 잠들어도 저런 팔 절대 빼지 않는, 그런 귀하디귀한 남자가 바로 김 여사의 남편이다.

행여 남편이 깰까 김 여사는 살풋 발뒤꿈치를 들고 조심조심 방을 나간다. 거실의 블라인드가 아직 내려진 채다. 하여간 요즘 사람들은 책임감이 없다. 아침 일찍 일어나 블라인드 올리는 게 뭐 힘들다고. 김 여사는 애써 짜증을 누르며 블라인드를 올린다. 문밖에서 서성이던 햇살이 이슬비처럼 가만가만 내려앉는다. 실내정원의 화초 이파리가 시름에 잠긴 듯 시들시들하다. 아주머니가 물 주는 것을 깜박한 게 틀림없다. 아무리 남의 집 일이라고 요즘 어디다 정신을 팔고 있는 건지 집안일에 건성건성이다. 정색해봐야 좋을 것 없어 사나흘 꾹 참았는데 오늘은 아무래도 한소리해야 할 모양이다. 아니다. 오늘은 그런 일로 기분 망치고 싶지 않다. 김 여사는 서너 차례 깊이 숨을 고른다.

아침 준비로 부산해야 할 부엌은 인기척 없이 불마저 꺼져 있다. 겨우 찾은 평정이 흐트러진다. 세상에. 남의 집 일하면서 늦잠이라니. 김 여사로서는 꿈도 못 꿀 일이다. 어쩔 수 없이 김 여사는 부엌에 딸린 작은방으로 향한다. 아이들 다 출가하고 난 후 아파트로 옮기면서 김 여사는 아주머니를 출퇴근시킬까 생각도 했다. 파출부 부리는 여자와 식모 부리는 여자는 손만 봐도 안다지만 부부만의 단출한 살림, 파출부 둔다고 김 여사가 물에 손 담글 일은 없었다. 잠자리 봐주고 퇴근해서 해 뜰 무렵 출근해도 그만이었다. 그러나 오가는 사람 불편할 것을 배려해서 애써 방을 하나 비웠다. 2층짜리 단독에 살다가 아파트로 옮겼더니 70평이라고 해도 비좁기 짝이 없어서 방 하나 비우는 게 보통 일이 아니었다. 이런 세심한 배려를 알기나 하려나.

문을 서너 차례 두드려도 기척이 없다. 여직 늦잠을 자나, 얄미운 마음에 문을 확 열어젖히고 벽을 더듬어 전등 스위치를 올린다. 바닥에 이불이 깔린 채 사람 빠져나간 자리만 볼록하다. 고개를 갸웃거리며 문을 닫는다. 혹 아침 반찬거리가 없어 장에라도 갔나? 그럴 리는 없다. 집에 일하는 사람 한둘 없었던 적이 없지만 가족들 먹을거리 장 보는 것만큼은 무슨 일이 있어도 김 여사 몫이다. 감기몸살로 뼈마디가 쑤셔도 이틀에 한 번, 장보기를 빼먹은 적 없는 김 여사다. 아이들 고3 때는 매일 점심 저녁으로 도시락도 직접 배달했다. 까짓 거 일하는 사람에게 들려 보낼 수도 있었지만 어미 손으로 직접 따뜻한 사랑의 도시락을 전해주고 싶었던 것이다. 일가친척 총 동원해서 유명하다는 과외선생 모신 것도, 이쪽에서 정성을 다하면 저쪽에서도 그럴까 싶어 남들보다 돈봉투 더 두둑하게 챙겨준 것도, 그것으로 모자라 과외선생을 자가용으로 출퇴근시킨 것도 김 여사였다. 아이들 고3 때는 김 여사도 고3인 아이들만큼 분주했다. 그런 지극정성이 과외선생뿐만 아니라 아이들에게도 영향을 미쳐 아이들 셋 모두 일류대학에 진학했다. 정성은 반드시 통하는 법이다. 부모의 정성과 노력은 아이들 삶에 고스란히 반영된다. 그래서 부모를 보면 자식이 보이고 자식을 보면 부모가 보인다고 하지 않는가. 생각해보면 그 시절, 참 열심히 살았다. 새벽부터 자정까지 잠시도 숨 돌릴 짬 없던 그 시절이 김 여사는 간혹 그립기도 하다.

　김 여사는 캡슐 커피를 든 채 커피 머신을 기웃거린다. 어떻게 작동하는 걸까? 요즘은 하루가 다르게 기술이 진화해서 작동법을 알 수 없는 기계가 한둘이 아니다. 아직 환갑이 한참 먼 아주머니만 해도 새 기계가 들어올 때마다 작동법을 익히느라 쩔쩔 맸다. 커피 머신을 들였는데도 그냥 내린 커피를 주기에 왜 쓰지 않느냐고 물었더니,

　"그게 다 꼬부랑글씨로 되어서…… 죄송합니다."

　라며 아주머니는 머쓱하게 머리를 조아렸다. 이태리에서 공부한 큰며느리 불러 몇 번이나 가르친 후에야 제대로 뽑은 에스프레소를 맛볼 수 있었다. 그러나 김 여사가 기계들로부터 멀어지기 시작한 것은 늙거나 무식한 탓이 아니다. 까짓 거 지금이라도 알자고 들면 못할 것 없다. 세계 각지에 흩어져 있는 손자손녀들과 이메일은 물론 트위터도 하는 김 여사다. 다만 몇 년 전 퇴직한 남편이 이제 일 다 그

만두고 놀러나 다니자기에 남편 따라 유럽으로 알라스카로 남미로, 세계 일주 하다 보니 자연 살림으로부터도 멀어졌을 뿐이다. 그만한 보상을 즐겨도 부끄럽지 않을 만큼 열심히 산 김 여사다. 커피 머신을 이리저리 만지작거리다 결국 김 여사는 캡슐 커피를 도로 내려놓는다.

"말도 없이 어디로 간 거야!"

저도 모르게 볼멘소리가 흘러나온다. 물이나 마실까 싶어 김 여사는 냉장고 앞으로 간다. 냉장고 앞에 포스트잇이 붙어 있다. 돋보기 가지러 가기가 귀찮아서 김 여사는 종이를 앞뒤로 이리저리 밀었다 당겼다 겨우 글씨를 읽는다.

"사모님, 큰애가 갑자기 쓰러졌대서 병원 갑니다."

급하긴 급했는지 글씨체가 숨 덜 죽은 배추처럼 훨훨 살아 날아갈 듯하다. 정확히 말하자면 갑자기는 아니다. 아주머니의 맏이는 이제 고작 30대 중반인데 몇 년 전부터 고지혈증에 고혈압으로 약을 복용하고 있다. 약을 먹으면 뭐하나, 식이조절을 해야지. 일전에 김 여사는 기껏 마음먹고 정원에서 손수 키운 양상추며 케일, 파프리카에다 혈압에 좋다기에 비싼 돈 주고 아스파라거스까지 한아름 사서 보냈다. 그것 들고 자식 집에 다녀온 아주머니에게 잘 먹더냐고 지나가는 말로 물었더니, 그런 귀한 걸 먹을 줄이나 알아야지요, 그래도 아스파라거스는 삼겹살 쌈 싸먹을 때 하나씩 넣어 기어이 먹였네요, 라며 머쓱하게 웃었다.

물을 마시다 말고 김 여사는 얼른 벽에 걸린 전화기 버튼을 누른다. 혹 아주머니 아들이 잘못되기라도 하면 큰일이다. 일자리 구하기가 하늘의 별 따기라는 세상에 기계가 일다해주고 먹여주고 재워주고 월급도 만만치 않은 가정부일은 왜 이리 할 사람이 없는지 귀신이 곡할 노릇이다. 연변 사람들은 쉽게 구해지는 모양이지만 입맛도 다르고 문화도 다른 그 사람들 가르치며 살기에는 남은 인생이 짧다. 친정에서부터 따라온 삼월이와 어머니 대 물려 그 딸이 일할 때가 제일 좋았다. 그때는 남이라는 생각 하나 없이 친정붙이처럼 다정하게 살았다. 삼월이 죽고 김 여사와 함께 자란 딸도 늙어 일을 그만둔 뒤로 믿을 만한 사람 구하기가 하늘의 별따기다. 단독주택 살던 시절 정원사로 일하던 영감 딸도 써보고, 먼 친척도 써보았는데, 음식 솜씨가 별로든가 말이 많든가, 꼭 하나씩은 걸리는 게 있었다. 지금 일하는 아주머니는 남편 차관보 때부터 장관 시절까지, 10년 이상 함께 살며 일한 운전기사의 막내딸인데 음전한 제 어미 닮아 입놀림이나 몸놀림이나 천박하지 않은 데다 살림 솜씨도 그럭저럭 쓸 만하다. 김 여사네 별채에서 시집갈 때까지 살아 크는 모습을 지켜봤는데 심성이나 품성도 그만하면 괜찮은 편이다. 남편 복 없고 자식 복 없는 그게 문제다.

그나저나 별일 없어야 할 텐데…… 신호가 일곱 번 울린 뒤에야 수화기 너머로 쉰 목소리가 들린다. 아들 붙잡고 꺽꺽, 목 놓아 울었음에 틀림없다. 남편 복은 몰라도 자식 복 없는 것은 반은 아주머니 탓이다. 자식이 잘못된 길로 가면 속으로 눈물을 삼킬지라도 때로는 매를 드는 게 부모의 도리다. 그런데 아주머니는 자식들 말이라면 무조건 해주고 보는, 원칙 없이 마음 약한 사람이다. 아주머니 맏이는 제 학력과 실력으로는 구할 수도 없는 좋은 자리를 김 여사 남편이 두 번이나 소개해주었는데 그때마다 1년도 못 채우고 때려치웠다. 소개해준 사람 체면을 생각해서라도 3년은 견뎌야 하는 게 소개받은 사람 도리다. 좋은 직장 때려치운 맏이는 노래방이니 피시방이니 통 크게 사업을 벌였다가 번번이 망해먹고는 아주머니에게 뒤처리를 맡겼다. 그 바람에 아주머니는 여직 빈털터리다. 어차피 자식에게 주고 갈 것이지만 지금은 모았다가 나중에 자식이 정신 차리면 그때 도와주라고, 보다 못해 몇 번 충고를 한 적이 있다.

"사모님같이 복 많으신 분은 모르세요. 어미라고 뭐 해준 게 있어야죠. 이렇게라도 해야 덜 미안해서, 그래서 그럽니다. 빚쟁이가 집까지 쫓아오고 산다 못 산다 하는데 해준 것 없는 어미지만 그 꼴을 어찌 두고 볼 수 있겠어요?"

아주머니는 딱 잘라 말하고는 쌩하니 찬바람을 일으키

며 부엌으로 가버렸다. 10년 넘게 일하면서 그런 모습은 처음이었다. 그 뒤로 김 여사는 아주머니 자식 일이라면 일절 간섭하지 않는다. 어차피 남의 인생, 신경 끊으면 김 여사도 속 편하다.

"나예요, 아주머니. 아드님은 괜찮으세요?"

어려서부터 봐왔지만 나이 차가 많지 않아 김 여사는 꼬박꼬박 존대를 해준다. 하기야 집에서부터 함께 온 삼월이와 유모를 제외하고, 김 여사는 집안일 하는 사람이라고 말을 낮춰본 적이 없다.

"예. 뇌혈관이 터졌다는데, 다행이 사지육신 멀쩡하고 후유증도 거의 없을 거라네요."

"아유, 다행이네. 어느 병원이에요?"

아주머니가 어디서 들어보지도 못한 병원 이름을 주워댄다.

"말씀을 하시지. 삼성병원으로 가시면 되는데. 우리 둘째가 거기 있잖아요."

제 아버지 따라 사시 합격한 첫째와 달리 둘째는 출세 욕심도 없고 돈 욕심도 없다. 심간 편하게 사는 게 둘째의 유일한 꿈이다. 의대를 졸업한 후에도 제일 일 적게 하는 데가 어딘가 여기저기 알아보고 다니더니 이비인후과를 선택했다. 그래 봤자 숨 돌릴 틈이 없다며 괜히 공부 열심히 해

서 의사 됐다고 둘째는 지금도 간간이 투덜거린다. 대학에
간 후로 공부는 뒷전이요, 연애만 하고 다녀서 걱정을 시키
더니 타고난 머리가 좋아 지금은 대학교수에 이비인후과 과
장이다. 은근히 둘째 이야기를 꺼내놓고 김 여사는 순간 후
회막급이다. 집에서 일하는 아주머니 자식을 그리로 보냈다
가는 있는 짜증 없는 짜증 다 부릴 게 분명하다. 둘째는 물색
없이 청탁이나 하는 사람들은 두 번 다시 쳐다보려고도 하
지 않는, 똑부러진 성품이다. 사람 욕심, 명예 욕심은 없어도
똑부러진 성품 그것 하나는 친정아버지 판박이다.

"아니에요. 괜찮다는데요 뭘."

김 여사는 내심 안도의 한숨을 내쉬고 아주머니가 딴소
리를 할까 봐 얼른 말을 잇는다.

"그럼 바로 퇴원하겠네요?"

"그게…… 한 사나흘 입원해서 경과를 지켜보자네요."

아들이 아픈 다음부터 살림 살던 며느리가 무슨 일인가
를 시작했다고 들은 기억이 난다. 그럼 아주머니가 아들 병
수발을 들겠다는 건가?

"사모님… 저기…….”

아주머니가 어물어물 말을 꺼냈다 마는 게 뭔가 수상쩍
다. 아들 병수발 들게 며칠만 휴가를 쓰면 안 되겠냐는 말
이 차마 나오지 않는 것일 게다. 김 여사의 머릿속이 복잡

하다. 사지육신 멀쩡한 자식놈 수발들자고 일터를 사나흘이나 비우겠다는 아주머니가 마음에 들진 않는다. 비록 남의 집 살림을 산다고 해도 일이란 신성한 것이다. 최선을 다해서 자신에게 주어진 일을 하는 사람은 어떤 환경에서든 그 분야의 정상에 오를 수 있다. 그게 인생의 당연한 이치다. 있는 집이든 없는 집이든 그런 모습을 자식에게 보여야 자식도 그걸 보고 배운다. 아주머니가 나쁜 사람은 아니지만 이런 식으로 사니까 자식들이 하나같이 제몫을 못 하는 것이다. 그런들 세상의 이치를 이제 와 가르칠 수도 없고 자식이 아프다는데 계속 일하라고 할 수도 없는 노릇이다. 휴가를 쓰라고 할 수밖에 없는 상황임을 알면서도 쉽게 입이 떨어지지 않는다. 하자고 들면 못할 것도 없지만 김 여사는 저 혼자 살림을 살아본 적이 없다. 부부 둘만의 단출한 살림이라고 해도 70평이다. 청소할 생각만 해도 정신이 아득하다. 별수 없다. 큰아들네 아주머니를 부르는 수밖에. 지난번 아주머니가 며느리 애 낳는다고 사흘 다니러 갔을 때도 그 아주머니 신세를 졌다. 아무리 부모자식이라도 제 것 남의 것, 정확하고 분명한 큰며느리가 뾰로통 입을 내밀긴 하겠지만 싫다고는 못할 것이다. 아직도 식자들 사이에서는 유명한, 내로라는 유학자 집안에서 자라 부모 공경을 뼈에 사무치게 배운 애다. 게다가 오늘은 김 여사 부부의 금혼식, 말 꺼내기도 안성맞춤이다. 자식들과 호텔에서 만나기로 한 게 1시, 아침은 주스에 토스트 정도로 가볍게 요기나 하련 될 것이다. 이왕 마음먹은 것, 김 여사는 선수 쳐서 인심이나 쓰기로 한다.

"여기는 걱정 말고 퇴원할 때까지 있다 오세요."

"아유, 감사합니다. 정말 감사해요, 사모님."

"감사하기는 뭘. 서로 사정 봐주며 살아야지요. 그리고 병원비는 걱정 마세요. 장관님께서 얼마가 됐든 치료비는 우리가 책임지자고 하시네요."

무슨 일이든 남편의 공으로 돌리는 것은 친정어머니에게 보고 배운 바다. 좋은 일에는 남편과 자식을 앞세우고, 궂은 일에는 아내가 앞장서야 한다는 게 시집온 이후에도 계속된 어머니의 가르침이었다. 아들 못 낳는 게 여자의 죄로 여겨지던 시절, 자식이라고 김 여사 하나밖에 잉태하지 못한 어머니가 소박당하지 않고 본처로 대접받으며 산 것도 그런 아내의 미덕을 충실히 지켰기 때문이었다.

"아이고, 사모님… 뭘 그렇게까지… 안 그러셔도 되는데요."

아주머니는 지금 휴대전화에 대고 굽실굽실, 절을 하고 있을 것이다.

"아무튼 그렇게 알고 계세요. 그럼, 수고하세요."

김 여사는 상냥하게 전화를 끊는다. 수술을 한 것도 아니니 병원비라고 해봤자 100만 원 안쪽일 게다. 구두 한 켤레 값도 안 되는 돈에 굽실거릴 수 있다는 게 김 여사는 놀랍고 안쓰럽다. 날 밝으면 병원장에게 전화라도 넣어줘야지, 김 여사는 아주머니가 안쓰러워 그렇게 마음먹는다.

욕실로 향하는 김 여사의 발걸음이 산뜻하다. 사소한 문제는 해결됐고, 오늘은 금혼식, 엊저녁 일기예보에서 비가 온다고 하여 걱정했는데 날씨마저 김 여사 부부를 축복하는지 오랜만에 쾌청하게 맑다. 새벽녘 비가 잠깐 긋고 간 탓에 햇살마저 여느 때와 달리 반짝반짝 빛이 난다.

이른 아침의 샤워만큼 상쾌한 게 없다. 따뜻한 물줄기가 미처 잠에서 깨지 못한 몸의 구석구석 기분 좋게 두드린다. 어려서부터 김 여사는 샤워를 즐겼다. 샤워 시설이라는 게 없던 시절이지만 김 여사의 집에는 일본식 욕탕이 있었다. 바깥에서 불을 지피면 욕탕 안의 욕조가 훈훈하게 데워졌다. 욕탕 안의 따끈따끈한 물 속, 어머니 품에 안겨 있던 게 김 여사 기억 속의 첫 장면이다. 어머니와 맞닿은 살 사이로 따스한 물이 넘실거리는 그것이 인생의 첫 느낌이었고, 인생은 이날 이때까지 처음 그대로, 김 여사를 배신한 적이 없다. 아니 있기는 하다. 1950년 6월 말부터 9월 말까지, 그 석 달의 뜨거운 날이 아직도 김 여사의 몸에 화인처럼 남아 있다. 그 여름은 유난히도 더웠다. 공무를 다하느라 미처 피난하지 못했던 아버지는 가족을 데리고 대대손손 집안 마름이었던 사람에게 몸을 의탁했다. 특별히 뭘 잘못해서가 아니다. 아버지는 식민지 시절 군수를 지냈는데 그걸 두고 주위에서 친일파라고 수군거렸다. 나중에 장관을 지낼 때도 친일 경력은 끈질기게 따라붙었다. 그때마다 아버지는 두 주먹 불끈 쥐고 책상을 내리쳤다. 김 여사 앞에서 평생 화낸 적 없는 온화한 아버지다. 그런 아버지가 맨손으로 책상을 내리칠 만큼 억울했던 것이다.

"공부 잘해서 출세한 게 무슨 친일이야? 그렇게 따지면 잘난 놈들은 죄 친일파게! 그 시절에 우리나라가 독립될 줄 누가 알아서? 저희들은 믿었나? 그저 저희들 못나서 찍소리 못 하고 벌벌 기며 살아놓고 이제 와 누구를 친일파래! 내가 군수로 발령받았을 때는 독립운동하던 놈들도 다 포기하고 잠잠했다고. 그런데 내가 왜 친일파야?"

늘그막에 무슨 친일명단인가에 올랐을 때 아버지는 늙어 책상도 내리치지 못하고 안타깝다는 듯 손자들에게 항변했다.

진실이야 어찌 됐든 전쟁은 터졌고, 아버지는 피해야 했다. 그러나 아버지 숨겨준 마름마저 인민군에게 끌려갔고, 마름의 아내는 숨겨주는 대가로 논 닷 마지기 이미 건넨 김 여사의 가족을 나 몰라라 방치했다. 토굴 속으로는 빛 한 줌 스며들지 않았다. 밤인지 낮인지 분간할 수 없는 뜨거운 시간들이 지났다. 요강조차 제때 비워주지 않아 그렇지 않아도 환기가 제대로 되지 않는 토굴 속은 오물 냄새 진동하여 지옥이 따로 없었다. 창도 빛도 없는데 파리 떼는 어디로 들어왔는지, 어둠 속에서 파리 날갯짓 소리만 요란했다. 언젠가부터 하루 두 번 넣어주던 밥도 끊겼다. 서너 끼쯤 굶었을까, 고작 열 살이었던 그녀는 주린 배를 끌어안고 칭얼거렸다. 부엌 바닥에서 뒤뜰 쪽으로 파놓은 토굴 속으로 끼니때면 살이 쩍쩍 벌어지며 익는 감자 냄새, 보글보글 끓어 넘치는 된장 냄새가 스멀스멀 흘러들었다. 평소에는 입도 대지 않던 된장찌개 냄새가 어찌나 구수한지 절로 침이 고였다. 굶주림을 참다못한 어느 밤, 일제 시절 군수까지 지낸 아버지가 체면불구하고 엉금엉금 기어 토굴을 나갔다.

"여보시오. 어찌 사람이 이럴 수가 있단 말이요? 어린 것이 굶주리고 있지 않소?"

마름 여편네는 물 묻은 손을 치맛자락에 쓱 비비고는 황송하다는 듯 연신 머리를 조아렸다.

"아이고, 누가 모르나요? 귀하디귀한 분들이 요러고 있으니 저도 애긴장이 녹는답니다. 그래도 어쩌겠어요. 우리 새끼들 입에 풀칠할 것도 없는 판인데요. 저희도 겨우 감자에 옥수수죽으로 연명하고 있답니다. 아시다시피 애들 아범은 잡혀가서 죽을지 살지 알 수가 없고, 제 앞으로 어린 것들이 다섯이나 줄줄이 딸렸는데, 이놈의 전쟁은 언제 끝날지 기약이 없고……. 어쩌겠어요? 손톱 밑에 그러쥐고 견디는 수밖에요. 보세요. 남은 건 요것뿐이랍니다."

마름 아내가 자신 있게 열어젖힌 독에는 보리쌀 한 줌, 그리고 그 옆에 얌전히 놓인 가마니에는 감자 스무 알 남짓이 남아 있었다. 아버지는 뭐라 할 말을 잃었다. 그래도 아버지의 간곡한 호소가 효과가 있었는지 다음 날 아침, 삶은 감자 몇 개가 감옥 배급인 양 토굴 안으로 들이밀어졌다. 그나마도 한 열흘 지나자 뚝 끊겼다. 그때마다 아버지는 토굴을 기어 나갔고, 다음날이면 다시 먹을 것이 들어왔다. 아버지가 한 번 토굴을 기어 나갈 때마다 조상들이 피땀 흘려 장만한 논 닷 마지기가 쑴펑쑴펑 빠져나갔다는 것을, 어린 김 여사는 알지 못했다. 열 살의 김 여사는 감자로라도 배를 채우고 나니 여름 내 씻지 못한 몸이 가려워 목욕을 시켜달라고 철없이 어머니를 졸랐을 뿐이다. 한여름에 한 달 넘게 머리조차 감지 못하여 서캐가 허옇게 슨 딸이 안타까워 머리 감길 물이나 좀 달라고 하는 어머니에게 마름 아낙은 바르르 성을 내며 쏘아붙였다.

"내가 당신들 몸종이오? 요강 비우는 것도 귀찮아 죽겠구만 물까지 떠다 바치라고? 호강에 겨워 똥 싸고 있네. 지금 세상이 어떤 세상이라고 물을 바치라 마라야. 밤에 뒷문으로 나가 씻든가 말든가. 앞으로는 요강도 알아서 비우시지! 빨갱이놈들이 방공호 파라고 하도 닦달을 해서 허리 한 번 펼 짬 없이 삽질을 했더니 손끝 하나 까딱 못 하겠소."

토굴 뒤로 뚫린, 사람 하나 간신히 드나들 쪽문은 토굴에 갇힌 김 여사 가족들에게는 절대 넘어서는 안 되는, 이를테면 삼팔선과 같았다. 만에 하나 밖으로 나갔다가 누구 눈에라도 띄었다가는 그길로 황천행일 터였다. 유난히 깔끔했던 어머니는 그날 밤, 그 황천길을 넘어 난생처음 자기 손으로 요강을 비우고, 빈 함지에 물을 가득 날라 김 여사의 머리를 감겼다.

"독한 것들!"

이제는 얼굴조차 기억나지 않는 마름집 아낙을 향해 김 여사는 혼잣말로 중얼거린다. 제 남편이 빨갱이 손에 죽었는데도 지금 세상이 어떤 세상인 줄 아냐고 기세등등하던 그 아낙은 전쟁 통에 남편을 잃은 대신 대대손손 김씨 가문의 것이었던 마포 일대 알짜배기 논 서른 마지기를 손에 넣었다. 전쟁 전까지 아랫것들에게 후하고 인심 좋기로 소문났던 아버지는 석 달의 뜨거운 여름이 지난 후 다시는 아랫것들을 믿지 않았다. 김 여사가 어릴 적부터 저 키워준 유

모와 계집종 달고 시집을 갈 때, 아버지는 고이 기른 무남
독녀 떠나보내는 게 안타깝고 가여웠는지 생전 처음 눈물
을 보였다. 그러고는 간곡히 일렀다.

"아가, 아랫것들에게 함부로 마음 주지 마라. 네 천성이
곱고 여려 유모나 삼월이를 피붙이처럼 따르는 것을 잘 안
다만은, 너무 믿으면 안 된다. 가난은 사람을 그악스럽고 간
사하게 만드는 법이란다. 평소에는 좋아 보여도 언제 발톱
을 드러낼지 모르니 그저 그런 사람들은 적당히, 저만치, 두
고 봐야 한다. 흐트러진 모습도 절대 보여서는 안 된다."

그때는 어린 마음에 아버지가 너무 냉정하다 싶기도 했
지만 살아보니 아버지 말씀이 구구절절 옳았다. 유모는 자
기가 친손자처럼 품고 키운 김 여사의 맏이가 병원에 걸음
조차 안 한다고 원망만 한아름 안고 숨을 거뒀다. 그때 큰
애는 절에 틀어박혀 두문불출 공부 중이었다. 제 딴에는 처
음 응시에 떨어진 게 죽도록 자존심 상한 모양이었다. 저
스스로 다짐한 것인데 지켜줘야지 싶어 김 여사는 남편과
자기 생일에도 부르지 않았다. 그런 아이에게 저 키워준 유
모 죽어가는 모습을 보일 수는 없었다. 어미인 자신이 자식
의 미래를 위해 그리움을 삭이듯 김 여사는 유모 또한 그럴
줄 알았다. 그러나 한 다리 건넌 게 그렇게 다른 건지 유모
는 죽어가는 저밖에 생각하지 못했다.

"머리 검은 짐승은 품는 게 아니라더니 옛 말 하나 그르지 않네. 이럴 줄 알았으면 애기씨 집안에 내 한평생 바치지 말 것을 그랬소. 나도 팔자 고쳐 내 새끼 낳고 알콩달콩 살아볼 것을…… 원통하고 절통하오, 애기씨."

눈물 질질 짜면서 신세 한탄하다 유모는 숨을 거뒀다. 굶어 죽는 사람 수두룩하던 시절 부잣집 마나님 못지않게 먹고 입고 말년까지 병원에서 호사부리다 죽은 게 다 김 여사의 공인 것은 생각지도 않았다. 유모의 원망이 하도 어처구니없어 장례를 어떻게 치렀는지 기억도 나지 않는다. 재가해서 알콩달콩 살아볼 것을 그랬다니, 그걸 못 한 게 어찌 김 여사 탓이란 말인가. 자식도 없이 늙어가는 유모를 보다 못해 김 여사 어머니가 소개한 혼처만도 열 군데가 넘었다. 그러나 얼금벌금 얽은 얼굴에 관우장비마냥 떡 벌어진 체구의 유모를 탐탁해하는 남자가 없었고, 어쩌다 마음씨 하나 보고 덤비는 남자는 키가 작네 빈상이네, 유모가 먼지 털 듯 탈탈 털었다. 제 성정이나 운명에 대고 해야 할 원망을 어쩌자고 다 김 여사 탓으로 돌린단 말인가. 아버지 말씀대로 가난해서 마음에 맺힌 게 많은 탓이었으리라. 그럼에도 상처는 오래 남았다. 역시 아버지 말씀을 처음부터 믿고 따랐어야 했다. 어리면 어리석은 법, 경험을 하고서야 김 여사는 쓰디쓴 교훈을 얻은 것이다.

욕실 창으로 햇살이 소담스럽게 쏟아진다. 늘 보는 햇살이건만 금혼식 아침이라 그런지 오늘의 햇살은 유난히 맑고 밝다. 김 여사의 한평생도 저 햇살과 같았다. 역시 어른들 말씀 하나 그른 것 없다. 처음에 어머니는 저 하나 잘난 남편을 탐탁해하지 않았다. 무남독녀 외딸을 그런 자리로 보낼 수 없다며 눈물바람이던 어머니가 용하다는 사주쟁이를 만나고 오더니 단박에 마음이 바뀌었다. 남편과 김 여사는 하늘이 맺어준 천생연분으로 부귀영화가 문 안에 가득하고 자식 덕에 명예 덕까지 있어 최상의 궁합이라는 것이었다. 정말 사주가 맞는 것인지 시집와 오늘까지 궂은 일 한 번 겪지 않았다. 하다못해 무슨 날, 비 한 번 내리는 법이 없었다. 오늘은 그 축복받은 인생의 마무리와도 같은 날이다. 그러니 온다던 비도 주춤할밖에.

옷방 앞에서 김 여사는 잠시 망설인다. 고민하던 김 여사는 샤넬의 트위드 슈트와 검정색 퀼트백을 고른다. 오늘 자리에 딱 어울리는 옷이다. 60년대 말, 남편은 마흔도 되지 않은 나이에 차관보로 승진했다. 아버지가 장관 하던 시절이다. 승진 직후 무슨 일로 파리에 출장가면서 사온 옷을 검소한 김 여사는 지금도 즐겨 입는다. 당시로서는 서민들 집 한 채에 버금가는 돈을 주고 산 것이지만, 벌써 40년째 입고 있으니 결단코 낭비가 아니다. 그럼에도 누가 봐도 샤넬이라 혹 알아보고 욕하는 이 있을까 싶어 남편이 현직에 있을 때는 조심해서 가려 입었다. 지금이야 서민들도 어지간하면 명품 옷 한두 벌쯤 다 갖고 있으니 욕 될 것도 없다. 그러나 오늘 김 여사가 하필 이 옷을 고른 것은 명품이라서가 아니다. 그보다 좋은 명품이야 수두룩하게 널렸다. 결혼 50주년을 축하하는 금혼식, 김 여사는 남편이 처음으로 제 돈 주고 사준 옷을 입고 싶은 것이다. 김 여사는 그 옷을 여태까지 아껴 간직한 그런 마음으로 지난 50년을 살았다. 아무리 복 많은 인생이라 해도 그런 마음이 아니었더라면 오늘 같은 날은 없었을 것이다.

흰색 상의에 검정 스커트를 입은 채 김 여사는 전신 거울에 제 모습을 두루 비춰본다. 둘째 낳고 한 번 허리를 늘리긴 했으나 아직도 입을 만하다. 거울에 비친 김 여사의 뒤태는 허리가 제법 잘록한 게 일흔의 나이가 무색하다. 모두들 감탄하는 이 몸매를 유지하기 위해 김 여사는 서른 중반 넘어서부터 밥을 반 공기로 줄이고 하루 두 시간씩 헬스클럽에서 땀을 뺐으며, 단 것이라면 근처에도 가지 않았다. 몸이며 성정이며, 모르는 사람들은 타고난 거라지만 그건 게으른 자들의 변명이다. 김 여사의 친정어머니는 보통의 어머니들처럼 후덕한 절구통 몸매였다. 타고난 대로 살아야 한다면 김 여사 또한 어머니 닮은 절구통 몸매로 살고 있을 것이다. 그러나 그녀는 타고난 것에 굴하지 않고 어디까지나 제 노력으로 칠순답지 않은 날씬한 몸매를 유지하고 있다.

거울에 비친 제 몸매를 감상하는 김 여사의 입가에 방긋 웃음이 피어난다. 인생은 참으로 정직하다. 선함도 악함도, 게으름도 부지런도, 정신에 육신에 고스란히 기록된다. 인생 탓하는 자들을 김 여사는 신뢰하지 않는다. 아버지도 그랬고 남편도 그렇다. 요즘이 어떤 세상인가. 저만 열심히 살면 보잘것없는 상고 출신도 대통령이 되는 세상이다. 김 여사 남편도 홀어머니에 동생만 줄줄이 일곱이나 딸린 몰락한 양반 출신이다. 남편 처음 본 날이 지금도 기억에 생생하다. 아버지 소개로 상견례한 게 첫 만남이었고, 아버지 소개니 결혼해야 하는 것은 당연지사였다. 그렇게 순진했다 김 여사는. 그날 밤 김 여사는 어머니 치마폭에 엎어져 밤새 울었다. 키는 작고 뼈는 두툼하고, 얼굴은 큼지막한 박덩이 같은 데다 궁기가 어찌나 잘잘 흐르는지, 양반다리 하고 앉은 발이 상 밑으로 살짝 보이는데, 제 얼굴만 한 구멍이 다섯 개나 숭숭 뚫려 있었다. 그 남자와 한 이불 덮고 평생 살아야 한다니, 생각만 해도 끔찍했다. 그러나 삼강오륜 배운 게 있어 부모 말 거역할 생각은 꿈에도 하지 않았다. 돌이켜보면 김 여사 인생에서 제일 잘한 게 부모 말 그대로 따른 것이다. 울며 겨자 먹기로 살다 보니 하루가 다르게 궁기가 사라졌고, 자리 높아질수록 커다란 박덩이 같던 얼굴은 박덩이만 한 복덩이로 보였다. 가난하게 자란 남편은 지금도 수제비라면 치를 떤다. 어려서 밥 대신 하도 먹은 탓이다. 그래도 코피 쏟으며 공부해서 고시 합격하고 남부럽지 않게 높은 자리에 올랐다. 요즘 대학등록금이 비싸다고 반값으로 낮추라고 난리들인 모양인데 대학등록금이 언제 만만했던 적이 있나. 예나 지금이나 서울대만 가보라지. 군수며 농협장이며 지방 유지들이 서로 등록금 대주겠다고 난리를 칠 것이다. 김 여사 남편도 그랬다. 남편이 서울대 법대에 수석 합격했을 때 동향 출신의 아버지는 고위 공무원으로 승승장구하는 중이었다. 아버지가 고향 출신 인재를 일찌감치 알아보고 후원한 덕에 남편은 등록금 걱정 없이 공부에 전념할 수 있었다. 코피 쏟아가며 최선도 다해보지 않은 것들이 걸핏하면 부모 탓이요 여당 탓이요, 대통령 탓이요 세상 탓이다.

김 여사는 옷을 다 차려 입고 화장까지 끝낸 후에야 남편을 깨운다. 아침잠이 아무리 많아도 남편은 김 여사가 깨우면 수험생처럼 발딱 일어난다. 경제개발로 온 나라가 정신없던 시절에는 새벽에나 집에 돌아와 한 시간도 못 자고 다시 출근한 적도 많았다. 그럴 때도 남편은 어깨에 와 닿는 김 여사의 손길 한 번에 발딱 몸을 일으켰다. 그 고생을 사람들은 모른다. 고위공직자들은 에어컨 밑에서 하루 종일 하품이나 하는 줄 안다. 그러나 남편은 이 나라 경제부흥을 위해 박정희 대통령 밑에서 자신의 청춘을 바쳤다. 가정도 바쳤다. 그 시절, 아직 어리던 막내는 아버지를 아저씨라고 불렀다. 그 고생은 생각지도 않고 남편이 장인 잘 만나 신세 폈다고 손가락질 하는 사람들이 없지 않다. 천만의 말씀 만만의 콩떡이다. 친정 재산 덕에 박봉의 공무원 월급을 걱정하지 않아도 되긴 했지만 나머지는 전부 남편 자신의 능력으로 이룬 것이다. 대쪽 같은 성품의 아버지는 사위라고 뒤 봐주지 않았다. 다만 능력 있고 가난한 인재를 어여삐 보고 잘 키워 사위로 삼은 다음에는 당신 친구들 모이는 자리에 아들처럼 끌고 다녔을 뿐이다. 어른 공경 끔찍이 하는 남편은 하루 한두 시간 겨우 눈만 붙이던 시절에도 아버지가 부르면 눈도 못 뜬 채 달려 나가곤 했다.

사람 좋아하고 정 많은 아버지는 누구든 서로 알게 해주고 싶어 안달이었다. 사위 힘든 줄 뻔히 알면서 기어이 불러낸 이유도 자기가 아는 좋은 사람들 소개시켜 주고 싶어서였다. 아버지가 4.19 직후 부정부패 공무원으로 몰려 터무니없이 강제퇴직을 당한 것도 다 그놈의 정 때문이다. 부정부패라니. 지나가던 개가 웃을 노릇이다. 아버지는 다만 사람 좋아하고 정도 많아 곤경에 처한 사람 그냥 못 지나가고 도움 필요하다는 사람 뿌리치지 못했을 뿐이다. 당시 문제가 됐던 포드 승용차만 해도 아버지가 구입한 게 아니었다. 아버지 소개 덕에 미군과 선이 닿아 김 여사네보다 더 큰 부자가 된 사돈의 팔촌이 고맙다며 성의 표시로 사 주었을 뿐이다. 아버지 말마따나 사람 간의 정이라는 게 있는데 고맙다는 인사까지 거절해야 한단 말인가. 사돈의 팔촌이 미군 구호물품 빼돌려 떼돈을 벌었다고 세상은 그것도 다 아버지 책임인 듯이 떠들었다. 하지만 미군 장교와 사돈의 팔촌이 죽 맞아 벌인 일이 왜 아버지 책임이란 말인가. 세상이 원망스러워 김 여사와 어머니는 날마다 눈물바람이었지만 아버지는 의연했다.

"걱정 말거라. 진실은 언젠가 밝혀지는 법이다."

아버지 말대로 진실은 머지않아 밝혀졌다. 정확히 말하자면 진실이 밝혀진 건 아니다. 하지만 부정부패 근절을 기치로 내건 혁명정권의 장관으로 발탁되었으니 진실이 밝혀진 것이나 진배없었다. 아버지가 결백하지 않았다면 어찌 더 높은 자리로 갈 수 있었겠는가. 세상이 혼탁한 것 같아도 길게 보면 다 순리대로 돌아가게 되어 있다. 순리를 따르면 복이 따라온다. 처가 잘 만난 게 남편의 복이라면 그 또한 남편이 순리를 따랐기 때문이다. 결혼식을 반년 앞두

고 아버지가 쫓겨났을 때, 남편 친구 중에는 그런 집안과
연을 맺어 어쩌겠냐며 반대하는 사람이 많았다. 겉으로는
자네 같은 인재가 우리나라의 민주주의를 이끌어야 합네
어쩝네 허울 좋은 소리를 했지만 그들의 속내야 불 보듯 환
하다. 어리석게 뭣하러 썩은 동아줄 잡고 있냐는 것일 터였
다. 그 즈음 연락이 뜸하고 어쩌다 만나도 얼굴빛이 어두웠
던 걸 보면 남편도 속으로는 고민깨나 했음이 분명하다. 그
러나 결혼식이 미뤄진 건 남편의 뜻이 아니라 아버지의 해
직과 수감 등으로 집안이 어수선한 탓이었다. 여자 쪽 사정
으로 결혼이 연기되었으니 그 틈에 유야무야 없던 일로 할
수도 있었다. 그러나 남편은 이듬해 유월 아버지가 풀려나
자 자기가 다시 날을 잡았다. 인간으로서의 의리를 지켜 결
혼해준 남편이 김 여사는 고맙고 존경스럽다. 남편의 의리
가 보람이 있어 아버지는 불과 몇 년 후 더 높은 자리에 올
랐다. 계산속 빨라 줄 잘 서는 사람, 처가 덕에 승승장구한
사람이라는 게 세간의 평가지만 50년 살 맞대고 산 김 여사
보다 남편을 더 잘 아는 사람이 있겠는가. 남편은 계산속은
커녕 썩은 동아줄도 버리지 못하는 의리의 사나이다. 그리
고 누가 뭐래도 최선을 다해 열심히 산 의지의 한국인이다.
남편의 성공은 그 결과였을 뿐이다.

"거, 어제 입은 양복 안주머니에 뭐가 있을 텐데… 좀 꺼

내서 정리해놔요."

아직 눈도 다 뜨지 못한 남편이 비틀비틀 욕실로 향하며 중얼거린다. 공직에서 완전히 은퇴한 후에도 남편은 이런 저런 일로 공사다망하다. 어제도 현직 의원이며 장차관이며 종일 전화를 붙잡고 있더니 오후에 나가서는 술이 곤죽이 된 채 10시 다 되어 들어왔다. 장관 경질이 어쩌고 뉴스에서 떠들어대는 걸 보면 아마 누구 하나 그 후임으로 만드는 일이었을 것이다. 다 늙어 뒷방마님이나 해야 할 나이에도 이 나라를 위해 동분서주하는 게 바로 김 여사의 남편이다.

김 여사는 세탁소에 맡기려고 내놓았던 양복 안주머니에 손을 넣는다. 어제 대충 주머니를 확인하고 내놓은 건데 뭐가 있다는 걸까? 안주머니 깊숙이 뭐가 만져진다. 자그만 상자다. 김 여사의 입가로 잔잔한 미소가 번진다. 이럴 줄 알았다. 이런 중요한 날을 그냥 지나갈 남편이 아니다. 상자 안에 담긴 것은 다이아, 그것도 세상에 몇 없다는, 태양을 품은 듯 투명하게 붉은 레드 다이아몬드다. 반지는 맞춘 듯 손가락에 꼭 맞는다. 이 반지를 얼마나 낄 수 있을까? 10년 혹은 20년? 김 여사는 가도 그들 부부의 행복했던 삶이 자식들을 통해 물려지듯 이 반지도 며느리나 손녀를 통해 물려질 것이다. 이 모든 것들이 그녀가 한 세상 잘 살고 갔다는 증표다. 김 여사는 반지를 만지작거리며 상자 안에 담긴 카드를 읽는다.

"지난 50년 내 아내로 살아주어 정말 고맙소. 사랑하오. 죽어서도 당신의 남편으로 살았으면 좋겠소."

맑은 눈물이 또르르, 주름진 김 여사의 뺨을 타고 흘러내린다. 띵동, 문자가 왔다는 신호음이 울린다. 기분 좋은 눈물을 훔치고 김 여사는 액정화면을 들여다본다.

"금혼식을 진심으로 축하합니다. 할머니 할아버지, 정말 정말 사랑해요."

독일에서 피아노를 공부하고 있는 열일곱 살 된 손녀다. 사랑한다는 말 옆에 하트 세 개가 그려져 있다.

"그리고 할머니. 뤼비통에서 넘넘 예쁜 신상이 나와서 쫌 긁었어. 미안! 똑같은 거 하나 더 사서 할머니한테도 보냈으니까 예쁘게 들고 다니세염."

이쁜 것. 제 맘대로 쓰라고 선물한 신용카드인데도 쓸 때마다 양해를 구하는, 곱고 반듯하게 자란 손녀가 기특하고 대견하다.

띵동, 띵동. 문자가 연이어 들어온다.

이것들이 다 김 여사 인생의 복덩이다. 아들, 며느리, 손자손녀들이 보낸 축하 메시지를 김 여사는 꼼꼼히 챙겨 읽는다.

"어머님, 점심 전에 스파 가요. 아버님이랑 아범들까지 다 예약해놨어요. 아침도 호텔에서 간단히 해결하시죠 뭐. 8시까지 모시러 갈게요. 오늘은 스파부터 점심까지 제가 쏴요, 어머님. 많이잖아요."

깍쟁이인 줄 알았더니 큰며느리 통이 제법 크다. 제 것 남의 것 가리는 건 분명해도 쓸 때는 쓸 줄 아는 큰애의 마음이 기특하여 절로 입이 벙글어진다. 이래서 집안이 잘되려면 맏며느리를 잘 들여야 한다. 큰며느리의 문자 한 통에 김 여사의 고민이 말끔히 사라진다. 김 여사는 아직 잔금을 치르지 않은 15층짜리 빌딩의 등기지분 문제로 골머리를 썩이는 중이었다. 처음에는 세 아들 각기 다섯 층씩 배분할까 싶었으나 층마다 가격이 달라 공정하게 나누기가 쉽지 않았다. 그래 아이들 눈치를 보며 고민 중이었는데, 큰며느리라면 김 여사 부부 가고 난 뒤에도 씀씀이 크게 동생들 잘 품고 살아주리라. 큰아들 명의로 하자 결정하고 나니 속이 다 후련하다.

띵동, 문자를 읽는 와중에도 계속 문자가 들어온다. 예쁜 것들. 문자가 들어오는 만큼 김 여사의 마음도 넉넉해진다. 이상도 하지, 넘치게 행복한데 자꾸 목이 멘다. 마음 가득 쌓인 행복이 넘실넘실 몸 밖으로 흘러넘치는 것 같다. 남편이 머리를 털며 욕실을 나선다. 눈물이 그렁그렁, 김 여사가 와락 남편의 목에 매달린다. 가릴 것 없이 담뿍 쏟아진 초여름의 싱싱한 햇살이 김 여사의 손에 끼워진 레드 다이아몬드에 부딪고 수천수만 갈래로 부서진다. 레드 다이아 반지가 태양처럼 빛을 뿜어내는 듯하다. 막 샤워 끝낸 남편의 몸에서 모락모락 피어오르는 수증기 때문에 오색영롱한 무지개가 두 사람 위로 어룽거린다. 눈부시게 찬란한 아침이다. 눈부시게 찬란한 인생이다.

# 절정

가로수마다 불빛이 환하다. 꼬마전구와 꼬마전구 사이, 빛과 빛 사이의 어둠은 빛으로 하여 더욱 깊다. 부신 빛을 피해 그는 보도블록에 시선을 고정시킨 채 잰걸음을 옮긴다. 지하도 앞, 쿰쿰하고 텁텁한 바람이 그를 맞는다. 쇳가루와 먼지와 온갖 사람들의 체취가 뒤섞인 익숙한 바람이다. 사람들은 바람 속에 체취를 떨구고는 바삐 걸음을 옮긴다. 어디론가 떠나는, 혹은 돌아가는 사람들이다. 서울역, 이곳은 이방인들의 거리다. 떠나갈 곳도 돌아갈 곳도 없는 노숙자들이 이곳의 터줏대감이다.

하나, 둘. 그는 기둥을 세며 걷는다. 파출소 방향으로 세 번째와 네 번째 기둥 사이, 그곳이 김의 집이다. 김은 일이 끝나면 무료급식소에 들렀다 이곳으로 직행한다. 늘 그렇다. 김은 동료들과 술 한잔 나누는 법이 없다. 아니나 다를까, 세면도구와 옷가지 등을 담아 늘 지고 다니는 배낭을 베개 삼고 머리 꼭대기까지 얇은 모포를 뒤집어쓴 채 김은 잠들어 있다. 국방색인 데다 겨우내 빨지 않아 흙먼지 켜켜이 쌓인 모포가 노숙의 생활을 대변하는 듯 우중충하다. 남산에 벚꽃이 흐드러질 즈음 김은 모포를 들고 그의 집을 찾을 것이다. 발치에 빈 소주병 하나가 얌전히 놓여 있다. 소주가 김에게는 방한복이요 난로다. 김은 방한용 술일지라도 한 병 이상은 마시지 않는다. 술에 취해 끝도 없는 수렁 속으로 빠져드는 진정한 노숙자가 되지 않기 위해 김도 그도 안간힘을 쓰고 있다. 그도 빠져본 바 있는 그 수렁은 여기가 바닥이겠지, 매일 바닥을 치며 살아도 다음 날이면 더 깊은 바닥에 가 닿는다. 이곳의 사람들은 제가 닿은 바닥이 두려워 술을 마시고, 술로 인해 더 깊은 바닥에 빠져드는 것이다.

"어이!"

그는 김의 다리를 툭툭 걷어찬다. 김과 술 한잔을 나누기 위해 그는 킬리만자로의 표범처럼 두 시간 가까이 경계를 살폈다. 공짜 술에 넋을 놓은 사람들이 부지런히 술잔을 들이킬 때 그는 새 술병을 슬그머니 자기 탁자 위로 끌어 모았고, 정 간사가 화장실에 간 사이 뜯지 않은 소주 두 병을 빛의 속도로 허벅다리 밑에 숨겼으며, 술 몇 잔에 몸이 화끈거린다는 핑계로 점퍼를 벗은 뒤, 정 간사의 시답잖은 농담에 고개를 끄덕이고 때로는 키들거리며 탁자 아래서 부지런히 손을 놀려 양 호주머니에 술병을 하나씩 숨겼다. 오늘도 넉넉잖은 제 주머니를 털었을 정 간사에게 크게 미안할 건 없다. 술병 숨기느라 술도 안주도 제대로 먹지 못했으니 결과적으로 정 간사의 돈도 몇 푼 굳었을 것이다.

정 간사는 지난해부터 노숙자 몇을 골라 공공근로를 주선했다. 공공근로로 돈을 벌면서 노숙자들은 서울역 지하도를 빠져나와 주변의 고시원으로 옮겼다. 그들에게 자그마나 전셋집을 마련해주는 것이 정 간사의 꿈이다. 그러나 공공근로로 버는 돈은 고시원 방값과 기본적인 생활비로도 빠듯하다. 처음 시작은 열이었는데 벌써 반으로 줄었다. 꿈은 반드시 이루어진다는 정 간사의 격려도 점점 효력을 잃어가고 있다. 마지막으로 붙잡은 작은 꿈마저 놓칠까 봐 정 간사는 무슨 때마다 제 주머니를 털어 술을 사고, 노래방에 데려가고, 으쌰으쌰 파이팅을 외치는 것이다. 그러나 그는 아무리 술을 마셔도 으쌰으쌰, 파이팅이 되지 않는다. 외려 술을 마실수록 끝도 없는 수렁의 유혹이 강렬해진다. 그래서 그도 한 병 이상은 마시지 않는다. 그런저런 이유로 김과 가까워졌다. 힘을 얻는 데는 단연 술보다 김이다.

"어이, 김형, 일어나라니까!"

더 세게 다리를 걷어찬다. 그러나 김은 미동도 없다. 어지간히 피곤한 모양이다. 지난봄, 그는 김을 따라 한 달 꼬박 공사장에 나갔다. 한 달에서 꼭 이틀이 빠지던 날, 그는 벽돌을 나르다 말고 현기증에 고꾸라졌다. 그 바람에 이가 두 개나 나갔다. 그 후 그는 한 달에 열흘 이상은 막노동을 하지 않는다. 김은 올해 쉰넷, 그보다 두 살이나 위다. 그런데도 꼬박 5년째, 한 달 20일 넘게 막노동을 하고 있다. 힘에 부치지 않을 리 없다.

어린아이처럼 잔뜩 웅크린 채 머리끝까지 모포를 뒤집어쓴 김의 모양새를 물끄러미 바라보던 그가 휙, 모포를 벗긴다. 새벽에는 영하 18도까지 내려간다는, 올 들어 가장 추운 밤이다. 술기운으로 버텨낼 추위가 아니다. 김이 제아무리 지랄을 해도 오늘은 기어이 집으로 데려가리라, 그는 마음을 다잡는다. 밥을 사겠다, 술을 사겠다, 마음이 쓰여 한마디 건넬 때마다 김은 찬바람이 쌩 돌게 차가워진 얼굴로 입을 꾹 닫았다. 저나 나나 거기서 거기, 자존심 상할 건 또 뭐람, 번번이 그는 서운하고 뜨악했고, 언젠가부터는 밥 산단 말도 술 산단 말도 꺼내지 않게 되었다. 그래도 오늘은 다르다. 올 들어 가장 추운 밤이라지 않는가. 모포를 벗긴 줄도 모르고 태아처럼 웅크리고 있는 것은 그러나 김이, 아니다. 언제 이곳으로 기어들었는지 모르는 낯선 얼굴이다.

　김은 갈 곳이 없다. 아니, 갈 수 있는 곳이 없다. 외환위기 때 사업이 망해 부도가 나면서 친가 외가 할 것 없이 넌더리를 내며 연락을 끊었고, 돈 빌려달라는 소리 한 번 한 적 없는 친구들까지 등을 돌렸으며, 아내와 딸 둘은 대구에 있다. 그러니 서울은, 김이 나고 자랐음에도 불구하고, 끼어들 길 없는 이방의 도시다. 지금까지 살아온 게 다 꿈이지 싶어. 저것들은, 참말, 저기 있는 걸까. 언젠가 봄바람에 흥이 돋아 어깨동무를 하며 기어 올라간 남산에서 김은 휘황한 도시의 불빛을 붙잡으려는 듯 손을 내밀며 그렇게 중얼거렸다. 먼 불빛은 물론 김의 손에 잡히지 않았다. 아무것도 없는 제 빈손을 허망하게 바라보던 김은, 대체 어디로 간 걸까. 일주일 전 그가 공공근로를 마치고 찾아왔을 때도 김은 없었다. 엿새 전에도, 닷새 전에도. 주변 노숙자들에게 말을 전해놓았으니 찾아올 법도 한데 김은 여태 소식이 없다. 그러고 보니 근 보름 넘게 김을 보지 못했다. 이렇게 오래 연락이 끊긴 건 처음이다. 그는 안주머니에 들어 있는 편지를 떠올린다. 편지 때문이라도 김은 그를 찾아왔어야 한다. 벌써 일주일째 편지를 안주머니에 넣어 다니고 있다. 김에게는 밥보다 더 힘이 나는 편지다. 그러나 김을 지하보도 노숙자로 만든 편지다.

그는 목도리를 벗어 김의 자리에 잠들어 있는 낯선 사내의 목에 칭칭 두른다. 노숙 초보자들은 이런 밤의 무서움을 알지 못한다. 술이 수면제요, 약이 되는 것도 어느 정도 추위까지다. 이런 밤에는 술이 독이 되어 다시는 눈을 뜨지 못할 수도 있다.

그는 파출소 앞 다시서기 쉼터로 향한다. 김이 제 발로 쉼터를 찾았을 리 없지만 같이 노숙하는 누군가는 김의 행방을 알지도 모른다. 김이 쉼터를 찾지 않는 것은 스스로를 노숙자로 여기지 않기 때문이다. 김은 남이 내버린 옷을 몰래 주워 입을지언정 쉼터에서 나눠주는 옷은 받지 않는다. 사실 김은 2년 전까지만 해도 그의 옆방에 살았다. 둘째 딸이 고등학교에 입학하면서 김은 고시원을 나갔다. 노숙의 대가로 남은 것은 한 달 21만 원. 김의 딸은 학원 하나를 더 다니고 있을 것이다.

쉼터 사무실인 컨테이너 박스 안에서 시끌벅적한 소음이 흘러나온다. 누군가 취한 모양이다. 밤이면 밤마다 누군가는 취하고 울고 싸운다. 술을 마시고 할 수 있는 것은 그것뿐이다. 그가 막 문을 열려는 찰나 벌컥 문이 열리고 누군가 비틀거리며 뛰어나온다. 오며 가며 낯을 익힌 박이다. 홍간사가 사무실 안에서 박의 팔을 붙잡고 끌어당긴다.

"안에서, 안에서 얘기합시다."

홍 간사의 애원에도 박은 자꾸만 밖으로 나가려 발버둥 친다. 그가 박의 몸을 밀면서 쉼터 안으로 들어선다. 홍이 박을 의자에 끌어 앉힌다. 언제 발악을 했냐는 듯 박은 얌전히 고개를 떨구고 있다. 홍이 따뜻한 녹차 한 잔을 박 앞에 놓는다.

"일단 이것 좀 마셔요."

박이 번쩍 고개를 든다. 누렇게 찌든 박의 눈은 초점이 분명치 않다.

"선생님, 제가요. 아, 씨발 진짜… 내가 진짜……."

알 수 없는 말을 중얼거리며 박이 용수철처럼 의자에서 튀어 오른다. 홍이 다시 박의 팔을 낚아채 의자에 주저앉힌다. 밤새도록 계속될 싸움이다. 잠시 싸움이 주춤한 새 그가 재빨리 묻는다.

"저기, 요새 김씨 못 봤어요?"

"누구? 아, 김형도 씨? 급식소에서 봤는데, 왜요?"

"며칠 안 보여서. 언제 봤어요?"

"글쎄… 언제였지? 한 너댓새 됐나? 아니, 지난주였나? 어이, 이 선생! 혹시 김형도……."

홍의 고함 소리에 박이 고개를 번쩍 든다. 그러고는 허공을 바라보며 중얼거린다.

"아, 씨발… 내가 진짜……."

자주 취하는 박은 밤새도록 내가 진짜, 아 씨발, 만을 중얼거린다. 그 뒷말을 누구도 들어본 적이 없다. 내가 진짜……. 한 번도 말이 되어 나온 적 없는 뒷이야기를 여기서는 누구도 궁금해하지 않는다. 여기 사는 누구나 말이 되어 나오지 못하는 이야기가 제 가슴에 품고 있기 벅차게 한가득이다. 눈물겨울 저마다의 사연은 노숙의 세월이 길어짐과 동시에 뜨거운 아랫목의 갱엿처럼 흐물흐물 녹아내린다. 녹아 사라지지도 않고 진득진득, 심장에 달라붙어 그것들은 다시 차갑게 식어간다. 그때쯤 노숙에는 이력이 붙고, 세상은 아득히 멀어진다.

"김형도 씨? 요즘 안 보이던데?"

안쪽 사무실에서 다른 노숙자의 주정을 받고 있던 이 간사가 큰 소리로 외친다. 그사이 박은 쿵쿵, 제 머리를 차가운 컨테이너 벽에 박는다. 박의 머리를 양손으로 감싸며 홍이 말을 잇는다.

"별일 있겠어요? 집에 다니러 갔을지도 모르죠."

그럴 수도 있을 것이다. 그러나 김은, 요 몇 년 동안 명절에도 집에 간 적이 없다. 교통비 몇 푼이 아까운 탓이다. 그러나 그는 안다. 김이 정말로 두려워하는 것은 현관문을 열고 들어섰을 때 그를 맞이할 집의 온기다. 그 따스한 온기를 뿌리치고 차디찬 거리로 돌아올 자신이 김은 없는 것이다. 집의 온기는 서울역 지하도의 냉기보다 무섭다. 대체 김은, 어디로 간 것일까. 어디로 옮겼다고 해도 그는 만나러 와야 한다. 김이 손꼽아 기다리던 편지가 그에게 있다. 편지조차 잊고 사라질 김이 아니다.

쿵, 소리와 동시에 홍이 비명을 지르며 오른손을 감싸 쥔다. 홍이 다친 줄도 모르고 박은 쿵쿵, 연달아 제 머리를 벽에 박는다. 홍의 목소리도 덩달아 커진다.

"아, 이 양반 진짜! 오늘따라 심하네."

오늘은, 크리스마스이브다. 가게마다 캐럴송이 울려 퍼지고 거리에는 꼬마전구가 별처럼 반짝인다. 연인들이 팔짱을 낀 채 별보다 밝은 웃음으로 거리를 밝힌다. 그런 밤이다, 노숙자의 차가운 심장에 들러붙은 갱엿 같은 슬픔이 조금씩 녹아 흐르는. 어쩌면 김도 녹아 흐르는 슬픔을 견디다 못해 어지간해서 열리는 법 없던 지갑을 열어 목이라도 축이고 있는 것인지 모른다. 박이 울음을 터트리기 전에 그는 서둘러 쉼터를 빠져나온다.

"어? 그냥 가요? 정 간사가 찾던데……. 노래방으로 꼭 오라……."

쇠문이 홍 간사의 뒷말을 툭 끊으며 육중하게 닫힌다. 컨테이너 앞에서 그는 담배를 피워 문다. 고가도로의 거대한 기둥이 앞을 막고 있다. 그 사이로 차들이 질주한다. 질주

하는 차들이 생성한 송곳 같은 바람이 뺨을 긋는다. 정 간사가 쉼터에까지 전화를 걸어 자신을 찾았다는 게 마음에 걸린다. 그러나 노래방에는 가고 싶지 않다. 오랜만의 공술에 취한 자들이 더 오랜만인 여자 냄새에 코를 킁킁대고 있을 것이다. 여자의 푹신한 가슴에 얼굴을 묻어본들 부질없다. 술에서 깬 아침이 더욱 참담할 뿐이다. 정 간사는 모른다. 때로는 꿈이 독이라는 걸. 사소한 꿈조차 감당할 수 없는 자들이 서울역 지하도로 흘러든다는 걸.

"형님도 인제 보란 듯이 살아봐야지. 여우 같은 각시도 얻고 토끼 같은 새끼도 낳고."

언젠가 술에 취한 정 간사가 그의 어깨에 척하니 팔을 두르며 그랬다. 그는 정 간사의 원대한 꿈의 일부다. 아니, 꿈의 시작이다. 살려달라는 절박한 그의 외침이 정 간사의 열정에 불을 지폈다.

알코올 중독 치료소를 나왔을 때, 그의 주머니에는 500원짜리 동전 두 개뿐이었다. 자기보다 더 심한 주정뱅이 아버지가 이미 취해 있을, 그 곁에서 어머니가 악다구니를 써대고 있을 집으로는 가고 싶지 않았다. 집에 간들 뾰족수도 없었다. 남편으로도 모자라 아들까지, 두 남자의 술 뒤치다꺼리 몇 년에 간곡한 모정도 바닥이 났다. 그에게는 어머니를 비난할 자격조차 없었다. 어머니를 모정도 없는 비정한 여인으로 만든 건 바로 자신이었다. 갈 데도 오란 데도 없어 무심히 올라탄 버스가 한강다리를 지났다. 장승백이에서 내려온 길을 되짚어 걸었다. 펄쩍 뛰어오를 생각으로 쇠 난간을 움켜쥐었다. 시커먼 강물이 괴물처럼 아가리를 벌린 채 그를 기다리고 있었다. 뛰어들면 그뿐, 아쉬울 건 없었다. 그런데도 좀체 발이 떨어지지 않았다. 훈훈한 바람이 볼을 어루만지며 스쳐갔다. 어린 시절 그의 집 쌀독처럼 텅 빈 마음에서 눈물이 끝없이 솟구쳤다. 어룽진 눈물 사이로 까까머리 소년이 연탄재 즐비한 골목을 내달리고 있었다. 소년은 산동네와 이어진 국민주택단지에서 달음박질을 멈췄다. 국민주택단지에는 집집마다 라일락이 한창이었다. 비슷비슷하게 생긴 어느 집 담벼락에 소년은 몸을 기댔다. 늘어진 라일락 가지가 바람이 불 때마다 살랑살랑 머리를 간질였다. 담 너머로 서툰 피아노 연주가 흘러나왔다. '엘리제를 위하여'. 벌써 한 달째 조금도 진전이 없는 연주였다. 라일락보다 더 들큼한 향기가 코끝에 감돌았다. 카스텔라를 굽는 모양이었다. 아이는 피아노를 치고 앞치마를 걸친 엄마는 과자를 굽고 정원에서는 톡톡 꽃망울이 영글고……. 비슷비슷한 어느 집에선가 꺄르륵, 뭐가 그리 좋은지 어린애가 숨이 넘어가도록 웃고 있었다. 그가 남의 집 담에 기대어 꿈꾼 것은 피아노를 치는 소녀가 아니라 그런,

집이었다. 그런 집을, 그는 쉰이 가깝도록 여전히 꿈꾸고 있었다. 그를 삼킬 듯 노려보는 시커먼 강물 속으로 그는 끝내 뛰어들지 못했다. 무엇이 발목을 붙잡았는지 그는 아직도 알지 못한다. 누가 등을 떠밀기라도 할 듯 총총히 돌아선 그는 그길로 서울역 고가도로 밑, 허름한 컨테이너 박스를 찾았다. 죽음이 아직도 제 발목을 붙잡고 있는 것 같아 부들부들 떨고 있는 그에게 따뜻한 커피를 건넨 게 바로 정 간사였다. 커피잔에서 가물가물 올라오던 연기가 다 사그라진 후에야 그는 누구에게랄 것도 없이 중얼거렸다.

"살려주세요. 살고… 싶어요. 살아야겠어요."

생면부지인 그의 손을 꼭 움켜쥔 채 정 간사는 눈물을 글썽였다.

"형님! 잘 오셨습니다. 정말 잘 오셨어요. 우리 한번 해봅시다. 해보자구요."

다짜고짜 형님이라는 다정한 정 간사를, 물기 젖어 번들거리는 정 간사의 눈을, 그는 멀뚱멀뚱 바라보았다. 쇠 난간의 섬뜩한 감촉과 등을 떠미는 듯했던 죽음의 공포가 차라리 친근했다. 서울역까지 흘러든 자들은 살려달라고 외치지 않는다는 것을 나중에야 알았다. 아무런 꿈도 희망도 없이 하루하루, 늪처럼 고인 시간 속에서 부유하는 노숙자들의 무기력이 바이러스처럼 정 간사의 꿈도 좀먹고 있었다.

살아야겠다는 그의 말이 뇌성벽력처럼 정 간사의 꿈을 깨운 것이다. 머뭇머뭇 그는 정 간사가 내미는 손을 잡고 여기까지 왔다. 아직, 달라진 것은 없다. 그런데 정말, 아직인 것일까. 내일은, 모레는……. 그는 생각을 접는다. 내일을 생각하지 않은 지 오래다. 내일이라는 말은 저 휘황한 도시처럼, 걱정 없는 연인의 환한 웃음처럼 낯설다.

그는 질척질척한 오줌 자국 위로 꽁초를 집어던진다. 피시식, 싱겁게 불이 꺼진다. 언제 타오르는 불이었나 싶게 사위어버린 꽁초에서 그는 시선을 거두지 못한다. 입이 쓰다. 담배를 끊으면 하루 1600원, 한 달 4만8000원이 굳는다. 한 달에 5만 원짜리 적금을 부으면 1년에 60만 원, 10년이면 600만 원……. 그 정도면 부엌 딸린 작은 방을 전세로 얻을 수 있을까. 그는 다시 생각을 접는다. 그는 신용불량자다. 은행에도 가지 못한다. 아니, 그보다 담배 없이 견뎌야 할 시간이 생각만 해도 아찔하다. 술을 거의 끊은 그에게 담배는 유일한 낙이요 위로다. 이유야 어찌 됐든 담배도 못 끊는 한심한 인생이다. 정 간사는 지난해 어느 날, 하루아침에 담배를 끊었다. 그 뒤로 술자리에서도 담배는 절대 입에 대지 않는다. 그쯤 되어야 꿈을 꿀 자격이 주어지는 것인지 모른다. 꿈을 꾸는 것에도 정말 자격이란 게 있다면 김이 개중 으뜸이다. 아무나 한 달에 20일 이상 막노동을 할 수 있는 게 아니다. 한두 달은 몰라도 몇 년씩은 더욱이나 어렵다. 김은 노숙을 하면서 한 달에 200 이상 집에 송금을 한다. 그사이 큰딸은 대학에 들어갔고, 고등학생인 둘째는 열심히 학원에 다니고 있다. 김의 꿈은 몽글몽글 영글어가는 중이다. 딸들을 생각하면 절로 힘이 솟는다고, 언젠가 김은 딸들의 사진을 보여주며 말했다. 김을 닮아 다부지게 생긴 두 아이가 사진 속에서 환하게 웃고 있었다.

그는 역사 쪽으로 걸음을 옮긴다. 어쩌면 김은 고시원 부근 순댓국집에서 허기를 달래고 있을지도 모른다. 야근을 한 날이면 김은 간혹 3000원짜리 순댓국에 소주 한 병의 호사를 누리기도 한다. 한 달에 한 번 있을까 말까 한 호사다.

한 여자가 역사 앞 계단에서 서성이고 있다. 출발 시각은 다가오고, 약속한 사람은 오지 않는 것이리라. 발을 동동거리던 여자가 휴대전화를 건다. 받지 않는다. 다시 버튼을 누른다. 이번에도 받지 않는다. 여자가 입술을 앙다물고 휴대폰 액정을 들여다본다. 시간을 확인하는 눈치다. 휴대전화를 손에 꼭 움켜쥔 채 여자는 부산한 걸음으로 계단을 오른다. 약속이라도 있는 사람처럼 그는 제자리를 서성인다. 잠시 후 창백해진 얼굴의 여자가 다시 나타난다. 여자는 곧 울 것 같은 얼굴로 계속 휴대전화를 건다. 살아 있는 사람의 얼굴이다. 초조와 분노, 절망이 곧 살아 있음의 열렬한 증거라는 것을 사람들은 알지 못한다. 그에게도 그런 시절이 있었다. 그는 휴대전화를 붙잡은 채 자리를 뜨지 못하는 여자를 물끄러미 바라본다. 오래전의 그 여자도 긴 생머리였다. 대학을 나오지 않았다고, 찢어지게 가난한 집의 장남이라고, 키가 작다고, 여자의 어머니는 결사적으로 결혼을 반대했다. 어머니의 마음이 풀리기를 2년 넘게 기다렸다. 돌아선 것은 그였지만 그보다 먼저 돌아선 것은 여자의 마음이었을 것이다. 눈을 깜박하는 찰나에도 그가 그리워 죽을 것 같다던 여자가 어머니가 주선한 선을 보고 왔다는 걸 알았을 때, 밑도 끝도 없이 마음이 편안해졌다. 버거운 짐을 내려놓은 듯 상쾌하기까지 했다. 불현듯 아버지의 말이 떠올랐다.

예비고사 점수가 나온 날, 그는 생전 처음 아버지 앞에 무릎을 꿇었다. 막노동을 하다 허리를 다쳐 일을 쉰 지 두어 해 되었던 아버지는 그날도 벌건 대낮부터 취해 있었다. 그는 아버지 앞에 성적표를 내밀었다. 어지간한 대학은 갈 만한 점수였다.

"등록금만 대주세요. 나머지는 어떻게든 제가 벌어서 다니겠습니다."

공고에 다녔던 그는 등록금만 대달라는, 그의 집 형편에서는 뻔뻔하기 이를 데 없는 그 한마디를 하기 위해 3년 동안 몇 번이나 코피를 쏟아야 했다. 누렇게 찌든 아버지의 눈이 그를 향했다. 끔벅끔벅, 그 눈이 말하고 있었다. 미안하다. 끔벅끔벅, 어쩌겠냐. 그는 무릎을 꿇은 채 울었다. 아버지는 끔벅끔벅, 술잔만 들이켰다. 그날 아버지는 술을 마실수록 정신이 또렷해졌다. 집에 있는 술을 다 털어 마시고도 아버지는 왜 취하질 않는 거냐고, 술 더 사오라고 소리쳤다. 한바탕 소동을 벌인 후 방바닥에 드러누운 채 끔벅끔벅, 쥐오줌으로 얼룩덜룩한 천장만 바라보던 아버지가 불쑥 말했다.

"위를 보고 살면 너만 괴롭다. 바닥을 보고 살아야 마음이 편한 법이야. 취해버려! 까짓 거. 더 마시면 취하겠지, 지가 안 취하면 어쩔 거야."

성화에 못 이겨 어머니가 더 받아온 술을 먹고 아버지는 원대로 취했다. 취해서 그의 눈물 같은 건 다 잊어버렸다. 여자와 헤어지고 돌아와 그는 술을 마셨다. 아버지의 말이 옳았다. 마시니 취했다. 취하니 잊어졌다. 깨면 다시 떠올랐다. 다시 마셨다. 또 취했다. 바닥을 보고 살아주마, 망가진 제 인생이 아버지 탓인 양 그는 이를 앙다물고 매일 술을 마셨다. 그렇게 세월이 흘렀다. 여자의 기억은 차츰 희미해졌다. 6년이나 사귀었던 여자의 얼굴조차 이제는 기억나지 않는다. 오래 보지 않은 아버지의 얼굴만 또렷하다. 쥐오줌

지린 천장만 바라보던 그 아버지가 끔벅끔벅, 아침마다 거울 앞에 선 그를 바라본다.

그는 천천히 여자의 곁을 지난다. 가로수에 걸린 꼬마전구가 여자의 젖은 눈동자 속에서 반짝 빛난다. 오랫동안 잊고 있던 분 냄새가 얼어붙은 코끝을 스친다. 광장을 빠져나올 때까지 분 냄새는 자분자분, 그의 뒤를 좇는다. 분 냄새가 사라지고 유령처럼 희미한 형체로 머릿속을 떠돌던 오래전 여자도 사라진다. 여자의 얼굴이 눈에 밟혀 취하지 않고는 견디지 못하던 옛 밤의 기억이 아득하다. 그의 기억들은 가을볕에 잘 마른 낙엽처럼 바삭바삭 부서지는 중이다. 그럴수록 몸이 가벼워진다. 그는 때로 자신이 세상 위를 부유하는 한 점 먼지처럼 느껴진다.

지하도를 건너 후암동 언덕길을 오른다. 남산 쪽에서 불어오는 세찬 바람이 그를 밀어내는 듯하다. 집으로 향하는 멀지 않은 길이 버겁다. 건너편 새로 지은 빌딩들에 불이 환하다. 얼마 전, 허름한 이 길가에 주상복합상가가 들어섰다. 순댓국집, 호프집, 구멍가게 들이 늘어선 이편과 저편은 길 하나 상관일 뿐이지만 전혀 다른 동네다. 간혹 그쪽에 사는, 양복 잘 차려입은 사람들이 식당을 찾아 이편으로 건너오곤 한다. 그들은 무람없이 길을 건너다니지만 그는 주상복합상가가 들어선 후로 그쪽 길로는 다니지 않는다. 서울역을 빙 돌아 지하도를 건너 허름한 제 옷 같은 이쪽 길로만 다닌다.

보얗게 김이 서린 순댓국집 앞에서 그는 걸음을 멈추고 안을 들여다본다. 테이블이 고작 네 개뿐인 좁은 순댓국집에 김은 없다. 그와 비슷한 차림새의 중년 남자 혼자 허겁지겁 순댓국을 비우고 있을 뿐이다. 정면의 시계가 10시를 가리키고 있다. 잠시 망설이던 그는 순댓국집을 끼고 오른쪽 골목으로 접어든다. 더 늦어지면 집에 들어가기도 미안해진다. 고시원에서는 아무리 작은 발소리도 감출 수 없다.

활짝 열린 고시원 출입문 사이로 도시의 야경이 펼쳐진다. 누추한 그의 처지를 확인이라도 하라는 듯 문은 낮고 좁다. 그는 몸을 잔뜩 움츠린 채 고개를 숙이고 대문 안으로 들어선다. 몇 개의 계단을 내려가면 야경은 꿈이었던 듯 사라지고 건물 현관과 이어진 좁은 통로가 나타난다. 고시원 건물과 그의 키를 훌쩍 넘는 높은 담 사이에 슬레이트 지붕을 얹어놓은 탓에 통로는 칠흑처럼 어둡다. 시멘트가 제대로 발라지지 않아 울통불통한 바닥의 결이 구두 밑창 사이로 고스란히 느껴진다. 조금씩 발밑이 밝아온다. 현관 앞에 밝혀진 촉수 낮은 백열등이 어디서 새어든 바람에 흔들리고 있다. 희미한 빛기둥이 위태롭게 흔들리며 앞을 밝힌다.

고시원은 쥐죽은 듯 조용하다. 아니 코 고는 소리만 요란하다. 이곳의 입주자들 대부분 막노동을 한다. 새벽같이 일어나 인력시장으로 달려가지 않으면 언제 서울역 지하도에 나앉게 될지 모르는 인생들이다. 그들에게 밤 10시면 벌써 한밤중이다.

그는 뒤꿈치를 들고 살금살금, 복도를 걷는다. 아니라니까! 누군가 잠결에 소리친다. 그가 걸을 때마다 오래된 마룻장이 끼익끼익, 앓는 소리를 낸다. 코 고는 소리보다 작은 소리인데도 현관 바로 옆방에 사는 이씨가 그 소리에 설핏 잠에서 깼는지 몸을 뒤챈다. 그는 재게 걸음을 옮긴다. 빨리 사라져주는 게 최대한의 예의다.

문을 열고 오른쪽 벽을 더듬어 스위치를 올린다. 무언가 발밑에서 바스락거린다. 편지다. 보나마나 김에게 온 아내나 딸의 편지다. 김은 노숙하고 있다는 걸 집에 알리지 않았다. 집에서는 김이 고시원에 있는 줄 안다. 김의 가족은 어쩌다 텔레비전에 노숙자들이 나오면 혀를 차며 가여워할지도 모른다. 카메라가 김의 얼굴을 비춘다 해도 그들은 김을 알아보지 못할 것이다. 몇 년 사이 김은 부쩍 늙고 여위었으며 머리까지 모두 희었다. 가족을 위해 제 등골 휘는 것도 아랑곳하지 않는, 김은 한 마리 소다. 그는 아버지가 김과 같기를 바랐다. 아버지가 열심히 사는 모습을 보고 싶었다. 가난한 아버지보다 아무것도 하지 않는 아버지가 더 싫었다. 그가 제 발로 알코올중독 치료소를 찾아간 것은 어느 날 아침, 토악질을 하다가 문득 고개를 들었을 때, 거울에서 아버지의 모습을 처음 발견한 뒤였다. 그런데 너무 늦었던 것일까. 추락은 순간이었으나 몇 년째 그는 아직도 기어오르는 중이다. 추락했던, 참 별것 아닌 바로 그 자리에라도 돌아갈 수 있기를 바랄 뿐이다.

그는 편지를 집어 든다. 그는 한 달에 두어 번, 김에게 온 가족의 편지를 대신 받아 김에게 전한다. 김은 편지 오는 날을 귀신처럼 알아맞힌다. 김의 꿈에 아내나 아이들이 등장하면 어김없이 편지가 온다. 그리움이 간절해지면 그것들이 살아 있는 생명처럼 꾸물꾸물, 대구에서 서울역까지 그를 찾아온다는 게 김의 지론이다. 편지를 받아 든 김의 얼굴은 막 떠오른 태양처럼 말갛게 빛날 것이다. 편지가 오면 용케 알고 찾아오던 김이 이번에는 감감무소식이다. 김의 우체부 노릇을 한 지난 2년 동안 한 번도 없던 일이다.

그는 외투를 벗고 안주머니에 고이 간직했던 편지를 꺼낸다. 새로운 편지를 그 위에 얹는다. 앉은뱅이책상 위에 올려놓으려는 순간, 봉투에 적힌 그의 이름 석 자가 시선을 붙든다. 봉투에 적힌 큼지막한 이름 석 자는 어디서도 불린 기억 가물가물한, 그러나 분명한 그의 이름이다. 급히 봉투를 뜯는다. 불과 세 줄의 짧은 내용이 한눈에 들어온다. 복도에 걸린 시계 초침 소리가 폭탄처럼 귀청을 두드린다. 담백한 몇 줄의 문장이 뇌리에 박힌다. 나, 간암이래. 어제, 복수를 뽑았어. 그래도 노숙할 때보다 몸은 편하네. 여러모로 자네 신세를 많이 졌는데 인사도 못 하고 온 게 마음에 걸려서. 그동안 정말 고마웠어. 잘 지내게.

그는 떨리는 손으로 주머니를 뒤진다. 얼음장 같은 차가운 술병이 손에 잡힌다. 안주도 없이 서늘한 술을 목구멍으로 들이붓는다. 김을 위해 준비한 술을 김 때문에 마신다. 자꾸 마르는 게 마음에 걸리긴 했다. 일이 힘에 부쳐 그런 줄만 알았다. 그런데 암이란다. 김만큼은 언젠가 집으로 돌아가 오순도순, 남들처럼 살 수 있을 줄 알았다. 그것이 그의 꿈이고 노숙 초보자들 대부분의 꿈이다. 노숙생활이 길어지면서 사람들은 꿈도 기대도 미련도 심지어는 말도 잊어간다. 노숙을 2년 넘게 하면서도 굳건히 꿈을 향해 달리는 김은, 그래서 서울역의 살아 있는 전설이었다. 김이 있어 머뭇머뭇 정 간사의 뒤를 따르며 까까머리 중학생처럼 남의 집 담장 안의 행복을 기웃거릴 수 있었다. 술 두 병이 순식간에 사라진다. 그래도 정신은 어느 때보다 맑다. 김의 꿈이 무르익는 동안 김의 몸은 죽음을 향해 치닫고 있었다. 김은 말하지 않았지만 그는 안다. 잘 지내게. 간단명료한 그 한마디는 김의 마지막 인사다.

발소리가 가까워온다. 발소리가 쿵쿵 머릿속을 울린다. 한 사람이 아니다. 앞서 오는 둔탁한 발걸음은 노숙을 하다 정 간사 소개로 공공근로 일을 하면서 지난달부터 고시원으로 옮겨온, 아까 함께 저녁을 먹은 송의 것이다. 뒤따라오는 가볍고 조심스러운 발소리는 처음 듣는 것이다. 현관문이 열린다. 잠시 침묵, 송이 머뭇거리는 누군가를 향해 들어오라고 손짓을 하는 모양새가 눈앞에서 보듯 환하게 그려진다. 마룻장이 엇박자로 연달아 삐걱거린다. 송이 그의 문앞을 지나고 휘릭, 봄밤의 바람 소리 같기도 하고 휘파람새의 울음 같기도 한 가벼운 소리가 뒤따른다. 여자다. 여자의 치맛자락이 다리에 휘감기는 소리다. 송이 고시원에 여자를 데려왔다! 현관 입구, 예민한 이씨가 깨어나 투덜거리는 소리가 들린다. 씨발, 누구야, 이 밤중에. 나지막한 그 소리가 네 개의 방을 지나 그의 귀에 꽂힌다. 여자의 걸음이 더 조심스러워진다. 그의 방을 지나고 두 개의 방을 더 지나 송의 방문이 열린다. 그때쯤 옆방 남자도 잠에서 깬다. 좁은 침대 위에서 옆방 남자가 몸을 뒤채고 이불을 휘리릭 잡아당기는 소리가 선명하게 들린다. 방문이 닫힘과 동시에 풀썩, 침대에 앉는 소리가 들린다. 아니 침대에 앉는 소리가 아니다. 여자를 침대에 밀치는 소리다. 체중이 실려 침대 전체가 반응하는 소리다. 찌익, 지퍼 여는 소리다. 잠시 후 싸그락, 여자 옷 벗기는 소리다. 옆방 남자가 꿀꺽, 침을 삼킨다. 송씨 방 침대가 조심조심 눈치를 보며 소리를 내기 시작한다. 하나둘, 코 고는 소리가 잠잠해진다. 송씨 방 침대 소리가 점점 거칠게 빨라진다. 숨죽인 신음 소리는 옆방 남자의 것이다. 여느 때 같으면 시끄러! 소리치고도 남았을 이씨가 오늘따라 잠잠하다. 고시원 1층, 스무 개 방 주인들이 잠에서 깨어난 것을 그는 눈치 챈다. 모두가 숨을 죽이고 있다. 고시원은 그 어느 밤보다 고요하다. 코 고는 소리하나 들려오지 않는다. 불룩 솟아오른 제 바지춤을 그는 물끄러미 응시한다. 언젠가부터 아침에도 잘 서지 않던 놈이다. 녀석이 여자를 그리워한다는 것도 덕분에 까맣게 잊고 살았다. 그는 자신도 모르게 녀석을 움켜쥔다. 그가 유일하게 행복했던 시절, 그의 성기도 유일하게 활기찼다. 오순도순, 그가 오늘날까지 꿈꾸는 다정한 가족이 곧 성기의 꿈이기도 하다는 것을 그는 그제야 깨닫는다.

침대가 규칙적으로 삐걱거린다. 소음을 발생시킨 장본인들은 정작 신음 소리조차 내지 않는다. 침대만이 저 홀로 살아 움직인다. 끄윽, 옆방 남자가 울음을 삼킨다. 소리 없는 울음이 방에서 방으로 번진다. 습자지의 먹처럼 고요히 번진 울음 속에서 그는 조용조용 손을 놀린다. 좀처럼 그는 사정하지 못한다. 팔이 아프다. 부지런히 손을 놀려도 펑크 난 타이어처럼 점점 오그라들던 성기가 제 집 안으로 쏙 사라진다. 침대의 소음이 잦아든다. 신음 한 번 마음껏 지를 수 없는 서글픈 정사다. 사정하듯 뒤늦은 눈물 한 방울이 베갯잇으로 툭 떨어진다. 죽기도 어렵고 살기도 어렵다. 꿈을 꿀 수도 없고 버릴 수도 없다. 꿈이 이루어지기를 바라는 것도 아니다. 꿈을 버리는 순간 노숙자로 전락할 게 두려울 뿐이다. 그의 손이 위로하듯 가만가만 성기를 조몰락거린다. 김이 웃고 있다. 잘 지내게.

# 아름다운 소멸을 꿈꾸는 이들을 위하여

정여울(문학평론가)

## 1. 간신히 존재하는 것들을 향한 사랑

소설가 정지아의 붓끝은 소멸 직전의 존재들, 쇠락과 소멸 사이에서 흔들리는 존재들, 있는 힘껏 살아도 겨우 목숨을 부지할까 말까 한 존재들을 향한다. 그녀의 인물들은 낭떠러지 앞에서 낭떠러지의 깊이를 초연히 인식한다. 이미 또 다른 낭떠러지에서 충분히 힘겹게 추락해본 적이 있는 사람들이기 때문이다. 그들은 소멸을 두려워하지만, '무의미한 생존'을 더욱 두려워한다. 그리하여 '살아 있음'의 절박한 의미를 더욱 명징하게 상기시키는 존재들이다. 그들은 항상 '추락의 위험'을 눈앞에 두고 살아가지만, 추락이 두려워 어떤 모험도 시도하지 않기보다는 손톱만큼이라도 더욱 아름다운 삶을 살아내기 위해 기꺼이 추락의 위험을 감수한다. 그들은 수없이 죽음의 공포를 겪어왔기에 '겨우 살아가는 삶'조차 얼마나 눈물겹게 소중한지를 오래전에 깨달은 듯하다.

〈천국의 열쇠〉의 '나'는 중증장애인이지만 모든 것을 자신의 힘으로 해내기 위해 깨어 있는 내내 자신의 한계와 씨름한다. 돌아가신 어머니는 그에게 걸음마를 가르치며, 연필을 손에 쥐어주며, 옷을 입히며, 입버릇처럼 속삭였다. "애야, 포기하면 안 된다. 이를 악물고 살아야 해. 살아남아야 해." 아들은 이 가르침의 의미를, 어머니가 돌아가신 후에야 깨닫는다. 이를 악물고 한 발 한 발 내딛으면, 언젠가는 그가 원하는 소박한 목적지 위에 다가가 있곤 했다. 그는 구청에서 나온 복지과 직원의 도움도 거절하고 매일 자기 힘으로 밥상을 차리고 온갖 집안일을 도맡아 한다. 게다가 그는 성치 않은 몸으로 알코올 중독에 빠진 아버지를 살뜰히 돌볼 뿐 아니라, 매일 남편에게 구타당하는 옆집 여인 '호아'까지 보살펴준다. 사지육신 어느 하나 원하는 방향으로 가누지 못하는 그지만, 올곧은 마음 하나만은 누구보다도 강인하게 다잡는다. 그에게 '천국의 공간'은 바로 아버지의 알코올 중독을 치유하기 위해 그가 온몸을 바쳐 일궈낸 3000평짜리 헛개나무 숲이었다.

그는 허리띠에 묶어놓은 큼지막한 열쇠를 꺼낸다. 철조망 안 3000평의 헛개나무 밭이 그의 천국이다. 육중한 소리와 함께 문이 열린다. 솔잎보다 상쾌한 향기가 파도처럼 밀려온다. 진녹색의 잎 사이로 하얀 꽃이 하늘하늘 바람을 타고 있다. 꽃향기에 정신이 아득하다. 문을 열고 들어서면서 그는 마음 한구석 거미줄처럼 질기게 엉겨 있던 아버지를 떨쳐낸다. 이곳은 아버지의 삶에는 허락되지 않았던, 아니 스스로 허락하지 않았던 그만의 천국이다.

그는 호아를 밭 가장자리 자그만 원두막으로 데려간다. 헛개나무 꽃이 피는 유월이면 그는 원두막에서 밤을 지새우곤 했다. 만월이 휘영청 산등성에 걸린 봄밤에는 꽃향기에 취한 듯 시간이 날아갔다. 세상만물 가리지 않고 골고루 내려앉는 달빛은 버둥거리는 그의 사지에도 고요히 내려앉고, 꽃향기 또한 아버지가 버린 못난 육신 곳곳에 가리지 않고 스며들었다. 그곳에서 그는 비로소 온전한 존재였다. 그를 온전하게 만든 그곳을 만든 것은 바로 그였다. 그가 헛개나무 농장을 만들었고, 헛개나무 농장은 그를 온전하게 만든 것이다.

－〈천국의 열쇠〉 중에서

살아 있다는 것 자체가 지옥 같은 환경 속에 살아가면서도 그는 자기 안에서, 자기 힘으로, '천국의 열쇠'를 창조해낸다. 그의 아름다움은 '나만의 천국'이었던 이 헛개나무숲의 철조망 문 열쇠를, 남편에게 언제나처럼 혹독하게 구타당하고 또다시 아기에게 젖을 물리기 위해 집이라 불리는 지옥 속으로 돌아가야 하는 여인 '호아'에게 건네주는 장면에서 완성된다. 그는 '나만의 천국'을 배타적으로 소유하지 않고, 백척간두에 서 있는 또 다른 타인과 함께 나눔으로써 '우리들의 천국'을 공유하는 것이다.

이렇듯 소설가 정지아의 붓끝은 여유로운가 싶다가도 숨막히게 절박하고, 치명적인가 싶다가도 불현듯 너그럽다. 그녀는 필사적으로 더 나은 생을 갈망하는 사람들의 피멍든 영혼을 다정하게 어루만지고, 세상이 그저 아름답다고만 생각하며 자족하는 사람들의 영악한 이기심을 날카롭게 풍자한다. 그녀의 소설 속에서는 오직 오늘만 바라보고 살아가는 사람들의 참혹한 절망이 꿈틀거리고, 오직 내일만 바라보고 살아가는 사람들의 식지 않은 희망이 들끓는다. 나락이다 싶을 때마다 더 깊은 나락을 보여주는 생의 잔인함에 주눅 들지 않고, 여전히 우리 앞에 끝나지 않은 희망의 불씨를 지피는 것이야말로 따스한 이야기꾼 정지아의 변치 않는 매혹이다.

## 2. 서로 다르지만, 함께 사는 법

정지아의 소설 속에는 서로의 '다름' 때문에 늘 티격태격하거나 불화하는 인물들이 이야기의 생동감을 더한다. 〈봄날 오후, 과부 셋〉에는 에이꼬, 하루꼬, 사다꼬라는 일제 강점기의 이름으로 여전히 서로를 부르며 티격태격하는 할머니들이 추억을 곱씹으며 살아가고, 〈숲의 대화〉에는 빨치산이었던 주인집 도련님에 대한 옛사랑을 품고 살아가는 아내를 평생 짝사랑해온 남편이 아내가 죽은 후에도 주인집 도련님의 영혼과 교감한다. 〈브라보, 럭키 라이프〉에는 교통사고로 식물인간이 되어버린 작은아들을 포기하지 않고 전 재산을 다 팔아서라도 재활시키려는 부모와 큰아들의 갈등이 주축을 이루고, 〈즐거운 나의 집〉에는 귀농을 결심한 전직 기자가 힘겹게 전원주택을 지어 농촌 사회에 적응하려는 과정에서 지역 주민들의 이해관계와 사사건건 부딪힌다. 〈핏줄〉은 베트남 출신의 며느리를 얻은 시아버지가 며느리의 우직한 됨됨이를 높이 사면서도 끝내 '얼굴 까만 손주'를 받아들이기 힘겨워하는 모습이 그려지고, 〈목욕 가는 날〉에는 정반대되는 성격을 가진 두 자매가 평생 자식 걱정으로 눈물이 마를 새 없었던 노모와 처음으로 목욕탕에 함께 가서 그동안의 갈등과 죄책감을 치유하는 모습이 그려진다. 〈혜화동 로터리〉는 한국전쟁 발발 직후 미군부대에서 일한 '박'과 빨치산이었던 '최', 그리고 박의 제자이면서 국립대 교수인 '김' 사이의 반세기에 걸친 우정을 보여준다. 〈인생 한 줌〉에서는 평생 농사꾼으로 살아온 아버지가 밭을 갈다가 우연히 발견한 거대한 바위를 둘러싸고 벌어지는 가족 간의 갈등이, 〈나의 아름다운 날들〉에서는 고위층 간부의 아내 김 여사가 입주 가정부와 벌이는 팽팽한 자존심의 대결이 펼쳐진다.

이들은 때로는 영원히 절교할 듯이 날카롭게 대립하다가도, 서로를 위해서라면 물불을 가리지 않는 불가해한 연대의 역사를 공유하고 있다. 때로는 타인과 연대하려는 모든 노력이 수포로 돌아가고, 더 이상 출구를 찾을 수 없을 정도로 절망적인 상황이 되기도 하지만, 그들은 끝까지 포기하지 않는다. 언젠가는 이해받을 수 있다는 믿음을, 언젠가는 서로의 차이를 극복할 수 있다는 믿음을. 특히 〈숲의 대화〉는 돌이킬 수 없는 상처를 천형처럼 떠안고 살아가는 세 남녀의 평생에 걸친 사랑 이야기를 통해 서로의 다름을 완전히 '이해'할 수는 없어도 완전히 '존중'할 수는 있음을 보여준다. '이해'가 대상에 대한 논리적 분석을 요한다면, '존중'은 논리와 분석을 뛰어넘는 사랑의 실천이기 때문이다. 혁재 도련님네 종살이를 하던 순심과 운학. 도련님은 "먹을 것 없어 굶어죽는 사램들, 돈 없어 핵교 못 가는 사램들, 고런 사램들"에 대한 걱정으로 잠 못 이루는 사람이었으며, 죽음을 예감하면서도 빨치산의 행렬에 참여한다. 그런 도 련님을 따라 함께 입산했던 순심은 도련님의 아이를 가진 채 운학에게로 돌아온다. 혁재는 신념을 지키기 위해 자신 의 여자를 운학에게 보낸 것이었다. 온몸이 꽁꽁 언 채 불 룩한 배를 안고 오열하며 찾아온 순심을, 운학은 말없이 받 아준다. 그렇게 그들은 부부의 연을 맺었지만, 평생 죽은 혁 재를 잊지 못했던 순심은 마지막 가는 길에 유언을 남긴다. 혁재와의 마지막 추억이 담긴 잣나무숲에 자신을 묻어달라 고. 그 숲으로 매일 아내의 영혼을 만나러 올라가면서, 이제 80대 노인이 되어버린 그는 아내만이 아니라 60년 전에 죽 은 도련님의 영혼과 대화를 나눈다.

그 사람은 되련님 곁에서 죽기를 바랬을 것이오.
나는 죽어도 좋은 신념이 있었제만 그 사람헌티는 없었다. 그래 살라고 보낸 것이여. 니헌티 가면 살 중 알았다.
그 사람헌티는 되련님이 신념이었소.
수십 년 묵어 발효되고 증류된 순수한 슬픔이 출렁출 렁 목구멍을 타고 넘어온다.
사랑이 워치케 신념이 된다냐.

도련님은 예전에도 그랬다. 도련님이 너무 좋아 먼발치에서부터 얼굴 붉어지고 눈빛 아련해지는 여자를 앞에 두고 인민이 주인이라는, 있을 성싶지 않은 천국을 초롱초롱, 달 없는 밤의 샛별보다 빛나는 눈빛으로 떠들어대더니 그 천국을 찾아 불쑥 산으로 들어가 버렸다. 사상이고 무엇이고, 가슴 속에 도련님밖에 품은 것 없던 여자는 도련님을 쫓아 입산했다. 사람이 좋아 목숨을 거는 사람도 있다는 것을, 도련님은 몰랐다. 혼령이 되어서도 도련님은 여전히 모른다. 도련님에게 신념은 한 사람이 아니라 세상을 바꾸는 무엇이다. 저 하나 바꾸기도 어려운 게 인생이란 걸, 부잣집 도련님은 모른다. 아니 도련님은 아는 무엇을 그가 모르는 것인지도 모른다.

―〈숲의 대화〉 중에서


자신의 아이를 뱃속에 품은 여자를 다른 남자에게 보내고, 죽음을 예감한 채 빨치산의 행렬에 다시 가담하려던 도련님은 도중에 매복에 걸려 죽음을 맞이했고, 그의 혼령은 여전히 그녀와 마지막을 함께했던 잣나무숲 근처를 배회하고 있다. 죽어 젊은 혁재와 살아 늙은 운학의 대화는 마치 몽유록처럼 아련하게 그려지지만, 그것은 '꿈속 이야기'에 그쳐버리기엔 너무 생생하다. 세 사람은 죽어서도 '하나의 운명'에 묶여 있기 때문이다. 신분의 차이, 신념의 차이, 마음의 차이가 그들을 평생 가로막았지만, 산 사람은 산 사람대로 죽은 사람은 죽은 사람대로 60년 세월의 풍파를 견뎌내며 각자의 사랑을, 각자의 신념을, 각자의 마음을 지켜냈던 것이다. 사상도 신념도 알지 못했지만 스물네 살 동갑내기 도련님이 종놈 운학을 향해 외치던 세 마디 문장만은 평생 운학의 가슴에 뼈아프게 둥지를 튼다. "니가 이러면 안되지야. 니가 참으면 안 되지야. 니는 프롤레타리아, 새로운 세계의 주인이다!" 자신이 죽은 줄도 모르는 채 잣나무 숲속을 배회하던 도련님의 혼령은 살아남은 운학에게 속삭인다. "나가 참말 죽었으까, 운학아?" 죽은 자의 질문은 산 자의 마음을 아프게 짓누른다. 운학은 평생 죽은 도련님을 잊지 못하며 살아온 아내를 줄기차게 짝사랑하면서, 실은 세 사람이 생사의 갈림길을 뛰어넘어 '함께' 살아왔음을 깨닫는다. 육신은 죽었지만 기억만은 끈질기게 살아남아 산 자의 마음속에 함께하고 있었던 것이다. 그것은 사랑의 집착이 아니라 끊어낼 수 없는 운명의 긍정이고, 지나가 버렸지만 결코 지울 수 없는 역사의 흔적이기도 했던 것이다.

## 3. '눈부신 희망' 없이 살아간다는 것

21세기 매스미디어가 전시하는 세상은 사람들의 다채로

운 욕망을 점점 균일한 자본의 매트릭스 안으로 포섭시키고 있다. 사람들은 패션뿐 아니라 먹고, 자고, 쉬는 것에까지 '명품'이라는 레테르를 붙이고 싶어 하며, '대박나세요'라는 덕담은 미디어가 전시하는 욕망의 끝을 보여준다. 속물주의에 대한 부끄러움의 문화는 사라져가고 있으며, 오히려 더욱 당당하고 세련되게 스스로가 속물임을 밝히는 사람들이 환영받고 있다. 그러나 이것은 어디까지나 미디어가 편집하고 전시하는 사회의 축도일 뿐이다. 삶은 미디어로 오려붙인 인위적 콜라주가 아니다. 세상은 미디어로 편집되고 요약될 수 있는 '콘텐츠'가 아니다. 정지아는 한 인터뷰에서 이렇게 말한 적이 있다. "1%의 삶만 의미가 있는 게 아니라, 99%의 삶도 의미가 있다는 것을 보여주는 것 그게 문학이 아닐까요?"

경우가 자신의 머리를 침대 머리맡에 박으며 우어어, 비명을 지르고 있다. 놀란 그가 아들의 머리를 두 팔로 감싸 안는다. 지난 23년간 제대로 움직이지 않았던 아들의 목이 그의 팔 안에서 버둥거린다. 아들의 볼은 눈물로 온통 흥건하다.

"씨발! 벵신 자석만 끼고돌다가 인자 산 자석 죽는 꼴 보게 생겼네. 조오컸소!"

콰당, 대문이 거칠게 닫히고 아내의 곡소리가 늦가을 바람처럼 어지러이 집 안을 휘돈다.

"아이고오! 우리 갱우가 그때게, 사고 났을 때게, 팍 죽어부렀으면, 그랬으면 좋았을랑가······."

울음 끝에 아내가 탄식한다. 아직도 경우는 그의 품 안에서 버둥거린다. 버둥거림이 점점 힘차지는 것을 그는 온몸으로 느낀다. 이것은 기적이다. 경우는 또 기적을 만들어냈다. 그의 가슴이 벅차오른다. 시들어가는 햇살이 눈물로 번들거리는 아들의 뺨 위로 힘없이 내려앉는다. 벌써 짧은 겨울 낮이 저물고 있다.

─〈브라보, 럭키 라이프〉 중에서

〈브라보, 럭키 라이프〉에서 아버지는 무려 23년간 식물인간 상태에 있는 아들을 정성을 다해 돌본다. 큰아들은 제발 자신의 어려운 사정도 돌아봐달라며 경제적인 도움을 간청하지만, 작은아들의 재활치료에 전력투구하느라 이미 아버지의 재산은 바닥이 난 상태다. 이제 노부부의 생활비마저 위태로운 상황에서도, 그럼에도 불구하고 포기할 수 없는 '아직 죽지 않은 아들'에 대한 사랑은 눈물겹다. 정지아의 시선은 이렇듯 '더 높이, 더 빛나게' 살려고 하는 사람들의 세속적인 욕망보다는 '하루라도 더, 조금이라도 사는 것처럼 살고 싶은' 사람들의 소박하고도 절박한 희망을 향해 빛나고 있다. 〈천국의 열쇠〉에서 세상 사람들에게 그저 '장애인'으로 취급받는 '나'의 삶이, 낯선 땅으로 시집와 매일 남편의 구타에 시달리는 '호아'에게는 '눈부신 구원'인 것처럼. 떠들썩하게 소문나지 않아도, 그저 자기 주변의 사람들에게 축복이자 구원인 인생을 살아가는 사람들이 있다. 그 작고 여린 구원의 빛을 따라가는 과정이 바로 정지아가 떠나는 이야기의 여정이고, 작가로서 피할 수 없는 구도(求道)의 행군일 것이다.

이 고난의 여정은 늘 힘들고 아프지만은 않다. 그녀의 소설은 너무 끔찍한 고통에 신음하는 사람들을 보여주느라 독자의 가슴을 여미게 하다가도, 불현듯 따스한 유머를 잃지 않고 고난 속에서도 더 크게 웃을 줄 아는 사람들을 보여준다. 그것은 고통을 반드시 극복해야만 할 장애물로 보는 것이 아니라, 삶의 어엿한 일부로 끌어안는 작가의 따스한 시선 때문일 것이다. 평생 절친한 친구로 지냈으면서도 아직도 서로 티격태격하는 세 할머니 에이꼬, 하루꼬, 사다꼬의 이야기 〈봄날 오후, 과부 셋〉. 이 이야기는 고통조차도 따스한 유머로 휘감는 정지아식 리얼리티의 진경을 유감없이 보여준다.

"너는 평생 남편에게 의지하고 살았잖아. 둘이서 깨가 쏟아지게. 나는 단 한 시간도 그런 세월을 못 살아봤다."

사다꼬도 그게 부러웠구나.

(…)

"무슨 이야기는 무슨 이야기. 빨갱이들이 무슨 이야기를 했겠어? 남몰래 소곤소곤 사상 이야기나 했겠지. 그러려고 빨갱이랑 결혼한 것 아냐?"

그녀가 냉큼 말을 받았고, 사다꼬가 웃으며 고개를 끄덕인다. 감옥에서 나온 뒤 사다꼬에게 집적거리는 남자가 한둘이 아니었다. 그중에는 의사도 있고 검사도 있었다. 사다꼬가 잡혔을 때 취조했다는 검사는 멀리 떨어진 이곳까지 몇 번이나 사다꼬를 만나러 왔다. 그런 사람들 다 뿌리치고 왜 하필 가난한 빨갱이냐고 물었더니 사다꼬는 그래야 속엣말이라도 하고 살지, 씁쓸하게 웃었다.

"너는 대체 무슨 맛으로 살았니?"

(…)

"사다꼬는 사상이 있잖아, 사상이. 우리 영감도 그랬는걸. 어쩌면 우리 영감은 나보다 그게 더 중요했는지도 몰라."

"네 남편이 사다꼬 같은 빨갱이였다고? 정말? 그걸 왜 말 안 했어?"

"세상이 금한 걸 말해 뭣해? 그리고 그런 생각을 가졌 달 뿐 평생 책이나 팔다 갔는데 뭘. 그런데도 그 생각은 평생 떨치질 못하더라. 사상이 대체 뭔지……."

그녀는 까맣게 몰랐다. 놀라지 않는 걸 보니 아마 사다 꼬는 진작 알고 있었던 모양이다. 이 두 사람은 번번이 뒤 통수를 친다. 어쩌면 아직도 그녀가 모르는 뭔가가 있을지 모른다.

– 〈봄날 오후, 과부 셋〉 중에서


돈은 많지만 남편 사랑을 받지 못해 평생 한이었던 에이 꼬 할머니, 돈은 없지만 남편 사랑 하나로 80평생을 버텨 온 하루꼬 할머니, 어렸을 때부터 특출한 모범생이었고 빼 어난 미모를 지녔지만 평생 '사상범'의 꼬리표를 달고 살아 야 했던 사다꼬 할머니. 이들은 80 평생 친자매처럼 가까이 살았어도 여전히 서로에 대해 모르는 것이 많다. 하루꼬와 사다꼬를 남겨놓고 장을 보러 나가는 에이꼬는 여전히 소 녀 같은 대사로 독자의 얼굴에 미소를 머금게 만든다. "나 없을 때 또 비밀 이야기 하면 죽어!" 인생사 모든 비밀을 미 주알고주알 다 털어놓은 것 같아도, 살날이 얼마 남지 않아 어린 시절의 질투심 같은 것은 다 잊은 것 같아도, 아직도 남은 질투심과 비밀들이 여전히 소녀 같은 세 할머니를 괴롭힌다. 하지만 이 괴로움은 오히려 삶의 활력소가 된다. 남편들도 다 세상을 떠나고 이제 세상에서 가장 가까운 사람은 '세 친구'뿐이지만, 그들은 볼 때마다 깨알처럼 쏟아지는 수다보따리로 서로의 무료한 일상을 위로한다. 아직도 털어놓지 못한 수많은 비밀들이 인생의 황혼을 바라보는 그녀들을 여전히 신비롭고 매혹적인 존재로 만들어준다.

### 4. 사라지지 않는 기억의 온기

간절히 원하는 것을 포기하는 데 익숙해진 사람들에게 '희망'은 '공포'와 동의어다. 절망에 익숙해진 사람에게, 다시 희망을 갖는다는 것은 다시 뼈아픈 절망을 감수한다는 것과 같은 말이기 때문이다. 〈절정〉은 끝없이 포기하고, 절망하고, 추락한 사람들이 느끼는 이 '희망에 대한 공포'를 노래한다. 노숙자들이 사회에 복귀하는 것을 돕기 위해 헌신하는 정 간사의 도움으로 조금씩 새로운 희망을 키워가던 '그'. 그에게 김씨는 '서울역 노숙자들의 살아 있는 전설'이다. 누가 봐도 노숙자 신세지만, 노숙인 쉼터에도 가지 않고, 노숙인을 위한 어떤 구호물자도 거부한 채, 오직 두 딸들의 생활비와 교육비를 벌어야 한다는 일념으로 5년 넘게 초인적인 인내심으로 막노동을 해온 김씨. 김씨는 절망한 사람들이 가장 잃기 쉬운 것, '자존'을 잃지 않은 위대한 인간이었다.

인간다운 삶의 조건을 잃었지만 인간다운 삶의 존엄을 잃지 않은 김씨. 그는 '노숙'을 하지만 '노숙자'가 되지 않는 데 성공한 것이다. '그'는 정 간사의 헌신과 김씨의 모범을 반석으로 삼아 지옥 같은 노숙인의 삶을 벗어나고자 몸부림친다. 그러던 어느 날 늘 보던 자리에서 김씨가 사라지고 만다. 주소도 없이 살아가는 김씨를 위해, 김씨의 딸들이 보낸 편지를 대신 받아주던 '그'. 그는 김씨에게 딸들의 편지를 전해주기 위해 백방으로 김씨의 행방을 수소문하던 중, 뜻밖에도 김씨가 바로 자신에게 보낸 편지를 발견한다.


나, 간암이래. 어제, 복수를 뽑았어. 그래도 노숙할 때 보다 몸은 편하네. 여러모로 자네 신세를 많이 졌는데 인사도 못 하고 온 게 마음에 걸려서. 그동안 정말 고마웠어. 잘 지내게.

(…) 김만큼은 언젠가 집으로 돌아가 오순도순, 남들처럼 살 수 있을 줄 알았다. 그것이 그의 꿈이고 노숙 초보자들 대부분의 꿈이다. 노숙생활이 길어지면서 사람들은 꿈도 기대도 미련도 심지어는 말도 잊어간다. 노숙을 2년 넘게 하면서도 굳건히 꿈을 향해 달리는 김은, 그래서 서울역의 살아 있는 전설이었다. 김이 있어 머뭇머뭇 정 간사

의 뒤를 따르며 까까머리 중학생처럼 남의 집 담장 안의
행복을 기웃거릴 수 있었다. (…) 잘 지내게. 간단명료한
그 한마디는 김의 마지막 인사다.

—〈절정〉 중에서

알코올 중독에서 간신히 회복되어 '더 나은 삶'을 향해
발버둥 쳐온 '그'는 충격으로 할 말을 잃고 다시 술을 마시
기 시작한다. 마음대로 취할 수조차 없는 밤, 불현듯 쿵쿵거
리는 발소리와 함께 조심스러운 발소리가 들려온다. 벌집
처럼 다닥다닥 붙어 있어 발소리만 들어도 누구인지 아는,
이 노숙인들의 공동주거지 고시원 건물에 '낯선 발걸음'이
등장한 것이다. 노숙인 송씨가 여자를 데려온 모양이다. 송
씨와 낯선 여자의 정사는 이 건물의 모든 독거남들의 단잠
을 깨운다. 신음 소리조차 내지 않는 두 사람의 숨죽인 정
사는 그들이 힘겨운 노숙생활 동안 '잃어버린 무언가'를 깨
닫게 해준다. 그들의 존엄은 곧 '성기의 존엄'이기도 하다는
것을. 가까스로 살아남느라 성생활 같은 것은 꿈도 못 꾼
이 외로운 남자들에게 그들의 정사가 '잃어버린 삶'에 대한
끔찍한 그리움을 상기시킨 것이다.

방문이 닫힘과 동시에 풀썩, 침대에 앉는 소리가 들린

다. 아니 침대에 앉는 소리가 아니다. 여자를 침대에 밀치는 소리다. 체중이 실려 침대 전체가 반응하는 소리다. 찌익, 지퍼 여는 소리다. 잠시 후 싸그락, 여자 옷 벗기는 소리다. 옆방 남자가 꿀꺽, 침을 삼킨다. 송씨 방 침대가 조심조심 눈치를 보며 소리를 내기 시작한다. 하나둘, 코 고는 소리가 잠잠해진다.

(…)

고시원 1층, 스무 개 방 주인들이 잠에서 깨어난 것을 그는 눈치 챈다. 모두가 숨을 죽이고 있다. 고시원은 그 어느 밤보다 고요하다. 코 고는 소리 하나 들려오지 않는다. 불룩 솟아오른 제 바지춤을 그는 물끄러미 응시한다. 언젠가부터 아침에도 잘 서지 않던 놈이다. 녀석이 여자를 그리워한다는 것도 덕분에 까맣게 잊고 살았다. 그는 자신도 모르게 녀석을 움켜쥔다. 그가 유일하게 행복했던 시절, 그의 성기도 유일하게 활기찼다. 오순도순, 그가 오늘날까지 꿈꾸는 다정한 가족이 곧 성기의 꿈이기도 하다는 것을 그는 그제야 깨닫는다.

침대가 규칙적으로 삐걱거린다. 소음을 발생시킨 장본인들은 정작 신음 소리조차 내지 않는다. 침대만이 저 홀로 살아 움직인다. 끄윽, 옆방 남자가 울음을 삼킨다. 소리 없는 울음이 방에서 방으로 번진다. 습자지의 먹처럼 고요히 번진 울음 속에서 그는 조용조용 손을 놀린다.

-〈절정〉 중에서

정지아의 인물들은 이렇듯 절망 속에서도 뜻밖에 간절한 소통의 희망을 버리지 않는다. 우리가 잃어버린 것이 무엇인지를, 각자의 방에서 따로 또 같이 깨닫는 장면의 처연한 아름다움은 '절정'이라는 역설적 제목과 어우러져 가슴을 울린다. 삶의 '나락'에서 삶의 '절정'을 꿈꾸는 이들의 고통스러운 희망은 '공포'이기 전에 인간이 인간으로서 잃지 말아야 할 '존엄'의 다른 이름이기도 한 것이다. 그녀의 소설은 이렇듯 '상위 1%'의 안락함을 꿈꿀 수 없는 99%의 절망을 연대와 공감의 에너지로 끌어안으려 한다. 그것은 '계급적인 연대'일 뿐 아니라 '역사적인 연대'이기도 하다. 〈혜화동 로터리〉의 세 노인들은 바로 이러한 계급적 연대와 역사적 연대를 동시에 보여준다.

한때 만석꾼의 아들이었던 '최'는 월북한 아버지 때문에 평생 빨갱이로 몰리고 스스로도 빨치산에 가담했다. 김의 가정교사였던 '박'은 영어를 좀 할 줄 안다는 이유로 '켈로(Korea Liaison Office)' 부대원이 되고 본의 아니게 미군을 위해 봉사했지만, '빨치산 최'와 절친이다. 박의 제자였던 김은 프랑스 유학을 갔다 와 승승장구하는 지식인이지만 반세기 넘게 박과 최의 술시중을 들며 그들의 온갖 넋두리와 회한을 다 받아주며 산다. 세 사람의 우정은 저마다 자기 몫의 허무를 감당해야 하는 세 노인에게 유일한 낙이다. 세상은 그저 '그만 잊어버리라!'고 윽박지르는 그 모든 역사의 아픔을, 그들은 잊지도 못하고 버리지도 못한 채 묵묵히 끌어안고 살아간다. 최와 박은 그 모진 기억의 대가로 알코올 중독과 중풍을 얻었지만, 김은 자신은 정작 술을 마시지 못하면서 두 사람의 술자리 때마다 불려 나와 술시중은 물론 술값까지 책임진다. 그들의 우정을 가능케 하는 것은 '잊을 수 없는 공통의 기억', 그리고 서로의 상처와 결핍을 향한 가없는 연민 때문이다.

　"소련 갈 때 펑펑 울었다며?"
　최가 송아지만 한 커다란 눈을 부라린다. 박을 향해 눈을 흘기던 김이 짐짓 최의 시선을 피한다. 박에게는 무슨 말을 해도 신랄한 조롱으로 돌아온다. 그때 김은 최의 눈물에 놀라 그걸 깜박하고는 박에게 다 털어놓던 것이다.
　"울기는 무슨… 안기부 돈 받는 게 억울해 그랬지."
　김의 아버지가 살아 있었으니 15년 저쪽이었을 것이다. 그때는 사지육신 멀쩡했던 최가 늦은 밤 김의 아버지를 찾아와 다짜고짜 무릎을 꿇었다.

"안기부에서 소련에 보내준답니다. 어떻게 하지요?"

월북한 최의 부모는 이승엽과 함께 미제의 간첩으로 몰려 처형당했으나 여동생 둘이 살아 있었다. 그중 하나가 고위층의 아내였다. 안기부에서 그 동생을 만날 수 있도록 주선해준 모양이었다. 기력이 다해 죽을 날 받아놓은 처지였던 김의 아버지는 있는 힘껏 최의 등짝을 후려쳤다.

"야, 이놈아. 혈육을 만나는 데 누구 돈이든 따질 게 뭐야!"

그 말이 위로가 되었던 것일까, 변명이 되었던 것일까. 최는 철철 뜨거운 눈물을 쏟았다. 김이 본 처음이자 마지막 최의 눈물이었다.

"흐응, 잘도 그랬겠다. 늙어 꼬부라진 게 청승맞게 피붙이 그리워 울었겠지. 맞지? 삼류 빨치산?"

"왜 이래? 토벌대 벌벌 떨던 남도부 부대에서 마지막까지 살아남은 몸이야."

"흥, 그러니 삼류지. 오죽 못났으면 살아남았겠니? 좌나 우나 잘난 놈들은 다 먼저 갔어. 몰라 물어?"

"그러는 너는 잘나 살아남았니?"

"누가 뭐래니? 나도 삼류지. 같은 삼류니까 평생 어울려 놓았지."

－〈혜화동 로터리〉 중에서

　만담처럼 콩닥콩닥 주고받는 최와 박의 대화는 단순한
언어유희가 아니라 지나온 모든 세월의 뜨거운 증명이다.
그들의 가족은 대를 이어 서로를 보살피는 인연이었고, 인
생의 막다른 골목에 다다를 때마다 서로의 존재는 유일한
버팀목이 되어준 것이다. 정지아가 그려내는 힘없고, 빽 없
고, 비빌 언덕 없는 사람들의 이야기는 어쩌면 '세상에 이
런 일이'라는 TV 코너에 나올 법한 희귀한 이야기들일지도
모른다. 하지만 모든 이야기를 광고형 콘텐츠로 변신시키
는 미디어의 속성을 익히 아는 사람들은 그렇게 쉽게 '세상
에 이런 일이'라는 감탄을 내뱉을 수가 없다. '세상에 이런
일이' 하고 놀라지 않을 수 없는 그 무수한 끔찍하고 기이
한 일들이, 미디어에 방영되지 않는 '99%의 평범한 세상'에
서는 매일매일 일어나고 있는 '평범한 일'이기 때문이다. 정
지아는 이 평범하지만 너무도 비범한 99%의 사람들이 견
디고, 받아들이고, 끝내 살아내는 일상을 변함없이 따뜻한
필치로 그려낸다. 〈브라보, 럭키 라이프〉에서 천금 같은 아
들이 교통사고를 당해 식물인간이 되자 무려 23년간 변함
없는 사랑으로 아들의 재활을 위해 삶을 바치는 노부부의

이야기가 바로 그런 '99%의 비범함'을 눈부시게 증거한다. 99%의 사람들은 신분이나 계급에 상관없이, 견딜 수 없는 아픔을 천형인 양, 운명인 양, 차라리 습관인 양 견디고 살아간다. 그 '평범한 비범함'이야말로 이 참혹한 세상을 끝내 포기하지 않고 건너가게 만드는, 우리가 매일매일 마주치면서도 무심히 스쳐 지나가는 일상의 기적이 아닐까.

열다섯 살의 나는 어른이 되었다고 확신했다. 스물다섯 살의 나는 인생을 안다고 자부했다. 서른다섯 살의 나는 소설이 무엇인지 알 것 같다고 거들먹거렸다. 마흔아홉 살의 나는 아무것도 모르겠다. 어른이 되는 것도 인생을 아는 것도 사람을 아는 것도 소설을 쓰는 것도 나날이 어렵다. 살아온 나날을 되돌아보기도 부끄럽고, 살아갈 날들 바라보기도 무섭다. 그래도 기억하기조차 부끄러운 기억이 나를 겸손하게 만들었고, 젊은 날의 오만이 나를 나아가게 만들었으며, 넘어설 수 없을 것 같던 한계와 콤플렉스가 나를 확장시켰으니, 지금 이 순간 또한 나의 무엇인가는 키우고 지나가지 않을까, 그런 믿음으로 아무것도 알지 못하는 오늘을 견디고 있다.

작은 텃밭에 고추나 상추 따위 겨우 혼자 먹을 채소 몇 가지 키우면서, 그것들 봄볕에 쑥쑥 자라는 것 보면서, 내 소설이 이것들만큼이라도 가치가 있을까, 부끄러워진다. 살아 있으니 살 것이고 쓰는 재주밖에 없으니 쓸 수밖에 없을 것이다. 사람을 살게 하는 쌀 같은 소설을 쓸 수 있다면 좋겠다. 그런 소설을 위해, 농부의 정직한 땀방울, 흉내라도 낼 수 있다면 좋겠다.

정지아

## 수록 작품 발표 지면

숲의 대화 〈문학동네〉 2011년 가을호

봄날 오후, 과부 셋 〈한국문학〉 2008년 여름호 / 2009 이상문학상 우수상 수상작

천국의 열쇠 〈문장 웹진〉 2009년 12월호

목욕 가는 날 〈문학사상〉 2010년 8월호 / 2011 이상문학상 우수상 수상작

브라보, 럭키 라이프 〈리얼리스트〉 2011년 통권 5호

핏줄 〈통일문학〉 2008년 하반기

혜화동 로터리 〈실천문학〉 2009년 겨울호

인생 한 줌 〈황해문화〉 2011년 여름호

즐거운 나의 집 〈창작과 비평〉 2009년 여름호

나의 아름다운 날들 〈새롭게 다르게〉 2011년 여름호

절정 〈한국문학〉 2011년 봄호

## 나의 아름다운 날들

1판 1쇄 발행  2013년 2월 13일
1판 5쇄 발행  2018년 6월 18일
개정 1판 1쇄 발행  2023년 2월 13일
개정 1판 5쇄 발행  2024년 8월 16일

지은이 · 정지아
펴낸이 · 주연선

**(주)은행나무**
04035 서울특별시 마포구 양화로11길 54
전화 · 02)3143-0651~3  |  팩스 · 02)3143-0654
신고번호 · 제 1997—000168호(1997. 12. 12)
www.ehbook.co.kr
ehbook@ehbook.co.kr

ISBN 979-11-6737-270-3  03810